猫头鹰探长

第二部

火焰岛的女王

（全新修订版）

伊雁声　著

献给

智人世界

每个人都要尽力而为

伊雁声

2017年10月，《猫头鹰探长》第一部在国内出版，次年第二部在国内出版。2020年第三部（上）即将上市的时候，探长系列被爱国贼诬告，下架、停出。与爱国贼们设想得完全不同，我丝毫没有感到沮丧，因为我更愿意能不慌不忙地把探长三部曲全部写完并重新修订之后再出版全集，那才叫完满。

于是我就这样成为不慌不忙的典范。花了近十年时间，每天求知若渴，终于在2024年春天，探长三部曲全部修订完毕，其姊妹系列《动物快跑》前两部《超级大脾气》《迷失》也顺手写完。至此，总算完成了一部更比一部好看的心愿。再看国内出版环境，早已是面目全非。地球在融化，各国纷纷再次伟大，人类正面临一个生死抉择。

几年来经常有读者询问第三部写完了没有，因此先出一个三部曲全新修订海外版成为顺理成章的选择。这个海外版全集不仅是一个全新修订的版本，而且是一个原汁原味、未经审查的版本，我自由自在地写，你自由自在地读。封面、地图和丛书LOGO由我心爱的女儿帮忙设计。

回头看，《猫头鹰探长》一直在进化。第一部《火焰岛的继承者》，从方舟子的科普名篇中诞生，初啼稚嫩，清纯婉转。第二部《火焰岛的女王》，初试俊羽，在绿野大陆地上空翱翔。第三部从最初构想的《火焰岛的战争》进化为《火焰岛的重生》，奋力展翅，翼若垂天之云，扶摇直上，飞出地球之外，远眺母星，绿野大陆地成为翅下小岛。

整个故事始于一场大火，终于另一场大火，每个细节都有现实原型，每个案件都有可靠的科学依据。绿野大陆地亦幻亦真，恍若一个与现实世界平行的姐妹世界。写到后来，每写完一章，都像是和宇宙邪恶势力打了一仗。

说到这里，有必要简单阐述一下威雪猫头鹰世界的价值观。我想先摘录两段与前两部的初版责任编辑、插画师的对话，当年我们一起合作得非常愉快，堪称心心心相印，我想念他们，感谢他们。

责编：三宝兄弟管长眉叫爷爷。这里有什么说法吗？按人类的叫法应该是外公？

我：猫头鹰世界和动物世界都不分内外，在父母眼里，后代不论雌雄一律平等。在传宗接代方面，动物比人类明智。

桃染：有点好奇～故事里捕食和被捕食的关系是有意处理得平常化么～不像常见的故事中那样捕食的就是坏蛋，被吃的就可怜。

我：动物世界是野蛮的丛林世界，遵循残酷的适者生存的丛林法则。人类世界是文明世界，遵循社会公平的道德和法律准则。

在整个猫头鹰探长系列中，动物世界、人类世界和精灵世界的价值观各不相同。在纯粹的动物世界里，充满了奸诈、诡计和弱肉强食，为了生存和繁衍，一切手段都是合理的。人类的文明世界较之有鲜明对比，人类作为一个灵长目的高级物种，更追求公平，更关注弱势群体的生存权利。物质条件无论怎样改变，动物弱肉强食的残酷本性都不会变。只有在法律、道德的约束下，人性才不会被兽性吞噬，人类才不会整体沦落到野兽般强取豪夺的地步。精灵世界包容万象，慧黠沉静，思接千载，视通万里，在时空的长河中，他们知对错、识善恶，热衷扶危济困，擅长趋利避害。顺便说一下，在探长的读者中，就有很多精灵人。

威雪猫头鹰世界则半兽半人半灵，他们有人类世界的爱恨情仇、道德法律，又有动物世界的弱肉强食、自然法则，同时还具备精灵世界的远见卓识、科学道义。阿威和阿雪兼具三层代言者身份：大自然，人类，以及精灵。仿佛是半人类文化属性的象征，阿雪身材娇小，阿威高大威猛，虽然在真实的猫头鹰世界里，大家熟知的大部分猫头鹰物种的雌性都比雄性体型更大。当然，半兽半人半灵的威雪属于一个神秘未知的物种。

威雪与其说是参与者，不如说是观察者。他们远远旁观，因此更能客观看待人类和地球遇到的问题，甚至更具有精准的预见力，威雪世界的预见力来自深刻的洞察力和思考力。他们怀着怜悯之心和怜惜之情，尽可能帮忙，却并不干涉弱肉强食的自然规律。因此，对于自诩文明的人类针对自然界的弱肉强食，他们也只是深感愤慨、竭力营救濒危物种而已。他们与地球母亲同呼吸，遵循自然之道，由着人类后果自负。

但是人类却没有闲坐旁观的奢侈，只能深陷其中，因为人类是高度进化有超凡大脑的地球之子，人类有责任照顾好现有的这一个地球。地球母亲有的是时间从头开始，再来一次缓缓的进化。蜗牛角上的蚂蚁互相争斗不休，直至付出生命的代价，威雪世界不会问这到底值不值得，但人类世界却必须要问一问，毕竟事关生死、存亡与未来。人类只有秉承科学道义，才能超越偏见正确回答这些问题。其实阿威和阿雪也一直在成长，他们逐渐认识到独善其身是不可实现的，只有天下皆善，才有个体的善。每个人都要尽力而为。

哪种动物真实地出现在地球上的哪个地方，真的只是一种进化的偶然。科学的思维方式与我们的生活和未来息息相关，我们每时每刻都要用到它，它也关系到小读者精神世界的健康、丰沛与幸福。我们这一代很快会老去，把地球留给下一代，下一代需要了解、关注正在发生的地球大变化。无论是火焰岛的继承者，还是火焰岛的女王，那都是我们自己，是每一个读到这些故事的人。因此，这场火焰岛的重生，也正是智人这个物种的重生。从这个意义上说，《猫头鹰探长》三部曲是迄今为止我对我的母语所能做出的最大贡献。

《猫头鹰探长》三部曲虽然写完了，但绿野大陆地每天还在不断发生无穷无尽的新故事。那些还没来得及讲的故事，比如小海龟姐妹海洋历险记，阿历克斯的科学奇幻之旅，等等，以后也许会在《动物快跑》里接着讲，请听我一路慢慢道来。

2024年11月

我们为什么应该喜欢猫头鹰

方舟子

这个故事的主角是猫头鹰。它源于我妻子想要根据我的科普文章改编童话故事，而我最喜欢的动物是猫头鹰，所以就自然而然地以猫头鹰作为主角。

我和猫头鹰的结缘由来已久。我刚上大学的时候，给班级编过一本杂志，名字就叫《猫头鹰》。受我的影响，我家到处是"猫头鹰"，杯子、盘子、垫子、浴帘、毛巾、花盆、台灯……都是猫头鹰的图案或造型。还有多得我自己都数不清的猫头鹰工艺品，陶瓷的、金属的、树脂的、木头的、毛绒的、牛角的、玻璃的、水晶的……我到一个地方旅行，喜欢买猫头鹰工艺品当纪念品。亲戚、朋友、读者知道我有这个爱好，也会送我猫头鹰工艺品作为礼物。

这些工艺品大部分是在国外买的，中国的很少。中国传统上把猫头鹰当成不祥的恶鸟，并没有表现、刻画它的习俗。国外有的地方历史上也把猫头鹰当成不祥之兆，但是也有的地方把它当成吉祥的神鸟，制作了大量的表现猫头鹰的艺术品、工艺品。

1994年，三个法国人在法国南部发现了一个石灰岩洞穴，画满了岩画，后来测定它们画于3万年前，是已知最古老的岩画。其中有一幅画着猫头鹰的背面，却把头转了过来。显然人类很早就注意到猫头鹰能把头扭转到几乎直对背后，并觉得很神奇。之后在古埃及的象形文字、古希腊的钱币、古罗马的水瓶……都能看到猫头鹰的身影。历史上最崇拜猫头鹰的大概是古希腊的雅典人。猫头鹰是雅典城的守护神雅典娜女神的神鸟。雅典娜是希腊神话中的智慧女神和战争女神，猫头鹰因此成了智慧和胜利的象征。雅典人开始打仗之前，如果看到有猫头鹰从阵前飞过，就会感到胜利在望、信心倍增。没有猫头鹰自己飞过来怎么办呢？不用担心，会有人准备好了猫头鹰悄悄放出来的。

现代的人们已经不这么迷信了，只是还把猫头鹰当作智慧的象征。不过，现在人们喜欢表现猫头鹰，主要还是觉得它可爱。和其他的鸟类不同，猫头鹰的两个眼睛和人一样都是向着前方的，眼睛很大，和身体相比，猫头鹰的头也比较大。头部、眼睛相对比较大，是人类婴儿的特征，所以我们看到猫头鹰，就会本能地觉得猫头鹰可爱。

猫头鹰长成这个样子，当然不是为了让我们觉得可爱，而是由于适应环境进化出来的。猫头鹰通常在黄昏、夜晚或凌晨出来捕捉食物，为了在昏暗的光线下能更好地看清猎物和判断猎物的位置，就要有立体视觉，所以猫头鹰和人一样两个眼睛朝前，而且眼睛要尽量地大，这样才能让光线尽量多地进入到视网膜。猫头鹰视网膜对光的敏感程度大约是鸽子的一百倍。

猫头鹰大眼睛的重量占了其体重的大约4%，而人的眼睛只占体重的0.08%。为了能在眼窝里容纳尽量大的眼睛，猫头鹰的眼睛不是球状的，而是管状的。这样，猫头鹰的眼睛就被固定住了，没法转动，要往旁边看只能转头。人的头部只能转动180度，要看背后的东西就要转动身体。猫头鹰如果也转动身体，发出声响，就容易被猎物发觉。

因此它们进化出了一种"超能力"，头部能转动270度，不用转动身体也能看清背后。猫头鹰能这么大幅度地转动头部，是因为它的颈部有特殊的构造。猫头鹰的颈椎有14块，而人的颈椎只有7块，所以猫头鹰的颈部要灵活得多。大脑需要椎动脉供血，椎动脉穿过颈椎的孔进入头部。人的颈椎穿孔和椎动脉大小差不多，如果强行过度扭转脖子，就会导致椎动脉缠绞住，血上不了头部，人会晕倒、死亡。而猫头鹰的颈椎穿孔大小是椎动脉的十倍，有足够的空间让椎动脉摆动，不会因为大幅度转动头部影响大脑的供血。

在黑暗中要准确地找到猎物，光有很好的视力还不够，还要有很好的听力。在猫头鹰的两个大眼睛周围，各有一圈放射状分布的羽毛，形成了两个面盘。这也不是为了好看。这两个面盘就像两个太阳灶似的凹面镜，焦点在耳朵上（猫头鹰的耳朵在头部两侧。有的猫头鹰头上长着像耳朵一样的"角"，那是羽毛，不是耳朵），传来的声音被集中投进了耳朵里，猫头鹰可以听得更清楚。有些种类的猫头鹰的耳朵是不对称的，左耳的位置比较高，同一个声音传到两个耳朵的时间有差异，大约相差0.00003秒。这么微小的差别，猫头鹰也能感受到，它会歪着脑袋，慢慢调整，让两个耳朵同一时间收到声音，这样它正对着的就是发出声音的位置，可以精确地定位猎物。

发现猎物后，猫头鹰悄悄地飞过去，它的羽毛有特殊的消声构造能够降低气流的振动，在飞行时能够做到不发出一点声响。猫头鹰飞到猎物的上方，伸出利爪，准确地抓住猎物。一旦被抓住，猎物就绝无挣脱的可能：猫头鹰的爪子极其有力，最大的猫头鹰施加在猎物上的力可以达到130牛顿，这相当于一个十几千克的石头压在猎物上。

　　猫头鹰并不具有魔力，而是一个精致的黑夜捕猎机器，历经数百万年逐渐进化而来。我们对它的构造了解得越多，就会越是惊叹大自然的神奇。这正是科学的魅力之所在，胜过了魔力。随着年龄的增长，我们对童话乃至对文学的兴趣也许会降低，但是一旦学会欣赏科学之美，对知识、对科学的追求却会与日俱增。希望这本猫头鹰的故事，能够引领你走进科学之门，去感受科学的无穷魅力。

　　2017. 8. 31.

紫光大陆地
冰封海峡
无人湾
自由洋
蝙蝠角
紫光大陆地

荒凉高原
野马坡
野狼铺子
大蓝蝶保护区
乌鸣涧
西北大草原
猫头鹰联合国
松树河口
大泥坑
火焰山
大岩海岬
礁石群岛
火焰岛

北洲苔原
大北雪山
星宿大沼泽地
河狸谷
麋鹿坡
白杨溪
雪枭岭
绿野森林
松鼠林
松
树
河
猴村
兔子谷
水果糖小湖
火狐狸洞
绿野市
火狐狸村
爪爪海峡
火焰海
爪爪岛

绿野大陆地
玫瑰谷
山丹大草甸
狂野大沙漠
骆驼冈
白龙江
弱水河
东部大草原
侧斑蜥蜴国
杜松子城
伯劳庄
走鹃寨
岩石堡
卵石堡
东郊镇
大羚羊圈养场
五公里国

目录

第一章

被"调包"的结婚礼物

1

"我饿得能吃下一匹汉斯啦！嘎！嘎！"蓝绿鹦鹉阿历克斯一进门就嚷嚷。

阿历克斯今天跟着人类护林队队长阿海在绿野森林巡视了一整天，这会儿照惯例赶来阿威家蹭吃周末晚宴。

"汉斯是谁？"阿威问。

"聪明的汉斯啊！会做算术题的白马汉斯啊！嘎！"

这时候，阿威家的三个小宝宝见到阿历克斯，都张开小翅膀使劲儿扑腾着，兴奋地乱叫起来。

阿历克斯冲上前去，握着大爪子，和每个小宝宝都击了下爪爪。这是他们之间见面打招呼的独特语言。

"看我给你们带来了什么！"阿历克斯张开爪子，悄悄地说。

"糖糖！"小猫头鹰宝宝们大叫。

"先吃饱饭，再吃糖！"阿雪立即从厨房里发出指令。

"那饭后我要吃两颗糖！"大宝开始讨价还价。

"我要吃三颗！"二宝喊。

“我要七（吃）五颗！越多越好，完美来自练习！”三宝宣布。

“嘎！这话哪里不对？完美确实来自练习，越多越好！可是，吃糖多不利于健康，越多越不好！完美和健康，你选哪一个？伤脑筋！”

大宝：“我选完美的不健康！”

二宝：“我选不健康的完美！”

三宝：“我选完美的健康，妈妈最爱，糖糖拿来！”

“嘎！嘎！妈妈确实最爱完美的健康，给你糖糖！哎呀，不对，妈妈不会选糖糖！嘎呀，好乱！我的脑子烧坏了！我死了！”阿历克斯“扑通”一声躺倒在地，两只大爪子僵硬地向上伸出，全身一动不动地装死。

三个小宝宝拍着桌子，乐翻了天。阿威也跟着哈哈大笑。

说笑间，晚饭已经上桌了，是大家都非常爱吃的肉饼和彩蔬翡翠汤。美妙的香味飘满了屋子。阿雪的厨艺，那真是没得说。

阿历克斯的口水迅速流下来。他一骨碌从地下翻身起来，丝毫不客气，抓起一块肉饼，狼吞虎咽起来：“嘎！嗝！好吃！太好吃啦！嗝！嗝！”

“吃饭时不能说话！不然食物会呛到气管里去，很危险！”大宝说着，也抓起一块肉饼，埋头吃起来。

不一会儿，屋里就充满了阿历克斯和小宝宝们满意的吧嗒声和咕咚声。

这时，门外传来细细的叮叮声，乍一听，就像是几滴小雨点落在了树叶上。

阿雪和阿威交换了一个眼神。天都黑透了，哪儿来的不速之客呢？

阿雪站起身，打开门。门外却空无一物。

"奇怪，谁在敲门呢？"她轻轻地问。

"是我。"一个小小的声音从左上方传来。阿雪转头循声望去，看见一只小小的舞虻姑娘。

舞虻姑娘穿着结婚礼服，一副六神无主的样子："对不起，这么晚了来打扰你们。请问阿威探长在家吗？"

"进来说吧！"阿威喊道。

舞虻姑娘一看到阿威，眼泪就不由自主流下来："阿威探长，只有您能帮我了！"

2

"我叫舞舞，今天刚结婚，我把我丈夫送给我的新婚礼物弄丢了！我该怎么向他交待！"舞虻姑娘说完，再也控制不住自己，号啕大哭起来。

"别着急，坐下慢慢说。"阿雪安慰她。

"来，先吃块肉饼！嗝！嗝！"阿历克斯说着递过来一小块香喷喷的肉饼。

"谢谢你们，"舞舞抽抽搭搭地说，"我好饿，可是你们的食物我们舞虻没法吃。”

舞舞揉一揉瘪瘪的肚皮：“我今天忙着结婚，一整天一口东西都没下肚。”她苦苦地笑了一下，紧接着又极度焦虑地搓着前肢，满面愁容。

阿威问：“你的新婚礼物应该是一只美味的猎物吧？”

舞舞的眼泪又下来了：“是啊！是啊！不但是一只好吃的猎物，还代表了我丈夫对我的一片真情啊！结果却被我弄丢了！如果找不回来，我还有什么脸继续和我的丈夫生活在一起？”

阿威：“你是怎么弄丢新婚礼物的呢？”

舞舞的泪珠子啪嗒啪嗒往下掉：“确切地说，是有人把它调包了。”

“嗝！嗝！‘确切地’调包了，那意思就是被偷走了！”阿历克斯的嘴里塞满了食物，但这并不妨碍他发表高见。

舞舞：“你说得一点没错！今天早上，当我的丈夫遇见我，给我献上那洁白如雪、晶莹如玉、圆润如珠的漂亮礼物时，我立即爱上了他。他正是我用一生寻觅、等待的理想丈夫。他是多么温柔、健壮、含情脉脉，啊！让我怎能不爱他！只有深爱我的舞虻哥哥，才会费心费力制作这么精美的礼物啊！我幸福地收下礼物，是的，我激动得流泪了，我就那样一直抱着它，和我的丈夫结婚了，现在我们已经有小宝宝了。"说到这儿，舞舞抚摸着腹部，害羞而甜蜜地笑了一下。

但忧愁马上又爬上她的面庞："可是刚才，当我的丈夫回家之后——您知道的，我们舞虹即使结婚了也各住各家的——我小心地一层层打开了我的新婚礼物，一下子就懵掉了，礼物球里面竟然是空的，什么东西都没有！我打开礼球之前，因为赞叹它是那么完美，把玩了好一会儿，所以我敢肯定，那时候礼球是完完整整的，没有被拆封过的。这说明，礼物不可能是被谁从礼球里面取走的！我想来想去，只有一种可能，一定是哪个江湖大盗趁我不留心的时候，偷偷把我的礼物球给调包了，用一只华丽的空球换走了我丈夫实心实意的猎物球！"

舞舞怒目圆睁，愁肠百结："可怜我一整天都抱着礼物球，一点都想不出到底是啥时候被大盗调包的。我又惊又怕，没有别的主意，只好连夜跑来向探长您求助了。我不敢告诉我丈夫这件事，他知道了一定会伤心死的。求求探长，您一定要帮我找到……嘤嘤嘤……我的新婚礼物啊……嘤嘤嘤……"说到最后，舞舞已泣不成声。

阿历克斯："嗝！在你丈夫伤心死之前，你自己小心别先伤心死了！嗝！"

阿雪同情地看着舞舞，皱着眉，抿着嘴，若有所思。

阿威沉吟了一会："如果礼物真的是被调包了，那么盗贼今天一定想法接近过你。你这一整天，有没有遇见什么可疑之事？"

"我想不出来啊！"舞舞说，"今天是再平常不过的一个结婚庆祝日，我们舞虻照常举行了盛大的集体婚礼，数千对舞虻一直在跳舞、欢笑，我没有注意到任何可疑的事情。不过，很有可能因为我太幸福了，以至于忽略了什么可疑之处，肯定是这样！"

阿威："集体婚礼？唔，现在正是你们舞虻的交配季节。"

舞舞："是啊！是啊！这些日子，在舞虻林场，每天上午太阳一照到大榆树的树梢头，我们的集体婚礼就正式开始啦！"

阿威想了想："唔，我想这个'江湖大盗'其实已经露出了马脚。时候不早了，你先回家去，好好休息一下，找些东西吃，保重身体要紧。明天早上太阳出来的时候，我们在舞虻林场碰面吧。"

"好，好！拜托您了！一定得在我丈夫察觉之前找到礼物啊，不然他气死了，或者生气离开我了，我也不想活了……嘤嘤嘤……"舞舞边抽泣边向阿威行了个礼，匆匆忙忙地飞走了。

3

第二天一早，阿威和阿历克斯刚到舞虻林场，一眼就看到舞舞正在大榆树下独自飞来飞去。她身上还穿着那件婚纱，婚纱皱巴巴、脏兮兮的。她蓬头垢面，憔悴不堪，显然一晚上都没睡好，这对她和她的卵宝宝可不利。

"他还没来，老天保佑让他晚一点来吧！先找回礼物！大盗的马脚在哪里？您抓住大盗了吗？"舞舞一迭声地发问，同时慌乱地东张西望着。

今天又是一个大晴天，太阳刚钻出地平线。舞舞神情紧张到了极点，她不等阿威回答，接着喃喃自语："我丈夫随时会出现。要是他问我昨天的礼物晚餐好不好吃，我该怎么回答？我就说，好吃，好吃极了。啊……我真的好饿呀。我想，我肚子里的卵宝宝们都饿坏了。"

阿历克斯大叫："你一直没吃东西？嘎！"

"没有啊，"舞舞愁眉苦脸，"昨晚我饿得睡不着。今天天一亮，我就飞到这儿来等他，我们约好，在这儿见面。"

阿威静立在树枝上，不动声色地扫视着舞虹林场。

太阳越升越高，此刻，舞虹林场已经有不少舞虹开始在林中飞舞，有一些舞虹在太阳的照射下发出耀眼的白色光芒。

"嘎！嘎！那些舞虹背着小白球飞，是为了好看吗？可以吸引异性吗？"阿历克斯说完，撇撇嘴，骄傲地扇了扇自己光彩夺目的大翅膀。

阿威："那确实是为了吸引异性。但是你仔细看，小球是被雄虫抱在怀里的，不是背在背上的。理论上讲，那应该是他们准备献给雌虫的贡品。"

舞舞情不自禁地贪看着那些抱着小白球的舞虻。"是啊，那是他们要献给新娘的结婚礼物。"舞舞说着，"咕咚"，咽了一大口口水，满脸的失落。

"嘎！和萤火虫宝宝一样，这些闪耀的小白球是警告吧！反正我是不会去吃他们的。吃进一团来历不明的丝线，就算不噎死、毒死，也恶心死了，嘎！发抖！"

阿威："舞虻是好些小鸟的美餐呢！与其说那是警告，不如说是耀眼的信号弹，简直就是告诉小鸟，'快来吃我'，直接就把捕食的小鸟引来了。昆虫的婚礼永远充满了风险。"

阿威话音未落，一只早起的小鸟忽地飞进舞虻群中，大开杀戒，毫无顾忌地捕食起舞虻来。舞虻四处惊飞，拼命逃窜。舞舞也赶紧躲到一片树叶子后面。

"嘎！你们看，有些舞虻雄虫什么也没抱，鬼鬼祟祟的，逃得还挺快！"

"什么也不抱，那就等着被老婆吃掉！"一直娇滴滴的舞舞恶狠狠地说。

阿历克斯："大不了不接受他，干嘛要吃掉他？"

舞舞："没诚意没本事的丈夫，难道不该把自己奉献给老婆吃掉吗？"

阿历克斯吐着舌头。

阿威微微一笑，悄声对阿历克斯说："舞虻是肉食性昆虫，雌虫必须有足够的能量才能孕育出更多更健康的虫宝宝。什么也不抱，就得逃得够快，不然雌虫为了腹中的下一代，也会拼了命把雄虫丈夫吃掉。"

"嘎！肯定是这些没准备礼物的雄舞虻把舞舞的礼物给调包了！偷了猎物再献给他们自己的新娘，就能保住小命了！嘎嘎！一定是这样！"阿历克斯觉得自己灵光一闪，发现了案件的真相，兴奋地大呼小叫起来。

舞舞："你说得没错！一定是他们！不然还会有谁！我去找他们算账！"说着，她不管不顾地冲出小树叶。

4

"谁偷了我的新婚礼物！还我！还我！"舞舞冲进一堆没有耀眼小白球的舞虻中间，怒火万丈地大喊大叫。

这些舞虻有雄有雌，无不诧异地看着舞舞。

"你想结婚礼物想疯了吧，丑姑娘？"一只肥大的雌舞虻嘲笑道。

"来，我给你一个礼物！"一只流里流气的雄舞虻说着，就凑过来作势要抱住舞舞亲吻她。

"你们这些江洋大盗！坏蛋！还我的结婚礼物！"舞舞快被气疯了。

众舞虻哈哈大笑。

"把你白给我我都不要，谁会给你送结婚礼物啊？"流里流气的雄舞虻讨好地转向肥大的雌舞虻，"你说是不是啊，我的胖甜心？"

"哈哈，你小子还挺会说话的嘛。过来和我跳舞！"肥大雌舞虻命令道。

要知道，在舞虻的世界里，雌舞虻以肥大为美。肥大意味着有更多的能量可以用于孕育下一代，所以在雄舞虻的眼里，肥大的雌舞虻是最有魅力的，美得就如同一座能活动的大粮仓。雌舞虻越肥大，就越令雄舞虻垂涎三尺，越容易成为他们竞相追逐的目标。

因此，当这一群里最肥大当然也就是最美丽的雌舞虻主动向自己发出了邀请，流里流气的雄舞虻受宠若惊，立即晕了头，赶紧飞上前去。他刚抱住比他还大一轮的美女舞虻，就被她二话不说狠狠一口咬住头部，大吃大嚼起来。

"啊！"流里流气的雄舞虻惨叫一声，本能地把交配器插入肥大雌舞虻的尾部，临死前用尽全力完成了自己传宗接代的使命。

"太残忍！太野蛮！"舞舞捂住自己的眼睛。

舞舞也算是一只丰腴的舞虻，但她远远没有眼前这只残杀新郎的雌舞虻那么肥美、壮硕、强悍。

"嘎！"阿历克斯被肥大雌舞虻的举动惊呆了，一句话都说不出来了。

阿威冷静地说："他们不需要礼物，即使想调包，也无包可调。我想，这些雄舞虻是做不出能以假乱真的华丽空丝球的！"

舞舞听了，转过身，含着眼泪，头也不回，远远地飞走了。

5

"昨天这个时候，我丈夫从那边的七彩阳光下翩然飞来……"舞舞擦擦眼角的泪水，痴痴地望着大榆树。

此时，太阳已经升到大榆树的树梢头。无数的舞虻从四面八方飞来，在温暖的阳光下欢快起舞，翅膀舞动的声音合奏出一曲悦耳的婚礼进行曲。

舞舞跃跃欲试，挥挥前肢扭扭腹部，全身的肢节都开始随着舞虻婚礼进行曲的节拍不自觉地微微晃动。

阿威继续一动不动地立在高高的树枝上，静静观察着林场里发生的一切。

"我的丈夫怎么还不来啊！我好饿呀！我的卵宝宝好饿呀！"舞舞轻轻拍着肚子，一边摇晃，一边又开始喃喃自语："我现在不担心他追究礼物调包的事了，这件事完全没必要让他知道。我现在只盼着他赶紧回来，再给我带一个圆圆的大大的漂亮礼物回来，我发誓这一次我绝不让调包的坏蛋再次得逞！哎呀，漂亮礼物，漂亮……礼……物，我的口水都流出来了，亲爱的丈夫，快点回来啊！"

舞舞虽然穿着又脏又皱的礼服，但肥美的她在舞虻林场里仍然很是抢眼，吸引了很多雄舞虻的注意力。不时有抱着礼物的雄舞虻来邀请舞舞一起跳舞，舞舞都咽着口水拒绝了："对不起，我在等我的丈夫。"她的语气越来越虚弱，渐渐有些气急败坏起来。

"嘎！完美的屠杀来自练习！所有雌虻都是不给礼物就捣乱吗？"阿历克斯又见识了几场惊心动魄的杀夫场面后，胆战心惊地问舞舞。

"当然不是啦！我是因为爱我的丈夫才和他结婚的。我不喜欢的雄虫，给不给礼物我都懒得跟他捣乱。在我心里，礼物只是求爱的信号，我甚至都舍不得在结婚的时候打开礼物吃掉，虽然那时我很饿。我就是喜欢抱着它的亲密感觉。"舞舞说着，又摆摆爪不耐烦地赶走了一只雄舞虻。这只雄舞虻抱着一只半死不活的小昆虫，小昆虫草草地被几束丝线绑着。"这样的求爱者，一点都不浪漫，一点都不用心，我饿死也不会接受他们的。"舞舞气哼哼地说。

阿威的耳朵忽然竖起来，头部轻微地左右摇摆一下，接着像一道闪电，飞向下方的一片草丛。阿历克斯和舞舞见了，不明所以，也跟着飞了过去。

"你在干什么？"阿威冲着草丛大喝。

6

一只雄舞虻闻声仓皇地抬起头来，嘴角还滴滴答答地挂着粘液，脸上沾满了古怪的食物残渣。

舞舞低头一看，不由得大怒。

原来这只雄舞虻正忙着吐出洁白闪亮的漂亮丝线，给一只干瘪的小昆虫尸体打包。很明显，他已经吸干了小昆虫的汁液，想要把这只已经毫无价值的猎物伪装成新婚礼物。

雄舞虻惊恐地看着阿威："别吃我啊！探长！我没干犯法的事啊！"

"嘎！骗子！你为什么把吃过的虫子包起来？想骗谁？"阿历克斯一向见不得弄虚作假。

"我……我……是为了好玩儿……"雄舞虻吞吞吐吐。他太紧张了，一边说，一边竟然还在下意识地从尾部吐出丝线来，机械地一刻不停地缠裹着死虫子，眼看着小丝球越来越圆润起来。

阿威冷笑一声："在你们的交配时节，每一分钟都很宝贵。别人忙着献礼，你忙着玩死虫子，你不怕自己就此绝种了吗？"

雄舞虻一听"绝种"一词，禁不住打了个冷颤。舞虻们最怕听见这个词了。

"我……怕……不怕……"雄舞虻支支吾吾。

舞舞激动起来："你这只虫子是不是从哪儿调包来的？你偷了别人的礼物，吸完了汁液，再把它包起来，难道还想再去调包一次吗？说！你从哪儿偷来的虫子？"说完，舞舞飞过去，在雄舞虻的身上狠狠咬了一口，咬下一小块肉来，忙不迭地咽下去了。

雄舞虻个子比舞舞小多了，打肯定是打不过，敢怒不敢言。他疼得忍不住哇哇叫，可是在阿威的虎视下，也不敢逃跑。

舞舞讨厌这只雄舞虹猥琐的样子，就冲上前去又咬下了一口肉。

雄舞虹魂飞魄散："别咬啦！别咬啦！再咬就要把我咬死啦！我全说！我说真话！呜呜呜，这只虫子确实是我自己抓的啊，我本来是想拿去献给我未来的新娘子，可是我实在太饿了，饿得简直没有力气把它包起来啊！这只虫子不停挣扎，也太鲜嫩多汁了啊！我口水直流啊，我忍受不住那么大的诱惑啊！我这才灵机一动，想着把汁液吸掉，先填饱自己的肚子，再把它漂漂亮亮地包装起来，看能不能哄过一个浪漫的舞虹姑娘，在她发现真相之前，生米煮成熟饭，骗她和我结了婚，我再尽快溜之大吉。没想到被你们发现了。我发誓我是第一次这么干啊，饶了我吧，可怜可怜我吧！传播后代毕竟是我今生今世的头等大事啊！以后我再也不敢啦！哇哇哇！"

"那我的结婚礼物被谁调包了？一定是你这个坏家伙！"舞舞说着又要去咬一口，这一次雄舞虹翻身躲开了。

"探长明鉴啊！我这么小，她那么厉害，我哪敢去她的虎口夺食啊！我还要不要命啊！我哪敢去调她的包啊！我宁愿自己饿着肚子去抓十只虫子献给她，也不敢去招惹她啊！哇哇哇！"雄舞虹痛哭流涕。

阿威看了雄舞虻一眼，对舞舞说："如果真是他调包的，他吸完虫子汁液也没必要再把尸体包起来，直接轻轻松松包个空球就是了。而且，这里显然是他的藏身之地，也是就餐现场，但周围并没有被拆封的废丝球，说明他吃的不是新婚礼物，的确是新抓的猎物。"

舞舞悻悻地对雄舞虻呲呲刀片一样锋利的嘴："滚！骗子！别再让我看见你！"

雄舞虻立刻摇摇晃晃地飞走了，当然没忘记抱走他那尚未完工的假礼物球。

7

"嘎！难道真有雌舞虻会受骗上当吗？"小小的舞虻世界今天可真是让阿历克斯大开眼界了。

"当然有啦！"舞舞轻蔑地说，"多情的舞虻傻姑娘多的是。你难道不知道吗？有些雄舞虻随便拿着一片鲜艳的小树叶、小花瓣，高高地傻举在她们面前，都能让她们神魂颠倒，立即堕入爱河。傻死了！一群傻瓜！"

阿历克斯："那你会受骗吗？"

舞舞："我当然不会啦！你这个傻鹦鹉！我是集美丽、聪明和多情于一身的舞虻姑娘！难道你没看出来吗！我告诉过你了，我爱的是舞虻丈夫，不是结婚礼物！我看着顺眼的丈夫，礼物自然货真价实！哼！傻鹦鹉！"

舞舞饥火难耐，口气越来越激烈，脾气也越来越暴躁了。

阿历克斯对阿威做个鬼脸，不吭声了。阿威微笑着摇摇头，示意阿历克斯不要跟饿得发慌又怀了孕的舞舞一般见识。

"饿死我了！我丈夫到底死到哪里去了！不行，再死等下去我和宝宝们就要饿死了，我得先去找些吃的！"说完，舞舞径直向大榆树后面飞去。

榆树后面有个热闹的小池塘。池子里长满了水草，池面上漂浮着许多落叶、花瓣，数不清的浮游生物将池水荡出一圈又一圈的小涟漪。

舞舞在池塘上空盘旋片刻，一头扎下去，想抓住一只小蜉蝣，却扑了个空。舞舞明显感觉自己的动作没有以前那么灵活了，受了孕的身体变得很沉重。

她耐心地又飞了一会儿，猛扑下去。又落空了。

舞舞有些头晕眼花，飞得歪歪扭扭。

"需要帮忙吗？"阿历克斯同情地问道。

"你帮不了我的忙！你能抓得住这么小的昆虫吗？别挡着我的道儿就谢谢你了！"舞舞有气无力地发着脾气。

舞舞又一次猛烈俯冲，把水面撞出一小片水花。这次总算没有白费劲，一只小小的蜉蝣被她捉住了。小虫子还来不及挣扎，就被舞舞三口两口吞下肚去。

舞舞飞上飞下忙乎了好一会，才吃到两只小虫子。她快累瘫了，却比刚才更饿，简直饿得前心贴后背。

她气喘吁吁地飞到岸边，躲在茂密的草丛里，打算先歇口气。她能感觉到自己腹中的卵宝宝们正在快速生长，她却不能供给他们足够的营养。

草丛里到处都是刚结婚的舞虻新郎和新娘们。新娘们几乎都在不停地吃东西，有的一边吃一边和丈夫交配，毕竟舞虻的生命有限，每一分钟都很宝贵。当然啦，有些新娘吃的是新郎的献礼，有些新娘吃的是多汁的新郎本身。

也有些新娘和舞舞一样，舍不得马上撕开礼物球并吃掉里面的礼物，而是柔情万状地抱着礼物球赞赏不已。

看着很多新娘慢条斯理地拆开包装精美的结婚礼物，甜蜜、悠闲地享用美味，舞舞心里酸酸的，又忍不住流下泪来。

忽然，一个奇怪的礼物球引起了她的注意。这个礼物球怎么看怎么像她的那个新婚礼物，只是上面贴了一点点不起眼的猎物碎片，使它看起来更有诱惑力了。

"难道……？"舞舞慢慢踱过去，仔细查看。刚才弄错了两次，这次她要确保万无一失。

抱着礼物球的舞虻新娘注意到舞舞的奇怪举动，警惕地看了舞舞一眼，把礼物球抱得更紧了。

舞舞凑得更近了。新娘被舞舞看得发毛，恶声恶气地问："你看什么看？走开！"

舞舞不作声，死死盯着礼物球。除了沾在表面的那点猎物残渣，大小、色泽、形状，甚至细微的纹路，都一丝不差！千真万确，这就是她的礼物球！

"我昨天抱了一整天，怎么会认不出自己的礼物球？"舞舞喃喃自语着，疯了一样扑向礼物球，"这是我的礼物球！还给我！"

"抢劫啦！抢劫啦！"新娘一边拼命护住礼物球，一边和新郎一起大喊大叫。

"抓小偷啦！抓小偷啦！探长快来啊！"舞舞也歇斯底里地嚷嚷着，死死抓住礼物球不放。

8

阿威和阿历克斯迅速飞了过来。

"我找到了！调包大盗在这里！探长！快帮我抓住他们！呼哧！呼哧！"舞舞喘着粗气，冲阿威喊叫着。

三只舞虹围着小丝球，你争我夺，乱成一团。小球竟然没被挤爆，甚至没怎么变形，真是奇迹。

眼见三只舞虹打得难分难解，阿威只好大喝一声："都别抢了！都不许动！"

三只舞虹听从阿威的命令，都静止下来。只见舞虹新娘把礼物球死死地压在肚子下面，新郎死死地抱住新娘，无奈而好奇地盯着舞舞；舞舞半躺半跪，从新娘的左面死死地抓住礼物球，头部抵着新娘的脖子，后肢蹬着新郎的脸。

阿历克斯见了这幅场景，乐不可支。在他眼里，小虫子打架比杀夫有趣多了。

阿威："舞舞，你确定这球是你的？"

舞舞："千真万确！万无一失！如假包换！"

新郎："你弄错啦！这是我亲手给我老婆做的礼物球！很好看，是吧？嘿嘿！你真觉得好看我再做一个送给你呗。"他冲舞舞眨眨眼睛。

舞舞大怒："谁要你做的臭球！这是我丈夫给我做的礼物球！"

新娘听了很生气："好看的球不臭！这明明是我丈夫给我做的结婚礼物！就算再做一个也还是我的！"

阿威："谁主张谁举证，舞舞，你凭啥说这个球是你的？"

舞舞理直气壮："球是我的，这就是证据！"

阿历克斯："舞舞不讲理！你这是循环论证！"

"哼！他们不是主张说球是他们的吗？让他们举证！"舞舞说着，猛地撞了一下新娘的脖子，新娘疼得大叫，抱球的爪子不由自主地放松了一些，舞舞乘机一使劲，把球夺了过来。

新娘大哭起来："光天化日之下抢劫啊！探长啊，你要给我们做主啊！"

舞舞正义凛然："探长不会给坏蛋做主的，探长只会帮助好舞虻！对吧，探长？嘻嘻！"

阿威对舞舞说："你先把球放下。除了看起来像是你的礼物球，你还有别的证据可以证明这个球是你的吗？”

舞舞："嗯，没有了……哦不，这个球上面有我的味道！不信你闻闻！"

新娘："废话！你抢了半天了，现在紧紧抱在你怀里，当然有你的味道啦！强盗！"

新郎："确实是强盗啊！不过，女强盗，我喜欢。哎，能听我说一句吗？这个球真是我做的。这位美女虫虫啊，你要是喜欢，我真的可以再给你做一个，反正也不费什么事，只要你答应做我的女朋友就行。"

新娘对新郎翻个白眼："现在不是开玩笑的时候！"

阿威对新郎说："你说是你做的，你可以证明这一点吗？"

新郎："当然可以啦！我知道这个球里面装的是什么！"

舞舞大叫："你这个大骗子！猜也能猜得到，这里面肯定装了一只好吃的昆虫！"

"错！"新郎得意洋洋地说："这个球里面是空的，什么都没有！哦，不，不不，让我想想，嗯，这里面有个好东西，离开了这个好东西，我们舞虻都没法活下去，这个好东西就是——空气！哈哈哈！"

"嘎！不会吧？你欺骗你老婆啊！"阿历克斯一听就炸了。

新娘赶紧说："他没欺骗我，我知道这个球是空心的。我才不在乎球里面有没有好吃的昆虫，"她说着白了舞舞一眼，"我自己会捕食，不需要丈夫送我吃的！这个球本身就是结婚礼物！看，这就是一件绝世的艺术品呀！那猎物碎片装饰得多么生动！多么漂亮的纹路！多么紧密的编织！被这个女强盗折腾得那么厉害，还是这么完美无缺！溜光滚圆！"

"骗子！骗子！傻子才相信你俩这一套鬼话！"舞舞紧抱着球大叫。

"如果你不相信我，你尽可以把球打开。要是里面有昆虫，那就归你，哈哈！"新郎殷勤地对舞舞说。

新娘不满地哼了一声。新郎赶紧对她说："亲爱的，别担心，这个球已经被你们抢变形了，不那么完美啦！待会我再给你做一个新的！"

新娘听了，点点头："好吧！就算是证明我们夫妻的清白，你可以拆了这个球！如果我们说的是真的，这里面没有什么好吃的昆虫，你打算怎么赔偿我们？大家都不要忘了，我们夫妻俩的名誉，还有这件艺术品，都是无价的！"

舞舞："想吓唬我让我不敢拆包是吧？你们这点小花招休想哄得了我！哼！要是你们说的是真的，我，我就赔你一个比你丈夫的个头还要大的昆虫！"

新娘："一言为定！探长请您给我们作证。女贼，你这就拆开吧！"

舞舞："哼！拆就拆！说好了，要是这里面有虫子，那就证明这就是我的球！我不但要把虫子吃掉，还要把你丈夫也吃掉！作为对你们无耻的调包行径的惩罚！探长作证！"

说完，舞舞一口把猎物装饰碎片扯掉，接着连撕带咬，三下两下就把丝球拆出一个大洞。她不敢相信自己的眼睛，继续撕扯，直到把丝球咬成了碎渣，也没见到昆虫猎物的影子。

这简直就是昨晚那场拆空球噩梦的重演啊。迷惑，失望，伤心，悲愤，恐慌……还有加倍的饥饿，无数种滋味一起涌上舞舞的心头。

新娘冷笑："怎么样？服气了吧？探长作证，你欠我一个比我丈夫的个头还要大的昆虫！我刚好被你气得有点饿了，快给我捉虫去！"

9

折腾了这么大半天，舞舞饿得快要神经错乱了。现在，她就是拼死了，也没有力气给那个被她骚扰的舞虻新娘捉一只比她丈夫的个头还大的虫子啊。舞舞只好低声下气地给人家道歉，受了人家一顿无情的奚落，灰溜溜地离开了。

舞舞沮丧极了。有一刻她觉得生无可恋，但腹中的卵宝宝们提醒了她，给了她继续活下去的勇气和信念。

她知道小卵宝宝们也饿极了，只好强打起精神，继续去打猎，却总是一无所获，倒是饿得整个腹部都剧烈疼痛起来。

"哎呦，我真的要饿死了。"舞舞禁不住呻吟起来。

阿历克斯看她这么可怜，很不忍心，就温柔地安慰她："别那么难过，没准你丈夫马上就出现了，给你带来一个漂亮多汁的大猎物！嘎！"

"我丈夫一定是出了什么意外。天哪，他可能死掉了！探长，我正式向您提出新的请求，我的丈夫失踪了，麻烦您……嘤嘤嘤……找到他。"舞舞耷拉着脑袋，疲饿至极，伤心欲绝。

阿威皱着眉头沉思片刻，然后微微点头，似乎对案子有了更大的把握。

"嘎，有线索了吗？那个马脚，还露在外面吗？"阿历克斯悄悄地问。

"马脚露得越来越清楚了。我昨晚就已经想到了这种可能，现在越来越确定了。再耐心一点，如果不出意料，谜底马上就该揭晓了。"阿威说着，锐利的双目继续密切扫视着舞虻林场。

午后的暖阳斜挂在晴朗的天空，舞虻的集体婚礼到了最热闹的时候，林场的狂欢气氛达到了顶点。新婚夫妇们有的翩翩起舞，有的飞离虫群，降落到草木上，说着悄悄话。

每一对夫妇看起来都是如此和美。看惯了杀夫把戏的阿历克斯渐渐发现，其实被老婆吃掉的雄舞虻死得也没那么凄惨，能实现传宗接代的毕生追求，令他们死得无限幸福、满足。

阿历克斯张张翅膀："嘎！嘎！看惯完美的屠杀，也来自练习！"

"舞舞，你看见自己的丈夫了吗？"阿威忽然问。

阿历克斯确信，感觉器官高度灵敏的阿威显然已经有所发现。

"你们跟我来。"阿威说着，展开双翅，不慌不忙地滑翔着，最后降落到大榆树下面那片洒满阳光的草地上。

"看我找到了谁。那个失踪的丈夫。"阿威注视着草丛中的一对舞虻情侣。

舞舞惊叫一声："啊！我最最亲爱的丈夫！你怎么在这里？我担心死你了……她，她是谁？"

"'她'，当然是你丈夫的新女友！嘎！没见他俩正在热恋吗？"阿历克斯激动地喊道。

舞舞当然看见了。那新女友的怀里正抱着一个洁白如雪、晶莹如玉、圆润如珠的漂亮礼物，和舞舞昨天抱着的那个一模一样。这次是真的一模一样。舞舞呆呆地说不出话来。

"舞舞，我，我正要去找你呢。"舞舞的丈夫尴尬地说。

"我和咱们的卵宝宝都饿坏了，你在这里干嘛呢？为什么倒给别的姑娘送了一个礼物球呢？"舞舞的声音轻飘飘的，死气沉沉，透着万念俱灰的绝望。

10

新女友大口吸了几口气，腹部两边的充气囊鼓得更壮观了，这使她蓦然显得更加肥大起来。

"这个傻姑娘是谁？你的前妻吗？哈哈，干瘪瘦小，又脏又丑，怪不得你会抛弃她来追求我。有眼光！"新女友得意地挤了挤礼物球，又往舞舞丈夫的怀里钻了钻，嘲弄地说："生命短暂，聪明的姑娘，要善于认命啊！"

舞舞再也没有看新女友一眼，只是一直凝视着自己的丈夫。"你的宝宝在挨饿，快饿死了，你不知道吗？"她的喃喃细语，空洞而凄凉，可怜极了，也可怖极了。两行眼泪流下她憔悴的面颊。

"我，我……对不起，我找不到你了，不得已就……又……打算结婚了。"丈夫躲避着舞舞的目光。

"你说谎。你怎么会找不到我，我一直在老地方等你。我是多么爱你啊！你就算不爱我了，你自己的孩子难道你也不关心吗？你就忍心看着他们活活饿死吗？"舞舞再也支撑不住了，一下子趴倒在草地上，没有一丝活下去的力气了。她甚至连饥饿的感觉都消失了，几乎变成了一具行尸走肉。

"嗨，要死也别死在我家门口啊！我马上就要吃晚饭啦，别倒了我的胃口！"新女友刻薄地喊道。

"不管怎样，我和她已经要结婚了，你也去另觅佳偶吧。"丈夫冷漠地对舞舞说。

舞舞发出一声细微的叹息，几不可闻。

"你们快走吧，别打扰我们了，我要拆开礼物，吃晚餐啦！吃完晚餐，我就要做新娘啦！"新女友炫耀地举起礼物球，咬了一口。

"先别着急，亲爱的，"舞舞丈夫甜蜜地说，"这么好看的礼物球，你不想再多玩一会吗？我费了那么多心思和气力做出来的，这难道不是世界上最真心实意最完美无缺的礼物球吗？我的甜虫虫。"

"哈哈！是啊！我真爱死你啦！"新女友又往舞舞丈夫的怀里钻了钻。

舞舞丈夫把新女友搂得更紧了，板着脸对舞舞说："我们需要私密的空间培养感情，你请回吧！"

阿历克斯心疼地抱起奄奄一息的舞舞："嘎！我们走！跟这种没心肝的东西，也没什么好说的！"

"慢着！"阿威跨上一步，"能请你们把礼物球打开吗？我很好奇，这么漂亮的礼物球，里面会是什么样子。而且，新女友显然也饿了。"

新女友看了阿威一眼，转过头去小声对未婚夫说："是啊！我真的很饿！我好想吃东西！我真的想在做新娘之前吃得饱饱的。对！我现在就要把它打开，哈哈！饱满多汁的猎物，让他们开开眼！"她越说越大声，"让你前妻看看！哈哈，这个美味的猎物让她也看一眼嘛！看到吃不到，生活太美妙！这会让我有更好的心情做新娘！"

新女友不再废话，张开刀片嘴，伸出利爪，开始拆礼物。

"你别着急啊！来，先抱抱！"舞舞丈夫着急地劝说，"先跟我培养感情啊！亲爱的甜虫虫！"

但新女友已经完全被吃美味的欲望压倒了，浑然听不见未婚夫的劝阻。

这个礼物包装得确实尽心尽力，又复杂又结实。但新女友很野蛮，费了一些功夫，总算是撕开了。

"啊！怎么是空的？你这个大骗子！"狂怒的新女友一口向未婚夫咬去。眨眼间，舞舞丈夫就被全部吃下肚，变成了新女友的营养餐。

舞舞瞪大眼睛看着这一切。"我是一个傻姑娘……"她发出最后一声叹息，死在了阿历克斯的怀里。

11

阿威和阿历克斯回来的时候，阿雪已经把小宝宝们喂饱、哄睡着了。

见阿历克斯垂头丧气，红着眼睛，一声不吭，阿雪轻声问："怎么？是不是礼物球根本没有被调包，舞舞的丈夫有意送了她一个空心的假礼物？"

"嘎！你真神！神奇来自智慧！智慧来自博学！博学

来自练习！”

“你待在家里都猜到了真相。”阿威佩服地说，“讽刺的是，她丈夫被新女友吃掉了。”

“这种骗子最终的下场无非如此。可怜舞舞这一生了，多好的姑娘。”阿雪叹道。

“舞舞也死了，饿死的，也是伤心死的，嘎！”阿历克斯再也忍不住自己的眼泪。

“啊！”阿雪轻呼一声，“太可惜了！”

“这也算是大自然的平衡之道吧。”阿威说。

第二章

三棘鱼惊魂案

1

这好几个月以来，怒焰被极度的怨恨咬噬着，郁郁寡欢。

他恨阿雪，竟然跟那个翅膀受了重伤的残废结婚，还一下子孵出三个只会叽叽喳喳乱嚷嚷的讨厌的傻小子。

他恨阿威，抢走了他最心爱的猫头鹰姑娘，使他在心里预演了无数遍的美好未来全部泡汤了。

他恨死去的父亲狡猾的长尾一点都不够狡猾，徒有虚名，杀了那么多侄子侄女，却偏偏留着长爪国王活到现在，让亲生儿子在继承者的美梦中等待了一年又一年，越等越没有希望。

他痛恨所有猫头鹰，痛恨整个世界。

他最恨最恨的是那个昏聩的国王，无能的长爪。作为一个国王，连继承者阿雪公主的婚事都左右不了，竟然由着她嫁给那个平民残废！竟然因为那个平民废物在海啸时救了自己一命，就对那个废物刮目相看，还给他奖励了一枚国王金质奖章！真是猫头鹰王族的奇耻大辱！这样没头脑的国王，还不如死了算了，活着有什么用？！那个宝座，早该让给一个有勇有谋有能力的继承者！

对，他不想再等下去了，一刻都不想再等了。通往国王宝座的道路上，现在只有一个障碍：长爪。清除了长爪，整个世界就都属于他怒焰了！阿雪也逃不掉，哼！

长爪必须死！现在就死！这个念头令怒焰禁不住咧开嘴，阴森森地无声地笑了起来。

就这样，几个月来在苦涩、绝望的黑暗中挣扎不休的怒焰，第一次感到了喜悦，有了一个明确的目标，看到了一线滴血的曙光。

2

太阳快落山的时候，一艘红色的大型旅游船停在了松树河口。

这是一条新航线。自从海啸那天火焰岛的猫头鹰无缘无故发疯之后，绿野市旅游公司"火焰岛三日游"的轮船就不再停靠在火焰岛南海岸。这是游船首次在松树河口停留。

游人们三三两两地从游船上下来，踏上这块人迹罕至的土地。一大群被惊飞的白鹭沿着海岸四散而逃，远远地躲进一直长到岸边的森林里。

游人们往南边眺望，可以隐约看见火焰岛北峰孤高地耸立在湛蓝的火焰海之上，像一个勇猛的伟大战士，守卫着火焰岛。

流经整个绿野大森林的松树河在这里汇入火焰海，海水和淡水在此交融，独特的自然环境孕育出许多独特的物种。这里的海岸是一大片松软、富饶的滩涂，滩涂上面长满了枝叶粗韧的红树林。红树林一直绵延到大海里，潮来没顶，潮去花开，白鹭、螃蟹、乌龟、跳跳鱼、泥蚶……无数的生灵在这片幽静的树林里安家。

游人们纵情欣赏以前只能从游船上远眺的松树河口美景，大口呼吸着森林与海潮两种气息相互交融的清爽空气，随手采摘四处垂挂的紫葡萄，在野西瓜的藤蔓间踩来踩去，咕咕叫的肚肠期待着即将开张的"松树河皇家野餐会"——这是游船新航线招徕游客的主要活动项目之一。

静谧的松树河口因为游船的到来，一下子喧闹异常。松树河里的游鱼们都惊恐不定，他们从来没见过这么多的人类，从没听到过这么杂乱、陌生的响动。

小海龟姐妹慢腾腾和腾腾慢这几天正好和爷爷老威廉在松树河口度假，结交了很多新朋友。两只小海龟很好奇，这些人类吵吵闹闹的到底想要干嘛呢？她们决定先躲进红树林里去，好好看个究竟。

夜幕降临，红船上挑起一盏盏大大小小的红灯笼，支起一面面做工精良的红绸幕帘。一眨眼的工夫，河面上好似凭空变化出一座梦幻般的红楼，整个松树河口被迷离的灯光映照得一片通红，仙气飘渺。河水仿佛熊熊燃烧起来，烈焰滚滚，涌入火焰海，远远地沉入幽暗的海面。这壮观的灯火美景，引来游客们一片赞叹。

　　轻快的小夜曲响起来，在林梢水波之间幽幽回荡，令老威廉平添一缕愁绪。

　　红帘红窗，红灯红烛，红桌红椅，红勺红筷，红彤彤的烤肉架滋滋滋地流着红油……红船上豪华的皇家野餐会正式开始了。

　　红光闪烁，烤肉飘香，在游人们的欢声笑语中，谁也不知道，惨案正悄然发生。

3

　　第二天一大早，阿威一家刚吃完早饭，长眉正给昏昏欲睡的宝宝们讲睡前故事，小白鹭俊哥跌跌撞撞地冲进来。

　　"阿威探长！阿雪公主！快，松树河口，三棘鱼，死了一大片！"俊哥上气不接下气。

　　阿雪轻呼："糟糕！现在正是三棘鱼的繁殖季节！"

　　长眉："你们快去看看到底是怎么回事！我来哄宝宝们睡觉。"

　　大宝："我也想去看看！"他使劲揉了揉犯困的眼睛。

　　二宝："我一点都不瞌睡！"他说着打了个大哈欠。

　　三宝："我一百点都瞌睡，可是我也想去。呵——啊——"他打了个长长的哈欠，身子往长眉爷爷怀里一歪，头一低，睡着了。

大宝和二宝被弟弟的瞌睡虫传染了，也拱到爷爷怀里，眯上眼睛，立刻发出甜美的鼾声。

阿威轻轻抚了抚呼呼大睡的小宝宝们，长眉示意他们赶紧出发。

阿威、阿雪和俊哥一起出了门，径直向南边的松树河口飞去。

阿威的左翅在上次海啸大爆发时摔断了，当时伤势很重，大家都以为他要终身残废了。没想到阿威意志顽强，他刻苦训练，再加上阿雪的细心照顾，现在受伤的翅膀差不多恢复得和以前一样了，只是飞久了，伤口还是会隐隐作痛。

从会说猫头鹰语的人类男孩小耳朵那里，阿威已经知道，那次是怒焰把自己从空中撞翻落海的，这也是小海龟慢腾腾和腾腾慢姐妹俩亲眼所见。她俩还说，怒焰撞翻阿威和撞死长尾使用的是同样的攻击技法，老威廉爷爷说，那叫"导弹撞"，100年前很流行。但是既然长爪国王依然信任怒焰，不信小耳朵和小海龟们的"胡编乱造""胡言乱语"，阿威和阿雪只好自己暗地里对怒焰加强了戒备，尤其是在小宝宝们出生以后。长眉爷爷更是如此，只要有空闲就过来守护宝宝们。

不过奇怪的是，怒焰似乎终于对阿雪死心了，一直没有表现出再图不轨的迹象。

这不，当阿威和阿雪随着俊哥到达三棘鱼暴死的事发现场时，残忍的怒焰栖在河岸边的大松树上，正笑眯眯地看着他们降落下来。

"看来老白鹭也向你们求救了，呵。不好意思，你们来迟了。还是我们火焰岛离这儿更近一些啊！国王派我来负责调查这件事，我先到一步，已经查明真相，马上就要结案了。"怒焰不阴不阳不咸不淡地说。

松树河口的雀长白鹭奶奶在旁边听了怒焰的话，一脸茫然。

阿威、阿雪齐声和白鹭奶奶打了个招呼，对怒焰的话未置可否。

4

阿威看到，平静、清澈的河面上，漂着一层三棘鱼的尸体。小小的鱼儿个个都翻着肚皮，腹部明亮的红颜色连成了一片，在晨光下闪耀着诡异的光彩。

阿威看一眼阿雪，阿雪看懂了阿威吃惊的眼神。阿雪冲阿威点点头，面露焦虑之色。

"全都是准备要做爸爸的雄性三棘鱼！太残酷了。"阿雪悄悄对阿威耳语。

"是啊，真是奇怪，到底是什么力量，能够这么精准地专门谋害雄鱼准爸爸呢？"阿威耳语道。

阿雪皱着眉头："一定要追查到底，不然三棘鱼有灭种的危险！"

阿威和阿雪仔细观察周围的情况。在不远处的河口，有一大块平坦的礁石，旁边静悄悄地泊着一艘红色游船。

经过一夜的狂欢，游船现在仿佛睡着了，一点动静都没有。

阿雪问白鹭奶奶："白鹭奶奶，这船哪儿来的？"

怒焰矜持地等着阿威和阿雪向他求教，都等得有点不耐烦了，但阿威和阿雪都没有要搭理他的意思，他不禁有些恼怒。这会儿见阿雪发问，他连忙抢着回答："是人类的旅游船，昨天下午就来了。"

白鹭奶奶问："怒焰大鹰，你刚才说你已经要结案了，那么这些三棘鱼儿为什么会死呢？"

"当然是被人类毒死的！"怒焰恶狠狠地指指游船，自负地宣布说。

"被人类毒死的？人类怎么下的毒呢？你看，"白鹭奶奶和气地说，"我们白鹭家族除了受到点惊吓，都活得好好的呀。"

"他们是在水里下的毒！"怒焰恶声恶气地回答。

松树河水清澈得近乎透明。树木花草的影子倒映在河面上，河底的沙石、水草都清晰可见。

"但是，"白鹭奶奶指了指河里的游鱼游虾，"为什么这些小鱼小虾也都没事呢？"

"我早上还捉了好多小虾吃呢，还是和往常一样甜甜的、香香的、鲜鲜的。"俊哥说。

"傻傻的小白鹭不要乱插嘴！你懂什么！小心哪天被人类毒死！"怒焰呵斥道，"这些三棘鱼是被醉死的！一定是昨晚人类狂欢的时候，把毒酒洒到河里去了！白鹭雀长，刚才你不是也说了吗？人类闹腾了一晚上，往河里倾倒了很多垃圾，好多人醉醺醺地朝河里呕吐，还有好多人不停地往河里扔食物、倒美酒，说是要给河神敬一杯酒，请河神保佑他们平安、健康、发大财！这不都是你刚才说的吗？！"怒焰对白鹭奶奶说着，眼睛却不住地瞟向阿威和阿雪，还不时假装无奈地摇一摇头，显然是在跟阿威和阿雪套近乎，暗示白鹭奶奶很蠢，希望和他一样聪明的阿威、阿雪能够认同他的观点。

但阿威和阿雪对怒焰这一套挤眉弄眼的猥琐做法视若无睹，都没有回应他。

白鹭奶奶何等聪明，怒焰这一套把戏当然也逃不过她的眼睛，但她不以为意，仍然很和气地说："是啊！我是这么说了。但是，就算人类往河里倒了很多酒，为啥其他的鱼虾都好好的，为啥我们白鹭全都好好的呢？大家可是都一直在喝这河里的水啊！"

"哪有那么多'但是可是'的，这么简单的道理都想不明白！鱼和鱼不一样，三棘鱼和白鹭更不一样！三棘鱼酒量小，酒量大的鱼虾就没事，你们白鹭个儿大，更没事。懂了吗？我要去报告仁慈的国王，请国王派侍卫队好好教训教训这船丧心病狂的人类！"

怒焰说着，就起身要回火焰岛去。

“等一下！”阿雪沉静地说，“就算每种鱼的酒量不一样，为什么被毒死的偏偏全都是要做爸爸的雄性三棘鱼呢？”

怒焰大奇：“你说什么？你怎么知道死鱼都是要做爸爸的雄性三棘鱼？”

阿威不禁微微摇摇头，翻翻眼珠。怒焰见阿威这样公然蔑视自己，心中大怒。

阿雪说：“在繁殖季节，三棘鱼的雄性如果准备好了要做爸爸，身体的颜色就会发生变化，腹部会变成亮丽的红颜色。肚子里有卵的雌鱼，看到红色腹部的雄鱼，才会被吸引过来一起跳舞，借此挑选自己的丈夫。”

白鹭奶奶连连点头：“嗯，确实是这么回事，还是阿雪公主观察得仔细。”

怒焰没好气地说：“但是根据我的观察，三棘鱼全都是红色腹部的！”他说着，看了看阿雪冷若冰霜的脸，尖声说：“看来我们谁也不服谁，那就各干各的吧！我要去报告国王，不跟你们浪费时间了！”说完，他“呼”地展开健壮的翅膀，气冲冲地向火焰岛飞去，一会儿的工夫就变成蓝天中的一个小灰点了。

5

怒焰一走，两只可爱的小海龟从河里钻出来。阿雪惊喜地飞过去抱住她们：“好久不见你们啦！真想你们呀！”

腾腾慢："大坏蛋破案无根无据！"

慢腾腾："美酒怎能醉死三棘鱼！"

腾腾慢："死的确实都是雄鱼哥哥！"

慢腾腾："雌鱼妹妹的眼泪流成河！"

阿威："哪个雌鱼妹妹哭得最悲惨？"

阿雪："我们能不能和她谈一谈？"

慢腾腾和腾腾慢于是一起趴在河边，大喊起来。

腾腾慢："刺头，刺头，快往上游！"

慢腾腾："阿威，阿雪，为你报仇！"

一条穿着纱裙的漂亮小鱼儿游到河面上，探头哭诉道："呜呜呜，天理何在！霸凌猖狂，好鱼遭殃！"

阿威："谁是霸凌？"

刺头："除了那群女魔头，还有谁？现在雄鱼哥哥都被她们……呜呜呜……欺负死了，看她们以后还能……再……欺负谁！呜呜呜！"刺头的眼泪混着河水糊了满脸。

阿雪："别着急，慢慢说，女魔头做了什么？"

刺头："河里有一群三棘鱼女黑帮，心肠毒辣，厚颜无耻！她们整天成群结队出动，四处攻击雄鱼哥哥的窝，把窝里面的卵吃掉，然后在窝里产下她们自己的卵，强迫雄鱼哥哥只养育她们的后代！"

白鹭奶奶："啊！竟然有这种事！要是你们的卵都被

她们吃掉，那你们这整个繁殖季节就都被浪费掉了啊！这样对你们太不公平了！"

刺头的眼泪又糊了满脸："说的是啊！白鹭奶奶！呜呜呜，霸凌就是霸凌啊！我的卵就全都被她们吃掉啦！我们受气妹的卵白白被她们吃掉，那是一点法子都没有啊！雄鱼哥哥们也都要被她们气死了，可是她们鱼多势众，雄鱼哥哥只好忍气吞声，由着她们任意摆布！"

阿威思忖着："她们这一招看起来鲁莽、蛮横，其实算计得很精明，既给自己的身体添加了营养，又增加了自己后代的存活几率。"

阿雪对刺头说："她们这么做对你们很不公平，对雄鱼也不公平，因为雄鱼们之前辛辛苦苦授精、养护的卵宝宝也都浪费掉了。"

刺头："阿雪公主您说得太对了！所以雄鱼哥哥怕死这些女魔头啦！远远看见她们成群结队地游过来，就赶紧过去把她们引开，免得鱼窝被她们发现。"

阿威："她们这样霸凌你们，看起来，你们和雄鱼都好好活着才对她们最有利啊。"

刺头："是啊！这下子她们把雄鱼哥哥都欺负死了，她们自己的卵也没有鱼爸爸照顾了！早晚死路一条！霸凌无法无天，到头来遭报应，害了她们自己！"

阿雪："我认为，她们那么精明，应该也不希望雄鱼都死掉。到底出了什么事呢？"

腾腾慢："她们来了！成群结队势力强！"

慢腾腾："她们哭了！凄凄惨惨怒火旺！"

刺头回头一看，悲愤交加，鱼背上那三根用于自卫的刺"唰"地竖起来："女魔头！你们哭什么？"

领头的霸凌鱼嚷道："雄鱼哥哥死了这么多，死得这么惨，难道只许你哭，不许我们哭？"

刺头："就是你们把他们害死的，你们还有脸哭？"

霸凌鱼头："谁说是我们害死的？我们保护他们还来不及！"

刺头冷笑一声："保护？狠心吃掉他们的卵，那叫保护？"

霸凌鱼头："吃掉他们的废物卵，留给他们优质卵！有什么不对的！你这个废物姑娘的卵，就应该被灭绝！"

刺头气得发抖："探长你听听！你刚才还说我们和雄鱼哥哥都活着对她们才最有利，可她们竟然在诅咒我们灭绝！"刺头说着转过头去，怒视着霸凌鱼头，"哼哼，请问，我们灭绝了，你们再到哪里去抢鱼卵吃？把雄鱼哥哥都害死了，你们再找谁去保护你们自己的卵宝宝？"

霸凌鱼头讥笑道："雄鱼哥哥那么护着你们的卵，你们也没那么容易灭绝。别小题大做啦，别动不动就哭天抢地啦！废物！再说一遍，雄鱼哥哥不是我们害死的！"

刺头："不是你们害死的，还能有谁？"

霸凌鱼头："当然是那些得不到雌鱼姑娘青睐的雄鱼废物们干的！你以为呢？好好动动你的透明脑子吧！废物！"

刺头有点摸不着头脑，愣住了。

阿威问："雄鱼废物？怎么回事？"

霸凌鱼们七嘴八舌：

"总有一些雄鱼，一看就是废物！"

"长得又瘦又小不说，连窝都造不好，舍不得多弄一点点水草把窝盖得隐蔽一点！"

"哼！八成是根本就没力气、也没本事把窝藏好！"

"就是！废物鱼的窝简直就摆在天敌鸟儿的鼻子底下，视力稍微好一点的天敌鸟儿一下子就能看见，一嘴啄一个准儿！一窝鱼宝宝，一嘴吃光光！"

"没有雌鱼愿意去废物的窝里下卵！我们见了废物，理都不理！"

……

阿雪："你们为什么认定是废物雄鱼害死了你们的雄鱼哥哥呢？是你们亲眼所见吗？"

霸凌鱼头："尊敬的公主呀，您看看附近这一大片河水里，还有几条身强力壮的三棘鱼哥哥在游动？剩下的全都是些有气无力、没精打采的废物！不用亲眼看见也知道，准是雄鱼废物们造反，害死了强壮的雄鱼哥哥！这样的话，我们雌鱼没得选，只好把卵下到他们的窝里去！"

阿威："如果能找到一条所谓的废物雄鱼，当面询问一下就好了。"

霸凌鱼头："这个好办！我们去引一条上来，您好好审问一下！让他们把犯罪事实都交待出来！这群罪犯！"霸凌鱼头说完，领着霸凌鱼们集体转身，一窝蜂向河底游去。

7

刺头垂泪不止。

腾腾慢："小刺头，别伤心啦！有了阿威和阿雪，害死雄鱼哥哥的坏蛋一个都跑不掉！"

慢腾腾："小刺头，振作起来！下一个繁殖季节，找最会做窝的雄鱼哥哥保护卵宝宝！"

刺头却哭得更厉害了："我这一季找的雄鱼哥哥，就是鱼窝做得最好最好的雄鱼哥哥啊！他辛辛苦苦，分泌粘液，把沙土、水草一点一点地粘在一起，啊，他做了一个多么漂亮的小丘屋子！小丘里面那个可爱的小隧道，是多么隐秘、优雅、舒适！呜呜呜……

"他一看见我，就爱上了我。他来到我面前，温柔地跳起'之'字舞，红艳艳的腹部别提有多俊啦！我俩情投意合，他是那么浪漫、多情，亲切地把我引到水底下那最最甜蜜的鱼窝里，我产下了我的卵宝宝。

"当然，他也邀请了别的雌鱼去他那里产卵，但那又有什么关系？他给所有卵宝宝都授了精，把宝宝们都照顾得那么周到。他一心一意地守着宝宝们，赶走敌人，不住地煽动他那强壮有力的鱼鳍，给卵宝宝们通风透气，好让他们健康、舒服地发育。他发誓，小鱼苗孵化出来以后，他还会继续保护他们，直到他们能独立生活。

"他是一个多么优秀多么有责任心的爸爸！可是，霸凌鱼毁了这一切！他本来可以把她们引开，就像他以前做的那样，他已经成功把她们引开过很多次了。可是那天，他忙着给卵宝宝们通气，等他注意到霸凌鱼来到窝前的时候，已经太晚了，呜呜呜……"

小海龟姐妹俩、白鹭奶奶和小俊哥都被刺头惹哭了，白鹭奶奶不停地念叨："可怜的刺头，乖乖的刺头，别哭啦，一切都会好起来的……"

这时，霸凌鱼们拥着一条雄三棘鱼浮出水面。

雄鱼看起来疲惫至极，但他强作欢颜，在霸凌鱼群里游来游去："你们别游那么快呀，来呀，和我跳个舞呀！"

他确实显得又瘦又小，腹部的红颜色倒是很明亮。

霸凌鱼头推搡了雄鱼一下："废物！死的怎么不是你呐？说，你们这些废物是怎么害死那些雄鱼哥哥的！"

雄鱼听了这话，才扭头往四周看了看，一下子看见水面上到处漂浮着雄性三棘鱼的尸体。他大吃一惊，尖叫起来：“天哪！这是怎么回事？难道真的是末日妖魔出动了吗？哦，天哪！天哪！我要回家去了！再见！”他说着，尾巴一扭，向水底钻去。

霸凌鱼那容他逃走，结成一堵鱼墙，拦住他的去路，又把他逼出水面。

雄鱼气喘吁吁，慌作一团，鱼尾死命扑腾：“求求你们，别闹了！让我回家去吧！我家里有急事！”

霸凌鱼头：“你家里能有什么急事？废物鱼！”她把脸凑到雄鱼面前，气势汹汹地大吼大叫。

“哦！天哪！我认识你！前几天，就是你带着一群雌鱼，毁了我的家，把我的卵宝宝们全都吃掉了！”雄鱼激动万分，“我有什么急事？你说我有什么急事？当然是去保护咱们的卵宝宝！你们这些狠心的霸凌鱼啊！”

霸凌鱼头一时有点发蒙。她凑近去，仔细看了看雄鱼，忽然惊呼起来：“天哪！天哪！真的是你！大雄！几天不见，你怎么变成这副熊样啦！你……你的雄壮哪儿去啦？你的威风哪儿去啦！你的英俊哪儿去啦！你的翩翩风采哪儿去啦！天哪，大雄！你看上去和废物鱼一模一样啦！比废物鱼还像废物啊！我的天哪！这个世界到底是怎么啦！”

其他的霸凌鱼也惊讶极了，围着大雄游来游去，不断地嚷嚷。一时间，水面上乱作一团。

“末日妖魔！末日妖魔！哦，我要疯了！不要再逼我了，求求你们，让我安静一会儿吧！都——滚——开！"
大雄心慌意乱，失控地喊叫起来。

8

阿威和阿雪诧异地看着三棘鱼们狂乱的吵闹。

阿雪飞起来，在鱼群上空盘旋。河面不再平滑如镜，充满了骚动和不安。

游船上这时响起轻柔的音乐声，在清晨的寂静河口显得格外突兀，把动物们吓了一大跳。游人们新一天的狂欢又拉开了序幕。

大雄看起来愈发丧失了理智，狂躁地跃出水面，重重地落下去。接着再一次跃起来，更重地摔入河水。如此往复数次，他终于把自己摔晕了过去，一动也不动了。

霸凌鱼都傻了，叽里呱啦叫着，在水面上乱窜。

慢腾腾和腾腾慢赶紧游过去，把大雄轻轻托起来，放到岸边一个由青草围成的天然小水洼里。

刺头挤进水洼，温柔地用尾巴来回摩挲着大雄。"他长得真像我的雄鱼哥哥。可惜，我的雄鱼哥哥已经死了。"刺头又抽泣起来。

大雄在刺头的轻抚下，慢慢苏醒过来。他的眼睛里满是极度的恐惧，"小妹妹，快躲起来！末日妖魔要来了！"

刺头："是末日妖魔杀了这些雄鱼哥哥吗？"

大雄："是啊！是啊！太可怕了！真是惊魂一夜！我不敢相信自己现在还活着！如果不是因为辛苦照顾宝宝们把我累病了，我一直躲在窝里听天由命，昨晚我很可能也加入了那场大混战！现在可能也肚皮朝上，成了一条死鱼！"大雄说着，不由发起抖来。

刺头："末日妖魔到底是什么？"

大雄的身体抽搐一下，紧紧贴在草丛底下，悄悄说："那红色的妖魔，你昨晚没看见吗？他们拿着武器，吼叫着，扭曲着，面目丑陋，杀气腾腾，无处不在！他们专门挑战雄性三棘鱼，个个锐不可当。你除了跟他们搏斗，别无选择！看啊！就算选择了搏斗，最终也是死路一条！传说中的末日妖魔已经到了，我们三棘鱼的末日降临了！"

刺头："我看见了红影，也听到了可怕的声音，但我不知道他们是来刺杀你们的！"

白鹭奶奶："可怜的大雄，可怜的刺头，你们可知道，那红色魔鬼，是人类放出来的！"

霸凌鱼们细细碎碎地惊呼："人类！人类！我们认命吧，我们可干不过人类！"

阿威和阿雪听得摸不着头脑，齐声问白鹭奶奶："红色魔鬼是什么鬼？"

白鹭奶奶："昨晚，红光冲天，红魔狂舞，折腾了整整一个晚上。别说这小小的三棘鱼，就连我们白鹭，都快被吓傻啦！”

俊哥：“嗯！快天亮的时候，人类真的疯啦，往四面八方扔了好多大炮弹！天空都要震散架啦，河水都要炸断流啦！我差一点点就被吓死啦！”

大雄惊恐地闭上眼睛：“我相信，我已经在窝里被吓死过去一回啦！”

阿雪对阿威说：“雄性三棘鱼在繁殖季节，见到红色物体就会做出激烈的反应。曾经有科学家做过实验，几乎把任何红色的物体放在雄鱼面前，都会被当成其他雄鱼而遭到攻击。就连一块一点都不像鱼的木头，只要底部有红色，也会遭到雄鱼的攻击。昨晚雄性三棘鱼一定是受到了红光的强烈刺激。”

阿威：“你这一说，我想起来了！有一次，差不多也是三棘鱼繁殖的季节，绿野小湖的三棘鱼群发生瘟疫，很多雄鱼出现心律不齐、血压升高、情绪紧张、头疼昏厥的症状。后来我们经过调查，发现那阵子有一辆红色邮车总是违规停在小湖边。邮车一来，雄性三棘鱼就紧张万分。阿历克斯把这个情况报告给阿海，那辆邮车很快就被挪走了，三棘鱼的疫情随后就消失了。但是，得有多大的红光刺激才能使这么多雄性三棘鱼同时死掉啊！”

腾腾慢听了长吸一口气：“我也想起来啦！昨晚游船是皇宫，里里外外一片红！红彤彤！”

慢腾腾也吸了一口长气：“我也想起来啦！红灯红烛

随波涌，水上水下红光冲！火熊熊！"

　　腾腾慢："疯狂的烟花刺夜空，轰隆隆！"

　　慢腾腾："喝醉的炮弹炸河中，隆隆轰！"

　　阿雪："这就说得通了！昨晚人类游船上的大量红光在河水中涌动，又有很多烟花、礼炮被醉酒的人类扔到河里爆炸，这些都令三棘鱼雄鱼如临大敌，以至于发生错觉，可能还引发了自相残杀，他们自己却都以为是在跟红魔搏斗。"

　　阿威："雄性三棘鱼因为受到极度刺激而暴毙！精准刺杀三棘鱼爸爸的凶手，是游船上的人类！"

　　大雄不再发抖了，脸上现出一丝迷茫，接着是一番领悟，又是一阵痛楚："哦！天哪！那末日妖魔，那红魔！是红光！是炮弹！"

9

　　刺头忽然扬起头，对着不远处的水面惊喜地大喊起来："雄鱼哥哥！我的雄鱼哥哥！"

　　大家望过去，只见阳光照耀的河面上，几条翻着肚皮的三棘鱼雄鱼正拼命挺着身体，试图翻过身来。哗啦，哗啦，很快，这几条雄鱼翻过身来，没有方向地乱游一气。接着，奇迹般地，越来越多"暴死"的三棘鱼动弹起来，哗啦，哗啦，他们纷纷翻起身子活了过来。

　　腾腾慢："谢天谢地，他们全都复活啦！"

慢腾腾："欢天喜地，他们只是晕菜啦！"

水面上的雌性三棘鱼们见此情景，都欢呼起来，冲向雄鱼们，激动地在雄鱼中间游来游去。

阿雪长舒一口气："看来他们确实是被红光和爆炸吓晕过去了。太好了，一场虚惊！"

阿威和阿雪开怀大笑，和大家一起享受这惊喜交加的欢乐时刻。

阿威的耳朵忽地竖起来，接着锐利的眼睛盯住火焰岛的方向。

一片浅灰色的乌云，正迅速从火焰岛方向飘过来。

"火焰岛国王侍卫队！"阿雪轻声惊呼。

没一会儿，猫头鹰侍卫队已飞临游船上空，黑压压地盘旋、锐叫着。

竟然是长爪国王亲自带队！他冲在最前面，高声下达总攻击令。数百只训练有素的猫头鹰战士俯冲下去，像上次占领火焰岛人类居住地一样，从各个方向向红色游船发起攻击。

人类的尖叫声此起彼伏，那是猫头鹰们扑向甲板、冲进船舱、又啄又抓的战果。

"砰！砰！砰！"枪响了。中弹的猫头鹰哀鸣着，落入水中。

腾腾慢："末日妖魔砰砰叫！"

慢腾腾："天上飞的水里掉！"

腾腾慢："中弹落水命难保！"

慢腾腾："只有爷爷救得了！"

腾腾慢："爷爷还在睡大觉！"

慢腾腾："你拽尾巴我挠脚！"

两只小海龟说着，跳入激荡的河水，一下子游得无影无踪。

阿威向枪林弹雨中飞去："长爪国王，危险！快命令大家撤退！"

但是长爪红着眼睛，狂怒地发出暴烈的鸣叫，率先向持枪的船员冲去，小灰翅紧随其后。惊涛略微迟疑一下，也义无反顾地追随长爪疾飞而下。

一名持枪船员被长爪亲率的猫头鹰勇士包围。他在慌里慌张扔枪、卧倒、滚进厨房之前，胡乱扫射了一通。阿威看得清楚，大急，挺身去掩护长爪。然而太迟了，长爪中弹，悲鸣一声，身不由己地向甲板上的烧烤炉跌去，炉中正烈火翻腾。

阿威快如闪电，斜身掠过，一爪捞起跌落的长爪，急速飞升而去。他曾经受过重伤的左翅在火炉上方扫过，火炉受风，在他翅下腾起一大团火焰。

长爪昏了过去。惊涛和小灰翅一左一右贴身护卫着长爪和阿威。

惊涛大声下令："暂时撤退！"

猫头鹰战士们得令，纷纷向高空和森林中疾飞。猛烈的枪声仍然震耳欲聋，又有两只猫头鹰战士中弹落水。

阿雪急速飞上前来，从阿威翅下接过长爪。阿威旧伤被牵动，一阵阵剧痛猛烈袭来，他强忍着疼痛，热汗淋漓。大家互相掩护着，疾速飞入白鹭奶奶藏身的树丛。

10

"嘎！不许开枪！嘎！"阿历克斯的大嗓门从一片混乱中清晰地响起来。

一条小汽艇"突突突"地靠近游船，旗杆上猎猎飘扬的，正是护林队绿色的三瓣花旗帜。

瘦高的阿海挺拔地站立在船头上，短短的黑头发像三棘鱼愤怒的背刺一样根根直立，清澈的黑眼睛热切地注视着前方，壮实的肌肉紧绷着，像一头处于警戒状态的猎豹，随时准备出击。

"住手！都放下枪！"阿海在小艇的船头大叫。

枪声停下来。

"猎杀火焰岛猫头鹰是违法的，它们是国家保护动物！你们知道吗？"阿海向游船上吼道。

船长提心吊胆地从警卫室里探出头来。"啊！阿海队长！是你呀！救命啊！猫头鹰要杀人啦！"

阿海抬起长腿，一跃步，跳上大船。"猫头鹰不会无缘无故杀人的！人类不是猫头鹰的猎物！谁让你们把游船停靠在这里惊扰动物的？这里是自然保护区的核心区，禁止一切商业活动，你们触犯法律了！"

船长："哎呀！我，我不知道啊！这是公司给我们安排的路线呀！一定是哪个环节出问题了。阿海队长快请进来说话吧！"

阿海气冲冲地大踏步走进警卫室。

阿历克斯一转身，向长爪他们隐蔽的树丛飞过来。

"嘎！长爪国王没事吧？嘎呜呜——"看着长爪国王双眼紧闭，阿历克斯以为国王死了，号啕大哭起来。

"你号什么丧，我还没死呢！"国王有气无力地训斥道，但他的脸上分明带着笑意。

在阿历克斯的印象中，长爪国王这是第一次对自己露出笑脸。他破涕为笑："你确实死啦！是我的大嗓门把你吵活啦！我对你有救命之恩！太棒啦！我总是在发挥关键性的作用！嘎！嘎！"

长爪微笑着，把头转向阿威，望进阿威的眼睛："谢谢你又一次救了我。你是一个当之无愧的猫头鹰勇士，请接受我的敬意。"他说着，努力立起身子，把自己的双翅搭在阿威的双翅上，用自己的脑袋碰了碰阿威的脑袋。这是猫头鹰世界最诚挚、最信赖、最崇高的致敬仪式。

阿威深受感动，紧紧拥抱了长爪一下。长爪起身致敬时触动伤口，面露疼痛之色，阿威见状连忙扶长爪重新躺下。

就在这一刻，阿威和长爪之间彻底消融了彼此之间的隔阂以及过去的种种偏见和不满，成了肝胆相照、互相敬慕的忘年好友。

长爪曾经因为阿威是平民而嫌弃过他，但在海啸突然来袭的关头，在刚才的枪林弹雨中，长爪亲眼看到像怒焰这样血统纯正的王族子弟悄悄畏缩后退时，阿威却临危不惧，为了救助同伴不惜身赴死地，表现出一个真正的猫头鹰勇士的高贵品质，这令长爪彻底颠覆了自己的"血统观"。他对自己过去的狭隘感到羞愧万分，但又没法对阿威直言心中的内疚和懊悔，于是就用猫头鹰勇士之间的最高礼遇，表达对阿威的感激、赞赏和喜爱。

惊涛焦灼地望着长爪，他看出长爪内心波澜起伏，同时在强忍着身体的伤痛。长爪对惊涛笑了笑，装出轻松的样子，问道："怒焰呢？"

"我在这儿呢！"怒焰从小灰翅的屁股底下挤过来。刚才一开战，他就躲起来了。这会，他又为长爪和阿威之间萌生的伟大友谊嫉恨得发狂。

"可恶的人类，我们被打败了。"长爪沉重地说，"他们害死了三棘鱼，这笔血账一定要还！"

阿雪连忙说："三棘鱼只是应激反应过度，晕过去了，现在他们全都恢复过来了。你看，他们游得多欢实！"

长爪连忙爬起来查看："啊！他们真的都还活着！雪山国王保佑！"

怒焰对阿雪说："瞧，我说得没错吧！人类乱倒的毒酒把他们灌醉了！"

阿雪懒得跟他多说，低头去查看长爪叔父的伤势。

"不是啦，"白鹭奶奶慢悠悠地说，"是红色魔鬼把他们吓晕啦！哗！"她猛然张开双翅、扭曲双爪，做出魔鬼张牙舞爪的样子向怒焰扑了一下。怒焰吓得一激灵，一下子跳起来，脑袋"咣"地撞到一根粗树枝上，顿时眼冒金星，羽毛飞散，哇哇大叫起来。这一下撞得还真不轻，怒焰的头顶好像都被撞成了一块小平面，这使他的头部看起来像一个倒立的等腰三角形。其他的鸟儿都假装没看见，拼命忍住笑，但阿历克斯可忍不住，"嘎哈，嘎哈，"他都快笑岔气了。

11

"国王！国王怎么啦？"白云医生分开众鸟儿，冲到长爪面前。

"雪山国王保佑！"她紧紧握住长爪的双爪，眼泪忍也忍不住，像珍珠一样一串串地流下来。

"我没事，就是中了一颗子弹，还得麻烦你帮我取出来，好吗？"长爪微笑着，柔声说道。

白云哽咽着点头，把长爪的大爪子握得更紧了。长爪真是一个深受猫头鹰们爱戴的好国王啊。

　　这时，阿海从红船跳回小艇。他吹声口哨，又模仿阿历克斯叫了两声："嘎！嘎！"

　　阿历克斯笑了："我要走了，伙伴们！火焰岛见！阿海队长现在常驻火焰岛啦！你们国王侍卫队从火焰岛一出动，他就看见你们啦，就赶紧开船追过来保护你们啦！"

　　阿海又吹了声口哨，顺手在头顶上拍了一巴掌。一只林中的雌蚊子刚才心满意足地叮了他一口，逃跑了。

　　"来啦！来啦！嘎！嘎！"阿历克斯向小艇飞去。

　　"嘎！嘎！"阿海回应着阿历克斯，模仿得还真像那么回事。

　　阿历克斯回头大叫："阿海正跟我学动物通用语和猫头鹰语呢！长爪国王，他很想和你交个朋友！"

　　"不许跟他泄露我们的情报！"长爪怒吼一声，却又触动了伤口，疼得龇牙咧嘴。阿历克斯早已经飞远了。

第三章

阿海头顶的神秘大包

1

在火焰岛北部山区向阳的山坡上，从绿野大森林移植来的那棵三百岁大红松青翠、雄壮，长势良好。这让刚刚上任的火焰岛绿化大队队长阿海很满意，这棵老红松，还是他在绿野森林的老相识呢。

在大红松的周围，火焰岛种树队种下的那些小红松树苗，也抽枝展叶，长高了一大截。此刻，在火焰岛金色阳光的照耀下，小红松柔嫩的枝叶绿油油的，把整座小山坡映衬得格外生机勃勃。

阿海心里有一个绿化火焰岛的庞大计划。上任后的这些天，他整天在岛上东跑西颠，查看岛情，忙得有时候连吃饭都顾不上，恨不得一天能有48个小时。

他正满心欢喜地轻轻抚摸着小红松树梢的嫩芽，盘算着怎么从紫光大陆地的自由湾引进一批大棕榈树苗栽种在火焰岛南海岸，忽然，他感到头顶一阵刺痛，忍不住"哎呦"叫出了声。

他的头皮已经痒了好几天。他不由伸手去摸了摸那个感觉刺痛的地方，意外地摸到了一个大鼓包。

"嘎！肿了！一个神秘的大包！"阿历克斯及时向主人汇报。

阿海感觉不妙。

"嘎！要不要请阿雪博士来帮忙看看？她是生物专家，见多识广！还有阿威探长，他足智多谋，没有他解不开的难题！"阿历克斯建议。

"好啊！"阿海早就想结识阿威探长和阿雪博士了，阿历克斯一天到晚都在跟他念叨这两个猫头鹰伙伴。再说了，阿海最近一直在跟阿历克斯学猫头鹰语，很想找真正的猫头鹰练一练口语。

2

"你的头皮里寄生着一条蛆。"阿雪仔细查看过阿海头顶的神秘大包之后，同情地对阿海说。

阿海还没来得及反应，阿历克斯叫起来了："嘎！蛆寄生！恶心！发抖！"

阿海："你确定吗？我知道，有些蝇类会把卵下在人类的伤口或眼睛、耳朵这样开口的地方。可是我的头皮原来并没有伤口，我也没觉得曾经被蝇类袭击过，怎么会莫名其妙长出一条蛆来呢？"

阿雪想了想："你最近有没有被蚊子咬过？"

阿海摸了摸头顶的大包："哦！那天在松树河口，我还真被蚊子叮了一下，就叮在这个肿起来的部位！"

阿雪："那就是了。松树河口有一种小肤蝇，会巧妙地借助蚊子的力量，间接袭击其他动物。"

阿历克斯："嘎！可怕的小东西！它们怎么做到的？"

阿雪："肤蝇会捕捉蚊子，把卵粘在蚊子的腹部，然后把蚊子放生。几天后，蛆发育成熟了，就呆在卵里等待时机。当蚊子叮咬其他动物时，蛆感受到了体温，要是它喜欢这个动物，它就会立刻孵化出来，钻进这个动物的皮肤中寄生下来，靠吃动物的肉为生。"

阿威："既然肤蝇蛆要感知到体温才会孵化出来，那么，所有温血动物是不是都有可能成为这种小蝇子的猎物？"

阿雪："确实如此。事实上，与其他的温血动物不同，人类往往不会心甘情愿地任由它们寄生下去，所以一厢情愿地喜欢人类的肤蝇卵，更容易遭遇不测、被自然淘汰。"

"嘎！我也是温血动物！它要是敢寄生到我身上，我也会把它淘汰掉！碎尸万段！嘎！"阿历克斯紧张地问阿雪："温血动物被这狡猾的小东西寄生后，会得传染病吗？会……会死吗？"

阿雪："嗯，有可能会死。据我所知，也有人类曾经因此丧命。"

阿历克斯快哭了："嘎！蚊子千万不要叮我！阿海你

可千万不能死啊！我舍不得你死啊！”

阿海苦恼地捂着发痒的头皮：“这可怎么办？你们能帮我把这条蛆弄出来吗？”

阿雪更加同情地说：“一旦你被肤蝇蛆看中了，清除起来可麻烦了。”

阿历克斯：“我把它拉出来怎么样？我的爪子很尖，可以把它抠出来！”

“千万别！”阿雪连忙阻止，“这只蛆可不简单呢！它的末端长有两个小钩子，会紧紧钩住肌肉。如果你拉它，它就把钩子钩得更紧。要是你拉的力气太大，就会把它拉断，那可后果不妙！因为蛆的下半部分残留在人体内，这可比让蛆活着寄生在身体里危险多啦！”

阿历克斯：“为啥？半条蛆不就是个死蛆吗？怎么会比一条活蛆还危险？”

阿雪：“活蛆会分泌抗生素，防止细菌、真菌来跟它抢肉吃，所以让蛆活着，伤口反而不会感染。”

阿历克斯吓得发抖，盯着阿海，好像阿海马上就要被蛆害死了。

见阿历克斯紧张得要命，阿海想让他放松一下，就跟他开了个玩笑：“阿历克斯，要是你咬了一口苹果，是发现苹果里有一条活蛆可怕呢，还是有半条死蛆可怕呢？”

阿历克斯：“当然是一条活蛆可怕啦！啊——啊——不是！呸呸呸！咬了半条死蛆更可怕！嘎呀呀，恶心！发抖！”

阿海笑道：“所以，你千万别指望我会答应你，把半条死蛆留在我的头皮里！哈哈。”

阿威问阿雪：“这种小肤蝇有什么特殊的习性吗？也许我们可以利用它的特性把它清除掉。”

阿雪想了想：“它们需要呼吸空气。它们用一根吸气管把寄生动物的皮肤穿破，用来透气。也许我们可以利用这一点。”

阿威：“唔，那我们能不能把它的吸气口用一块生肉紧紧压住，蛆为了能够吸气，就不得不往上爬，钻到生肉里去，这样就可以让它完完整整地活着离开阿海了。”

这个办法虽然听起来很古怪，但仔细一想似乎很可行。再说，大家也实在想不出其它更好的办法了，于是阿雪和阿海都同意试一试。阿历克斯虽然觉得离谱，但也说不出什么反对的理由来。

阿海做事效率一向奇高，他很快就把头发剃光，找了一块生肉，把生肉绑在了头顶上。生肉的味道很难闻，阿海衷心希望在自己发臭之前，这只看中他的蛆就会自觉离开他的头皮。

阿历克斯对阿海的生肉帽子左看右看怎么都看不顺眼。“嘎！万一这只蛆不听话，不往生肉里钻呢？”事不宜迟，阿历克斯决定去找找民间偏方，帮阿海尽快清除掉这只可恶的蛆。

3

阿海的头顶绑着一块生肉，在火焰岛的烈日下四处奔波，着实不是一件轻松愉快的事。

他的生肉帽子，当然也遭到了火焰岛猫头鹰们的无情嘲笑，不时有猫头鹰往这难看至极的生肉帽子上拉泡鸟屎，以示轻蔑。

有一次，阿海带着阿历克斯在荒凉的西海岸悬崖下查看植被时，遇到一只歪脖子的流浪猫头鹰。这只骨骼变形、羽毛残缺的老猫头鹰看起来是饿极了，竟然疯疯癫癫地冲过来把生肉帽子给叼走了。大概觉得生肉帽子的味道实在太差劲，疯猫头鹰没飞多远就把肉吐掉，还冲阿海凶狠地嘶叫几声，才飞进灌木丛里不见了。

阿历克斯一看见这只肮脏的猫头鹰，就本能地感到有些害怕和厌恶，还下意识地发了个抖。他总觉得这只猫头鹰有点眼熟，但怎么都想不起来到底是谁了。

阿海倒是不在乎别人怎么看他，如果不是痒得难受，有时候他觉得头顶绑一块生肉还挺酷的。但大部分时间里，他还是衷心希望这只蛆赶紧乖乖地钻出他的头皮为好。

阿雪和阿威每天来帮阿海检查一次。这只顽固的蛆不知用了什么法子在呼吸，一直安安稳稳地住在阿海的头皮里，丝毫没有在憋闷之下钻进生肉里去的迹象。

阿海只好每天更换一块新鲜的生肉继续绑在头上，不然他自己就要变成一块令人无法接近的臭肉了。

渐渐地，阿海的头皮变得无时无刻不在发痒，他总想去挠一挠。但是阿雪警告他千万不能挠，不然，不但头皮会更痒，而且很容易挠破了皮，那时候就算有这只蛆分泌抗生素帮忙杀死入侵细菌，伤口也很容易溃烂、流脓，以后会留下一个很大的伤疤。

阿海只好忍着。

直到有一天，阿海在裸露的岩石间查看植被时，暴烈的太阳似乎把生肉都晒化了，腐烂的油汁从阿海的头顶流下来，把他自己熏得都快吐了。

阿海召唤阿历克斯，想让阿历克斯帮他检查一下大包的情况。阿历克斯却早已不知去向。

阿海沮丧地想，如果连最要好的宠物朋友都受不了这股恶臭，那还是算了吧。

在离阿海不远的一棵灌木上，那只猫头鹰国王居高临下，正在冷冷地观察着臭臭的阿海。上岛后，阿海虽然频频对长爪示好，但长爪始终和他保持距离，不愿意和他对话。

在长爪鄙夷的目光下，阿海把生肉帽子一把拽下来，扔到一个坑里，埋了起来，顺手种了一棵小树苗。长爪有些矛盾，要不要过去把树苗拔掉。可是树苗种在那里，看起来倒是挺好看的。

阿海的头皮被生肉帽子捂了两周多，现在看上去油亮油亮的，上面的大包已经有鹅蛋那么大了。长爪可以清楚地看到，大包里面似乎满是脓血，他恶心得不想再看第二眼，大叫一声飞走了。

阿海望着长爪远去，可怜巴巴地摸了摸大包，不禁有些疑惑和他形影不离的阿历克斯到底躲到哪儿去了。他的猫头鹰语说得还不算太好，勉强能和阿威和阿雪这样的好友交谈，就算说错了话，朋友们也不会计较。但是碰到长爪这样充满敌意的猫头鹰，阿海就会很紧张，不敢轻易开口，生怕一句话说得不合适，让对方产生了误会，使关系更加恶化。

"要是刚才阿历克斯在就好了。"阿海有些遗憾地想，很惋惜失去了一个和长爪交流的好机会。

其实阿历克斯并没有因为恶臭而抛弃阿海，他是去找民间偏方了。

两周多的辛苦搜寻没有白费，阿历克斯已经打听到，在松树河口长着一种草药，可以杀死寄生蛆！他要去问一问松树河口雀长白鹭奶奶。

<h2 style="text-align:center">4</h2>

阿历克斯找到白鹭奶奶的时候，她正在给机灵鬼肉球侦探和大嗓门猴面侦探录口供。小白鹭俊哥失踪了！

阿历克斯这是第一次看到坚强、乐观的白鹭奶奶流眼泪。

白鹭奶奶："往常都是我醒来，再去叫醒他，然后我俩一起去河里吃鲜虾早餐。他瞌睡可多了，我要是不叫醒他，他能睡到太阳把他的尾巴尖烤焦喽。今天一大早我醒来，发现他的窝空了，到处都找不到他了！大家都帮我去找，这都找得太阳快落山了，还是一点消息都没有。我这才意识到，俊哥可能遇到危险了，我最好赶紧报警……"

白鹭奶奶抽泣着，快说不下去了："谢谢你们这么快就赶来了。我的小俊哥，他肯定出事了！这孩子的父母死得早，死得冤，死后还被偷猎人可耻地拔走了大羽毛。这些年我和小俊哥相依为命，要是他也……那我也活不下去了……"

阿历克斯："嘎！难道又是偷猎人使坏？"阿历克斯最恨偷猎人了，他的父母也是被偷猎人残忍杀害的。

猴面侦探："最近一段时间，阿海队长指挥的护林大队连续捣毁了好几个偷猎人的秘密黑窝点，现在剩下的偷猎人都躲起来了，有的改行做树苗买卖去了。这些日子绿野森林的偷猎事件几乎绝迹了。"

肉球侦探："白鹭奶奶，最近松树河口出现过类似的情况吗？有其他的动物像俊哥这样离奇失踪吗？"

白鹭奶奶马上说："对了！最近是有些别的鸟儿也失踪了！有几只鸟儿失踪一段时间以后又回来了，说是被一只怪猫头鹰绑架了。"

肉球："他们有没有透露绑架者的具体情况呢？"

白鹭奶奶："他们显得很害怕，好像受到了极大的刺激。回来以后也都不愿意多说什么，好像说这事让他们觉得很羞耻似的。而且他们回来没几天，就都跟约好了一样，全都逃离松树河口了，都说这个地方不适宜居住。难道我的俊哥失踪，也跟这只怪猫头鹰有关？"

猴面皱起眉头："唔，绑架者……白鹭奶奶，您没有收到勒索的信息吧？"

白鹭奶奶："当然没有！要是收到任何勒索信息，我肯定第一时间就报警，也不会等到现在了。怪猫头鹰绑架鸟儿从没有发过勒索信。"她说着说着焦虑起来，"哎，要真是被绑架了可怎么办？有些失踪的鸟儿可一直都没有回来啊！有些家族的老鸟儿都断定他们是被偷猎人抓走了，哎，我可不这么看！"

肉球："是的，如果真的与偷猎人有关，失踪者很难活着回来，也不可能不警戒大家一声就又悄悄逃走。这里面一定有蹊跷。"

这时候，两只小海龟浮出了河面。她俩很喜欢松树河口，打算无限期延长在松树河口的假期。

腾腾慢："小海龟乐队已成立，美妙的音乐献大家！"

慢腾腾："主唱俊哥忽然失踪，我们一定要找到他！"

腾腾慢："小鸟儿失踪又回来，一去不返的有几只？"

慢腾腾："数了一遍又一遍，不多不少共有十一只。"

腾腾慢："失踪的鸟儿呜呜咽咽。"

慢腾腾："最后的哭声隐隐约约。"

腾腾慢："海潮阵阵，南海岸的密洞深又深。"

慢腾腾："怪事连连，里面住的妖怪阴森森。"

腾腾慢："咱们壮起胆子去看一看！"

慢腾腾："把黑暗中的古怪探一探！"

腾腾慢往天空望了一眼："他的脸不再坑坑洼洼，他的脑袋还倒立着等腰三角形。"

慢腾腾也望了一眼天空："他的心依旧冷酷无情，我们奉劝这世界远离黑心魔影。"

两只小海龟说完，一下子钻入水中，游走了。

不一会儿，怒焰神气活现地降落下来。"案子查清楚了吗？是偷猎人干的吧？尸体找到了吗？一定被拔光了大羽毛吧？老白鹭，你家的窝太差劲，偷猎人一眼就能看见，你得重新翻修一下。"

白鹭奶奶懒得搭理怒焰，问阿历克斯："阿海队长头顶的大包好了吗？"

阿历克斯："越来越不妙！好可怜啊！我打听到有一种草药，就长在松树河口，可以杀死那可恶的寄生蛆。你知道这种草吗？"

白鹭奶奶的话匣子一下子打开了："我当然知道啦，就是月光蕨呀。但它被神化了，其实功效没那么大！就算它能把蛆杀死，蛆死后直接就烂在肉里，被寄生的部位很难清除得干干净净，细菌、真菌就都乘虚而入啦！肯定百分之百要发生严重感染啦！所以大部分采用月光蕨治疗的患者都死掉啦！极少数免疫系统极其强大的家伙，侥幸从高烧中活了下来，那个模样，哎呦呦，就跟去地狱里转了一圈回来的一样！我的一个好朋友，曾经很迷信月光蕨，就用它给自己的孙女治疗，结果这个可怜的孩子整个身体最后全腐烂了，死得悲惨极了！如果我是你，我绝不会用月光蕨让阿海冒险！"

阿历克斯发起抖来："嘎！可怕！一条死蛆比半条死蛆更可怕！算了，忘了月光蕨吧！"

怒焰眨巴着眼睛："月光蕨，嗯，多浪漫的名字啊！这种草一定长得很可爱吧？"

5

阿历克斯垂头丧气地回来了。见他闷闷不乐，阿海跟他逗趣："嘿！你看！我把臭肉都扔掉了，以后再也不绑了！你不要再离开我了吧？"

阿历克斯眼泪汪汪，一句话也说不出来，只是耷拉着脑袋。

阿海递给他一盘好吃的。"你今天下午躲哪儿去了？哈哈，我承认我当时太臭了，连我自己都受不了了。对不起哟！”

　　阿历克斯一声不吭地吃东西。他不想跟阿海讲月光蕨的事情，他可不想让阿海冒这个险。

　　但是他这个小秘密没一会儿就被阿威捅破了。

　　阿威和阿雪照例来探望阿海。听说阿海放弃了生肉疗法，阿威和阿雪也没反对。他们也觉得，这只肤蝇蛆太顽强了，这个法子对它不管用。阿威简直对这只蛆隐隐产生了一丝敬意。

　　阿威问阿历克斯："听肉球和猴面说，你下午去向白鹭奶奶打听月光蕨的事了？"

　　阿历克斯无奈地看了阿海一眼，这才说了事情的经过。

　　"好阿历克斯！谢谢你这么关心我！"阿海热烈地拥抱着阿历克斯，动情地说："你放心，我听你的！我绝不用这安全性和有效性都不明确的草药去冒险！"

　　"可是你的大包怎么办呢？这只可恶的家伙眼看越长越大了。嘎！"

　　"你知道吗，我已经决定了。"阿海轻轻地把阿历克斯放在桌上，认真地对三只鸟儿朋友说："我打算放弃治疗，顺其自然，把这只蛆当成一个朋友，让它随心所愿地完成自己的生命历程。你们觉得怎么样？酷吧？"

　　"嘎！你什么意思？难道你让它长啊长，直到有一天它长熟了，自己从你的头皮里钻出来？嘎！"

阿海："正是！其实我完全可以去绿野市做个小小的外科手术，把这只蛆取出来。但我一天都不想离开火焰岛。栽种大棕榈树是火焰岛的大事，现在已经到了最关键的时候，这个时候大家都离不开我，我也实在不放心把这事交给别人去做。我想赶在雨季来临之前，尽快把树苗都种下去，这样到了明年春天，大棕榈森林就哗啦啦地长起来啦！所以我考虑再三，决定让这只蛆友自由自在地成长。我真的很好奇啊！哈哈，要是我能把这只蛆养到它自然成熟、自己钻出来，那真是太酷了！我还可以好好观察一下它的发育过程，我相信以前还没有人类这么做过呢！"

阿海充满期待地对阿雪说："也许我们可以就这个课题一起写一篇论文呢！"

阿雪微笑着："对你来说，放弃治疗也许是最好的治疗。只要你能忍受刺痛和嘲讽，我赞同你的决定，很乐意和你一起观察这只蛆的成长历程。"

阿海"与蛆共生"的决定像风一样传遍了绿野森林和火焰岛。"酷啊！"这几乎是所有动物的第一反应。

动物们从没有见过愿意与一只蛆和平共处的人类，阿海简直一下子成了所有动物的偶像。连长爪都对他没那么怒目而视了，偶尔还好奇地飞过来观察一下他头顶的大包。这只蛆神奇地改善了一点点阿海和长爪的关系，这让阿海很得意。

慢腾腾和腾腾慢将动物们对阿海头顶大包的追捧推向了最高潮。她俩刚刚和其他四个好朋友一起组建了一个乐队，正在为取个什么名字而发愁呢，阿海的蛆一下子给了她们灵感。她们决定，乐队的名字就叫"神秘大包"。乐队的五名成员，主创兼主唱慢腾腾和腾腾慢，吉他手大宝、贝斯手二宝和鼓手三宝，立即都在头顶戴了一顶特制的帽子，看上去活像阿海头顶的大包。另一名主唱俊哥虽然失踪了，但乐队的伙伴们仍然给他预留了一顶大包帽子。

后来这种帽子成了神秘大包乐队的象征，乐队还申请了专利。很多商人跑来找乐队合作，用大包帽子的形象衍生出很多产品，什么大包仔毛绒玩具啦，大包兔奶糖啦，大包宝尿不湿啦，等等等等，大包帽子的形象一时间在人类世界和动物世界都异常流行，超级火爆，神秘大包乐队因此发了大财。

6

怒焰暗中跟踪这只怪猫头鹰很久了。他一眼就认出了这只怪物是谁。他默默地想，在这个世界上，能认出这只疯猫头鹰的，也许只有他心明眼亮的怒焰了。

怪猫头鹰严重地变形了。他全身的骨骼似乎都被魔鬼打断并重新胡乱地拼接在一起，身体没有一处不是扭曲的，他也因此成了一个魔鬼，一个残酷、恐怖、变态的老魔鬼。

70

就连他那可怜的脖子也扭扭歪歪的。在脖子几乎折断又自己愈合之后，他只能永远地歪着脑袋。他也再发不出以前那样凶残、毒辣却不失威严的嘶哑叫声，他的声带被完全毁掉了。他只能发出和虫子哼哼差不多的细小嘶声，听起来就像锋利的鹰爪刮过生锈的金属，让听到这声音的动物难受得发狂，恨不得堵住耳朵。

导弹式突然袭击、高空急速跌入大海、惊涛骇浪的无情拍打、尖利礁石的猛烈撞击……这一切磨难加在一起，竟然没有杀死他。这真是一个生命的奇迹。

是的，这只丑陋、肮脏、疯疯癫癫的猫头鹰，就是火焰岛猫头鹰国王长爪的亲弟弟，曾经不可一世的狡猾的长尾，怒焰的亲爹。

怒焰在发现长尾已经疯癫了之后，还是没敢贸然接近他。

渐渐地，他发现长尾已经不认识任何老相识了。而除了怒焰自己，老相识们看起来也都不认识长尾了。

他看见长尾抓住了十一只小鸟儿，把他们都栓在南海岸西边的密洞里。那个密洞在长尾身受重伤的时候庇护了他，那是他的新家。

十一只鸟儿被长尾当成奴隶，受尽了屈辱和折磨。起初，他们无不寻找一切机会逃跑。每成功逃跑一只鸟儿，长尾就会再抓一只来凑数，并且用加倍残酷的手段折磨剩下的鸟儿。成功逃跑的几只鸟儿对所遭受的一切耻辱、恐怖的经历都没法说出口，也不愿意谈论，甚至羞于对亲族们诉说。他们怕极了那个老魔鬼，唯一的愿望就是今生今世远远地逃走，再也不要看见那个老魔鬼。

怒焰知道为什么是不多不少十一只。怒焰曾经亲手杀死了自己的十个弟弟妹妹。是的，他成为长尾唯一的孩子，成为火焰王族唯一的纯种雄性后代，绝对不是偶然的。残忍的怒焰，这个名字可不是白叫的，无毒不丈夫，他为自己的聪明绝顶感到自豪。

怒焰开始慢慢地让长尾注意到他。他发现，虽然长尾一点都认不出他了，却对他特别感兴趣，其他十一只鸟儿加在一起也比不上他带给长尾的强烈吸引力。

长尾犹犹豫豫地向怒焰靠近，又想亲密又很害怕的样子。如果长尾是一条狗，你就会看到他一见到怒焰，就开始拼命地摇尾巴。

这天，怒焰带来一只鲜美的大青蛙，轻轻扔给长尾。长尾对这只青蛙观察良久，一点一点地靠近、拨弄、品尝。当发现一切正常之后，这个食不果腹的老流浪汉狼吞虎咽地把青蛙吃光了。

从那以后，怒焰成了长尾的朋友。长尾开始对怒焰絮絮叨叨。

"我有过十一个孩子啊，你信不信。可是后来死了十个啊，只剩下最后一个，最最聪明最最可爱的那一个。我好好地爱他啊，保护他，娇惯他，锦衣玉食地侍奉他，苦心孤诣地栽培他，想让他成为世界上最尊贵、最伟大的国王。可是有一天啊，他也死了，掉到海里淹死了。"每次说到这里，长尾浑浊的眼睛里便会流出几滴眼泪。

有一天，沉默的怒焰终于开口了："洞里的那些，难道不是你的孩子吗？刚好十一个。"

长尾咂吧着嘴，叽叽咕咕了一会，然后说道："我要他们做我的孩子啊。可是我打他们，咬他们，喝他们的血，吃他们的肉，我不爱他们。我想让他们好好地做我的十一个孩子啊，可他们只会惊恐地看着我，躲着我。是的，他们不爱我，他们是我的玩具，是我的奴隶，是我的假孩子，嘿嘿嘿……"他裂开嘴，阴森森地笑了起来，像极了怒焰独处时的冷笑。

"你喜欢我吗？"怒焰忽然打断长尾。

"你？我？"长尾眼中露出迟疑和不解，接着闪射出狂喜的光芒。

"我当然喜欢你。你愿意让我喜欢你吗？"长尾卑贱地问。

"如果你听我的话，我可以让你喜欢我。"怒焰说。

"我听你的话，听你的话！"长尾狂热地说着，埋下头去，用肮脏的喙轻轻触了触怒焰的爪子。接着，他怯生生地问："你喜欢我吗？"

怒焰："我当然喜欢你，像喜欢父亲一样喜欢你。你信吗？你高兴吗？"

"我当然信！我太高兴了！我高兴得要发疯了！你，你愿意做我的儿子吗？哦，我是说，假装做我的儿子，好不好？求求你了，答应我吧！"长尾热切地说。

怒焰："嗯，我可以答应你。你先把那十一只劣种鸟儿都放了吧，我可不想让他们给咱们惹麻烦。让他们回去多散布一些恐怖消息，对我也很有好处，哼哼。还有，你要立即搬家，搬到一个更舒服更隐秘的地方去。"

"我这就放！我这就搬！谢谢你！最可爱最英俊最尊贵的小王子，我的……儿子。"长尾又咧开嘴，阴森森地无声地笑了起来。

就这样，小白鹭俊哥和其他的十只鸟儿被老魔鬼满心欢喜、颤颤巍巍地解开了锁链。然后，老魔鬼头也不回地跟着他的小王子飞走了。

当慢腾腾和腾腾慢在这一天的晚些时候悄悄摸进这个山洞时，这十一只鸟儿仍然保持着固定的姿势，一动不动地卧在老魔鬼离开时他们各自所待的位置，一点都不敢相信他们真的自由了，不敢相信这不是那个老魔鬼玩弄他们的新花招。

两只小海龟在恶臭的山洞里仔仔细细侦查了一大圈，最后非常肯定地告诉鸟儿们，老魔鬼真的已经丢下他们离开了。十一只鸟儿这才惊恐万分地飞出山洞。

7

俊哥经过一夜的思考，决定不与其他十只难友鸟儿一起背井离乡。

虽然老魔鬼依然在逃，虽然松树河口因为有了老魔鬼的影子而让俊哥无时无刻不提心吊胆，但他热爱音乐，他喜欢神秘大包乐队，他太爱白鹭奶奶和乐队的同伴们，舍不得离开他们。

阿海头顶的大包茁壮成长。他越来越喜欢这只蛆友，完全适应了它的存在。摸着头顶的大包，也让阿海有一种温情脉脉的奇异感觉。

阿海发现，其实与蛆共生也没想象中那么可怕。在大部分时间里，这个小家伙都挺乖的，安安静静，没有给阿海带来太大痛苦。只是当它吃饱喝足，想翻个身躺得更舒服一点的时候，阿海才会感到一阵刺痛。

为了庆祝阿海与蛆共生整整三周，神秘大包乐队在松树河口举办了一场盛大的演唱会，邀请了绿野森林和火焰岛的所有居民。

连长爪国王都飞来助兴了，还随着最欢快的歌舞扭了几下子。在场间休息的观众自由舞阶段，长爪甚至和白云医生共舞了一阵子。他忽然发现，白云医生真可爱，这个想法让他有点脸红，心突突地跳个不停。

阿海看长爪兴致这么好，特意跑来和他打招呼，还结结巴巴地用猫头鹰语聊起了种大棕榈树的事。但长爪不想和阿海在这种场合谈论外交公事，便冷冷地把阿海晾在了一边儿。

阿海只好苦笑着回到自己的座位。神秘大包乐队的成员个个都很有天赋，每个节目都很精彩，没一会儿，阿海就沉醉在美妙的音乐中，忘记了一切烦恼。

演出很成功。就是中间出了一个小小的岔子。有一刻俊哥忽然傻了，愣愣地站在台上，张着嘴，却发不出声音来。幸好慢腾腾和腾腾慢随机应变，立即包揽所有唱词和舞蹈，把俊哥的发傻和出神巧妙地掩饰成演出中故意设计的搞笑桥段，引起观众们阵阵笑声、掌声和欢呼声。

事后，俊哥解释说，他好像在观众群里瞥见了那个老魔鬼。虽然只是一眼，短短的一瞬，但他仍然吓得灵魂出窍了。那个老魔鬼已经给俊哥造成了不可磨灭的心灵创伤，俊哥每次想起他，都控制不住地冒冷汗、颤抖、神志模糊。

大宝、二宝和三宝听了俊哥的话，马上飞出去四处查看，但什么都没发现。一想到那个老魔鬼是一只猫头鹰，他们三个就火冒三丈，恨不得立即把这个败坏猫头鹰声誉的坏蛋抓住。

其实慢腾腾和腾腾慢也看见了那个家伙，而且她们注意到，怒焰当时竟然也在密切注视着这只怪物猫头鹰。奇怪的是，她们感觉好像以前在哪儿见过这个怪物。更奇怪的是，这个怪物猫头鹰还回头张望了一下怒焰，神色之间很是恭顺，像是在和怒焰无声地交流着什么秘密信息。她俩坚信，有怒焰藏在背后，这里面绝没有什么好事。

两只小海龟于是赶紧向阿威和阿雪报告了乐队的所有发现。阿威和阿雪听完之后，诧异地互相看了一眼。两只小海龟可以看出，他俩的目光里都充满了担忧。

就在这天深夜，熟门熟路的长尾偷偷去了一次长爪的卧室。他很纳闷自己怎么对这个地方这么熟悉呢，似乎有什么东西在他的记忆深处闪烁，他拼命想去抓住它，却没有成功。他只在卧室里面待了几秒钟，就悄悄地转身离开了。

"在动物们聚集的地方随便抓几只小蚊子太好办了，可是要抓到携带小苍蝇卵的，还真有点费事呢。好不容易抓到了，你又要把它们放了，你可真顽皮呀。那卧室闷闷的，小蚊子们一定不太喜欢。嘿嘿嘿，只要你喜欢，管它呢！"长尾在拐角的阴影里讨好地对怒焰说。

怒焰没有说话，示意长尾不要作声，长尾便立即住口了。两只猫头鹰悄无声息地迅速溜走了。

8

油亮的大包像一颗快要成熟的果子，在阿海的头顶鲜艳欲破。

阿海现在有些顾不上抚摸他心爱的大包，他太忙了。

一大批大棕榈树苗已经从自由湾千里迢迢运到火焰岛南海岸，岛民们欢呼雀跃。但在猫头鹰王国，正反两派意见针锋相对，矛盾达到了白热化的程度。

以环境大臣任性的清风为首的绿化派，举双翅双爪赞成人类为火焰岛重新引进大棕榈树的善举。

"想想看，'苍翠高大的棕榈树，在蓝天下摇摆，在碧海上开花，在猫头鹰的鸣唱中结出果实'，咱们古代的诗圣大鹰呼啸的狂风所写下的这些美丽诗句，就要在火焰岛上重现了！你们难道不激动吗？一想到这个，我都想去海里游个泳啦！我们不但要允许人类种，我们还要帮助人类种，还要保护树苗健康成长！这是我们火焰岛猫头鹰的母亲树，岂有不种之理！多多益善！"清风一说起来，就激动得不行。

但是以国王侍卫队副队长残忍的怒焰为首的驱除人类派，则坚决不同意人类再动火焰岛的一草一木，更别说挖坑修渠了。

"人类是我们最大的敌人，我们千万不能再上他们的当，为眼前的一点好处麻痹大意！以前正是由于我们的祖先太麻痹大意，才使得美丽、富饶的火焰岛被他们毁成一座荒岛！死岛！我们不能重蹈历史的覆辙！我们要牢记沉痛的历史教训！忘记历史意味着背叛！打猎之前必须先磨好爪子，我们当前的首要目标是把人类完全赶出火焰岛！在此之前，我们要勒紧裤腰带，准备好过艰苦的日子，千万不要贪图享受和美景！一切复兴计划都只能在彻底驱除人类之后实行！"怒焰一说起来，更是义愤填膺。

两派都情真意切，披肝沥胆，令长爪着实难以抉择。以前，他无疑是最坚定的驱除人类派，但在上次的大攻击被海底火山喷发干扰之后，他又经历了很多事情，结识了阿海，不知不觉开始重新思考人类与猫头鹰王国的关系，越思考，越矛盾，现在反而拿不定主意了。

长爪感到自己对"最大天敌"的刻骨仇恨正在悄悄消散，对越来越绿意葱茏的火焰岛喜闻乐见。怒焰的那番话简直就是在委婉地批评长爪。

"我是在贪图享受和美景吗？我的目光不够长远吗？"长爪正想着，肚皮上又一阵发痒，他忍不住用爪子去挠了挠。接着两只翅膀都开始发痒，他左爪子挠挠右边翅膀，右爪子挠挠左边翅膀，爪子都快不够用了。

细心的怒焰马上注意到长爪异样的举止。"仁慈的国王，您怎么了？"他关切地小声询问，眼里闪着精光。

"不知道。可能被小蚊子咬了，有点发痒。"长爪不好意思在大臣面前再挠来挠去，拼命忍住全身一阵阵的痒，以及一阵阵的刺痛。

9

长爪决定先静观其变，让人类去种植大棕榈树。不管怎么说，这对火焰岛的现在和未来都没有坏处。

虽然驱除人类派对他这一"养人为患"的软弱举动非常不赞同，但激烈的争议还是暂时搁置下来。

长爪身上的痒和痛让他苦不堪言。阿雪来探望他的时候，他也挠个不停。

"叔父，你也被松树河口的肤蝇蛆寄生了。是演唱会那天被蚊子咬了吗？"阿雪观察过痒痛的地方之后问。

"可能是吧，演唱会第二天我就开始痒了。当时没觉得被咬呢，没想到竟然被咬了好几口。其实我倒感觉是第二天被咬的呢，但想想也不太可能，呵呵。"

"那你打算怎么办？和阿海一样顺其自然吗？"阿雪问。

"唔——"长爪沉吟着。

旁边的怒焰开口了："哪能跟那个人类大傻子一样，头顶一个大脓包，难看死了，恶心死了。国王如果那样，岂不有失威仪。"

长爪听了，用力点点头。他的确不想和阿海一样。想当初，他多么无情地嘲笑过阿海头顶的大包。现在，他自己，身上有好多大包！他可受不了任何动物对他指指点点。

"你有清除肤蝇蛆的好法子吗？"长爪问阿雪。

阿雪："没有特别好的法子啊。你如果不想让它顺其自然，可以请白云医生帮你把蛆取出来，把寄生的部位彻底清理干净、敷上消炎药、包扎好伤口。"

长爪立即否决："不行，我不想让别的猫头鹰知道这件事。成何体统。"

阿雪："那你最好请阿海帮你联系一个人类医生，送你去动物医院做个手术。"

长爪苦恼地说："这么麻烦！还得住院？我真不想和

人类打交道。"接着他又挠了挠肚皮。

"别挠！"阿雪赶紧提醒他，"小心挠破了，引发伤口感染。"

"我听说过一个好法子，"怒焰随意地说，"有一种叫月光蕨的草药，可以杀死这种蛆。这是一个很有名的偏方。"

阿雪连忙说："这个偏方的疗效纯属以讹传讹！其实一点科学根据都没有！迷信它的鸟儿，使用之后绝大部分都引发严重感染而丧生了。"

怒焰笑了笑，轻描淡写地说："老白鹭雀长说，也有活下来的。那些最强壮、最优等的良种，都能活下来。死了的都是劣种鸟儿。"

长爪看看怒焰，沉默不语，微微点头。

怒焰心领神会，鞠躬退下。

阿雪见状，立即明白了长爪的用意。

"用草药太冒险了！"阿雪叫起来。

长爪："我主意已定。国王顶着一身大包出现在大庭广众之下，成何体统。"

阿雪叹息连连，却也无可奈何。

10

忙碌了好几周，最后一批大棕榈树苗也都妥妥当当地在南海岸的山坡上种好了。海风微微吹来，棕榈树苗娇嫩的长叶子轻轻摇摆，姿态万千。那灰白的树干，挺拔俏丽。仿佛有一群可爱的小树仙子，翩然从某个美妙的仙境飞临火焰岛，火焰岛一下子变得仙气飘渺，那么美丽，那么清爽，就连天空和大海都变得更蓝更净了。

一直密切关注种树事态发展的火焰岛猫头鹰们，被南海岸的美景深深打动了。祖先的血液在体内澎湃，远古的激情在心中绽放，他们纵情欢歌，在棕榈树林中快活地翱翔。有一些刚刚开始独立生活的年轻猫头鹰，急不可耐地在小棕榈树上安家了。

金色阳光照耀着生机勃勃的火焰岛，猫头鹰们的雪羽灰影融化在火焰岛壮丽的海天胜景之中，为年幼的棕榈树林更增添了几分迷人的风姿。

"雪羽灰影，火焰重生！"几只老猫头鹰激动地念叨着。啊！所谓的"雪山国王的临终预言"，难道说的是他临终时心心念念的梦想吗？这个梦想，就要实现了吗？

阿海看着这一切，激动得只知道傻笑，连小蛆友翻身带来的刺痛都顾不上留意了。小蛆友似乎也感受到了外界的欢乐气氛，盘算着要钻出去看个究竟。

"朋友，你终于要出来了吗？"阿海自言自语。他的头皮里有一种很古怪的动静，大包好像随时就要裂开了。这种感觉，又疼痛又爽快。

"长爪叔父晕过去了！"阿雪惊叫着飞过来，打断了阿海的思绪。阿海吃了一惊。

长爪自从被怒焰用月光蕨治疗过之后，一直晕晕乎乎的，伤口疼得好像失去了感觉。所有的伤口都在化脓，不断流出脓血。

"唉，好像比阿海还难看还糟糕啊！"长爪看着自己全身流脓，心中叫苦。他浑身酸痛，四肢无力，头痛欲裂。一连好多天，他咬牙坚持着。

这会儿，长爪终于支持不住，眼前一黑，昏迷不醒。

他发着高烧，陷入一系列恐怖的梦境中，一会儿是长尾来追杀他的孩子，一会儿是怒焰飞过来追杀他，他躲啊藏啊逃啊，眼看无路可逃了……

阿海见长爪情形不妙，当机立断，开着小汽艇，把长爪送到绿野市动物医院。

人类医生用先进、科学的技术手段，把长爪身上每一处溃烂的地方都清理干净，再涂上药物，仔细包扎起来。

昏睡了一天一夜，长爪苏醒了。

阿海太高兴了，把长爪紧紧抱在怀里，情不自禁地抚摸着长爪脖子后面柔软的小绒毛。长爪起初有点不好意思，但是被阿海热烈拥抱、轻柔抚摸的感觉真好，于是他就静静地待在阿海怀里，闭上眼睛，舒舒服服地享受了一下人类甜蜜的拥抱和温柔的抚爱。他睁眼看见阿雪在朝他微笑，马上脸红了，轻轻地用很快的语速对阿雪说："我大难不死，这会儿太虚弱，他力气太大，他想抱就让他抱一会儿……"他相信阿海听不懂这些复杂的猫头鹰句子。

阿海傻呵呵地大笑着。

这时候，阿海的蛆友似乎也被阿海强烈的喜悦之情所感染。这善解人意的蛆友，开始奋力往外钻。

阿海知道，一切都将结束了。

在阿历克斯、阿雪、阿威和长爪的共同见证下，这只大约2.5厘米长的蛆，骄傲地从阿海头顶破皮而出。

在自然状态下，这只成熟的蛆将会钻进土壤中，长出蛹壳，把自己包裹住，变成蛹，几周后就会变成蝇。

长爪的护士帮阿海找了一个玻璃瓶，按照阿海的嘱咐，护士已经在瓶子里装了一些消过毒的沙子。阿海怜爱地把蛆友放进玻璃瓶中，蛆友乖乖地钻进沙子。

然而不幸的是，这只历尽千辛万苦才长出来的蛆友，在用蛹壳把自己包裹住之前，就干死了。毕竟，医院里的空气比松树河口干燥、污浊、难闻多了。可以说，小蛆友死于不适合它生存的恶劣空气。

呆呆地看着小蛆友僵硬的遗体，阿海心里居然有些难过。

阿雪安慰他："就算你对它像对待朋友一样细心照顾，它也没能完成自己的生命历程。可见肤蝇卵喜欢上人类确实不具有进化优势。"

阿威的劝说则充满了诗意："看中人类而寄生在人体上的肤蝇卵，绝大多数命运不佳，留下的后代必然少之又少。也许有一天，所有喜欢人类的肤蝇卵都将灭绝。你这番经历，也算是为进化作了一点贡献吧。"

"只好如此啦。"宅心仁厚的阿海遗憾地说。

11

五个月后。

阿海头顶的伤口早就愈合了，但疤痕犹在。头皮上那浅浅的一道白印子，是小蛆友留给他的永久留念。

火焰岛的棕榈树飞快成长，已经蔚然成林。阿海和长爪也成了无话不谈的好朋友。

神秘大包乐队专门为棕榈树林创作的一首歌成为猫头鹰王国当年最流行单曲，神秘大包乐队也顺理成章地被评为绿野大陆地年度最佳动物乐队。

大宝、二宝和三宝已正式投身心爱的演艺事业，并且都立即得到了自己在猫头鹰世界的第一个名号：疯狂吉他大宝，千变贝斯二宝，震天鼓三宝。

疯疯癫癫的长尾整天小心翼翼地陪着笑脸。就算是一只头脑不清的疯鸟，他也能看出来，怒焰非常非常地不快活。

第四章

桦尺蛾的黑暗瘟疫

1

阿历克斯和艾玛的新一窝小鹦鹉宝宝满月了。老寿星在佳佳宠物店大摆宴席，把所有的亲朋好友都请来了。

火焰岛猫头鹰王国国王长爪也受到了诚心诚意的邀请。毕竟，爪爪岛的鹦鹉们追根溯源，祖上差不多都是从火焰岛来的，所以爪爪岛的鹦鹉们凡事都记挂着老家的猫头鹰国王。

通常情况下，长爪会派一个大臣来参加这类找乐子活动。但这一次，国王竟然亲自来了。因为白云医生说了，仁慈的国王刚刚从肤蝇蛆的钩子下死里逃生，无论身体还是精神，都需要好好调养。她甚至自告奋勇，作为陪同医生一起来了。

白云医生最近极力鼓动长爪国王外出参加各种找乐子活动，长爪国王也乐意遵从医嘱，好好放松一下。从他当上国王起，他还没有这么轻松愉快过呢。尤其是这次的满月宴，看着一窝小鹦鹉宝宝们粉雕玉琢，叽叽喳喳，憨态可掬，他赞美之余，不禁想起自己死去的七个孩子，心里又是欢喜、羡慕，又有些伤感、落寞。

白云医生看出长爪的心事。她二话不说，拉着长爪去和亚当他们一起跳舞。神秘大包乐队已经将舞会气氛带到快乐的最高峰，三宝的震天鼓都快把屋顶给轰开了。所以长爪没一会儿就像个孩子一样，高歌狂舞起来，把白云医生乐得合不拢嘴。

"嘎！我喜欢吃浅灰色翅膀的桦尺蛾点心！怎么只有黑色翅膀的？看起来脏脏的，不好吃啊！"阿历克斯大声嚷嚷着。

"唉嘎！我也喜欢吃浅色的！可是主人说，现在浅色的在后山森林里很少见到啦！捕蛾灯一晚上也捉不到几只浅色的！"亚当也喊着说。神秘大包乐队制造的音量太大了。

"为什么呢？被谁吃灭绝了吗？嘎！"阿历克斯警觉起来。

"我们也想知道啊！能不能请你的朋友们帮我们调查一下呢？咳咳嘎！"老寿星猛烈咳嗽起来，可能是喊着说话的时候用力过猛，口水把自己呛着了。也有可能是因为空气质量不太好，令他嗓子发炎了。

老寿星咳得面红耳赤，声音有些沙哑地说："这么多年了，主人雷打不动每个月去捉一次野生桦尺蛾，专门给我们打牙祭。后山森林里浅色翅膀的桦尺蛾，那可是我童年的最美滋味、最甜记忆啊！咳咳！"

阿雪低下头，仔细观察黑色桦尺蛾的身体："除了颜色不一样，其他部位和浅灰色桦尺蛾几乎一模一样呢。后山到底出了什么事呢？”

阿威问老寿星：“浅灰色的少见了，那么黑色的呢？数量有什么明显变化吗？”

老寿星：“这正是让我担心的。咳咳，我小时候，店主人捉来的黑色桦尺蛾非常少见，几乎全都是浅灰色的。咳咳，但现在，情况刚好反过来了，几乎全都是黑色的！我听到流言说，在桦尺蛾的世界里，发生了一场黑暗瘟疫！邪恶的黑色蛾越来越强大，浅色蛾都被毒死了！咳咳嘎！”

大家听了，都不由心里一惊。阿历克斯拍了拍光华闪耀的双翅，仿佛在向全世界证明：阿历克斯暂时安全，还没被瘟疫传染！

“我们的森林已经变了！你们最好现在就出发。”艾玛瞪大眼睛，神情从来没有这么严肃过，“亚当哥哥，后山森林你最熟，你给阿威探长他们当向导吧！”

2

亚当领着阿威、阿雪、阿历克斯悄悄地从热闹的聚会中退出来，径直向佳佳宠物店后面的树林里飞去。

正午时分，林子里很安静，笼罩着一层奇怪的薄雾。空气中隐隐飘浮着一股刺鼻的气味，阿历克斯嗓子发痒，鼻腔颤动，忍不住打了个大喷嚏。

一只老乌鸦被阿历克斯的喷嚏声吓了一大跳，怪叫一声，从宠物店后窗的梧桐树枝上飞起来。亚当立即冲上前去。

亚当大叫："黑善善！又是你！你偷偷摸摸躲在这里干嘛呢？"

"你们才偷偷摸摸呢！"黑善善气呼呼地叫道，"你们不好好去跳舞，悄悄跑出来吓我！打个喷嚏就跟打雷一样！呱！"

亚当怀疑地盯着黑善善，打量了一会儿，忽然向梧桐树旁边的一棵老槐树飞去。

"你干什么？"黑善善下意识地擦擦嘴角的食物残渣，慌慌张张地叫道。

亚当飞到老槐树顶，那里有个破破烂烂的乌鸦巢。他轻轻一掀遮在巢顶的树叶，立即气愤地叫起来："哼嘎！鸦赃俱获！这么多原装的黑色桦尺蛾，全都打着佳佳宠物店的标记！你这个死也改不了的贼！"

黑善善沉下脸："我……我只是捡了一些你们宴会剩下的残羹冷炙，你干嘛这么刻薄！"

"什么残羹冷炙！明明是最肥大的桦尺蛾！"亚当又看了一眼乌鸦巢，大嚷起来："哼嘎！我们唯一的一盘浅色桦尺蛾在宴会前失踪了！厨娘当时就怀疑是你偷的！她看见你鬼鬼祟祟在厨房窗外晃了一下！她一扭脸的功夫，蛾子就没啦！瞧！你嘴角还挂着一缕浅色桦尺蛾绒毛，这巢里又有这么多浅灰色触羽、爪子，还有半截尾巴……全都是今天的鲜货！作孽啊，吃一半糟蹋一半！你老实说，浅色桦尺蛾是不是都被你糟蹋掉了！哼嘎！”

“我……我也没吃那么多，那一小盘，还不够我塞牙缝……我见盘子放在窗台上，还以为你们不要啦，就顺爪拿来啦。我这可怜的老乌鸦，难道吃一小盘剩蛾子也要被你这么恶毒地诅咒吗？你犯得上咒我死吗？”黑善善哭了起来。

亚当又好气又好笑，“谁咒你死了！拿而不说就是偷！我只是用确凿的证据陈述了一个事实！你大大方方说你想吃，难道我们不给你吗？”

“那多没有面子，我可不想欠你们的恩情！”黑善善抽泣着，假装抹眼泪，可怜巴巴地说：“而且，一盘子浅色桦尺蛾，现在也太罕见啦，我一时太馋啦，顾不上去跟你们打招呼啦……”

亚当眼睛一亮：“哈嘎！我找到嫌疑犯啦！你们乌鸦也爱吃浅色桦尺蛾！吃的时候还那么浪费！咕嘎！浅色桦尺蛾不会是被你们老乌鸦给吃灭绝的吧？”

“胡说八道！”黑善善收起愁容，激愤地跳起来，哇哇大叫，“他们变少啦！变少啦！变少啦！”

“你不要激动！”亚当喊道，“他们如果不是被你们糟蹋了，为啥就平白无故变少了？”

“被黑雀子吃掉啦！黑雀子越来越多啦！”黑善善再也无法镇静下来，“森林变啦！一个比一个黑！比我还黑！去后山森林找黑雀他们！去！去！去！呱——”他慌慌张张地一头扎进重重雾霭，消失在迷蒙的树林中。

3

亚当无可奈何地摇着头，生气地说："死都改不了的贼，我这是在咒他死吗？我明明在骂他是贼！"

阿历克斯："再聪明的鹦鹉也不要跟骗子斗嘴。一个老骗子也会激动成这样，不常见！"

阿威："骗子都是常有理。不管怎么说，咱们去后山看看。"他说着，在空气中嗅了嗅。

"好像是二氧化硫，"阿雪指指后山的方向，"从那边飘过来的。"

大家一起往后山飞，林子越来越密，雾气也越来越重。

他们越靠近后山，刺鼻的气味越浓烈。

"嘎！熏死鹦鹉啦！亚当，这是什么味儿呀？每天都这样吗？你们怎么能受得了哇？"

"那有什么办法？哼嘎！人类在后山脚下新建了一个化工厂。我们的店主人正在征集附近居民的签名，等签够100个，他们就要向岛政府提出申请，要求提高化工厂的环保标准！减少有毒气体的排放！"

阿威："人类的鼻子真弱！这么浓的臭味，根本不需要100个签名，可以直接去环保局投诉这家工厂！"

"嘘！"阿雪忽然止住他们的谈话。大家立即都安静下来。阿雪轻轻指指前面一棵高大的桦树。

阿历克斯和亚当什么也没看见，疑惑地看了看阿威。但是阿威也做了一个"不要作声"的手势，示意大家落在附近一棵松树上。

大家悄悄栖在一根树叶繁茂的松枝上。两只鹦鹉顺着两只猫头鹰的目光望下去，啊！看见啦！一只黑色的小雀姑娘，正目光炯炯、一动不动地立在前面的桦树枝上，显然正在狩猎。

阿威示意大家留意桦树后面的草丛。嘿！一只黑油油的少年大野猫，正蹲伏在草丛里，对着黑雀姑娘虎视眈眈！

大黑猫发现阿威他们都望着自己，有些恼怒地竖起两道浓眉，接着果断地把前肢微微向下撑了一撑，后腿一蹬，向前蹿出，在空中划出一道优美的黑色弧线，直奔小黑雀而去。说时迟，那时快，小黑雀也几乎同时展开双翅，扑向一块黑色树瘤。

"哎呀！"小黑雀刚刚啄到她的虫子猎物，大黑猫也正巧赶到她身后，一口咬住了她。小黑雀一叫，嘴里的猎物掉了下去。而大黑猫呢，因为在他出动的同时，小黑雀也扑向了小猎物，所以大黑猫不得已在空中临时调整了捕捉的方向、力量和姿势，这样一来，他虽然勉强抓住了小黑雀，却也有些失去平衡。于是大黑猫咬着小黑雀，也摔了下去。

"嘎！嘎！一串食物链摔下来，真稀罕！"阿历克斯忍不住叫起好来，接着赶紧展翅，跟在阿威、阿雪后面，向那串食物链飞过去。

4

大黑猫张开四肢仓促落地，动作流畅地就地打了个滚，顺势起身稳稳站住，嘴里还叼着小黑雀。旁边，一只黑色桦尺蛾姑娘仰面朝天躺在地上，痛苦地扭动着爪子。

阿雪低头好奇地看着他们。

"嘿嘎！我认识你，你不是红猫家族的吗？你们家竟然有你这么黑的小子！神出鬼没的！以后到了晚上，我们可得加倍小心了！"亚当冲大黑猫叫道。

大黑猫不屑地看了亚当一眼，把小黑雀放在后爪中间，冷冷地甩甩头，用修长的前爪理一理略显凌乱的毛发。小黑雀扑棱着翅膀，绝望地连声鸣叫，似乎在警告自己那些躲在林中的伙伴们，要小心附近有天敌出没。

"嘿嘎！我也认识你！你不是灰雀家的小妮子吗？你怎么也变得这么黑？我敢打赌老寿星要是见到你，一定认不出你啦！你爷爷的爷爷的爸爸还好吗？啥时候来参加我家老寿星的生日聚会啊！"亚当又冲小黑雀嚷嚷起来。

"喳喳喳！救命！鹦鹉哥哥救我！喳喳喳！"小黑雀也认出了老邻居，向亚当大声呼叫。

"我来啦！"亚当出其不意地向大黑猫扑过去，用翅膀狠狠扇了一下大黑猫的脸。大黑猫不耐烦地一摆头。就在大黑猫这略一分神的功夫，小黑雀忍住伤痛，奋力挣出猫爪，"呼"地展翅疾飞而上。大黑猫迅速伸出前爪，并向上跃起，却只抓到小黑雀的一根羽毛。

小黑雀一气儿高飞，落到阿雪旁边。"疼死我了。"她耷拉着翅膀，眼泪汪汪。

大黑猫悻悻地看一眼小黑雀，摆摆尾巴，转身打算离去。

"请留步！"阿威叫道。

大黑猫傲然止步，不客气地盯着阿威。

阿威："请问尊姓大名？"

大黑猫见阿威仪表不俗，对自己彬彬有礼，便客气了一些："免尊姓红猫，免大名小黑。"

"小黑，为什么红猫家族的你，变成了黑色？"阿威问。

"哈，难道你没听说黑暗瘟疫的事吗？"小黑带着几分戏弄的口吻说道。

"听说了，"阿威沉着地说，"难道你是被黑暗瘟疫传染了吗？"

"嘎！你被瘟疫传染了？！嘎！"阿历克斯高叫着，紧张地飞到更高的一根树枝上，好离小黑远一点。

小黑哈哈大笑："傻鹦鹉！你看我像一只病猫吗？告诉你吧，在这个森林里，再也没有比我大黑猫更健康、更适应环境的红猫啦！”

阿雪笑着问：“你是说，黑色使你更有生存优势吗？”

小黑惊奇地看了阿雪一眼：“你倒是不傻。猜对了。”

阿雪追问：“到底发生了什么事，使黑色的红猫更健康、更适应环境呢？”

小黑一直满不在乎的脸上闪过一丝惧色：“这个你得去问问那些黑色的棕豹！”

阿威：“唔，按理说，棕色猎豹在森林里并不比黑色的更显眼啊，你们应该能更轻松地提防黑色猎豹才是。”

小黑冷笑道：“请你再前后左右看一看，现在的森林还是以前的森林吗？一只黑色的猎豹现在躲在草丛里，是不是比一只棕色猎豹隐蔽得更好？”

阿威和阿雪环顾四周，表情严肃，沉吟不语。

小黑夹紧尾巴：“到处都是黑豹！一只棕豹都看不见了……”

5

阿历克斯从小就被阿海收养，没有真正地在野外独立生活过，对不是你死就是我活的丛林野蛮生存大战毫无经验，因此完全搞不懂此刻小黑在跟阿威、阿雪打什么哑谜。

　　于是阿历克斯不耐烦地冲着小黑大喊大叫起来："猎豹隐蔽得好不好关你黑猫什么事啊？你找躲在草丛里的猎豹干嘛？难道你还要去吃猎豹？你找猎豹，猎豹还急着找你呢！你们找岔啦，找来找去谁也没找到谁！嘎哈哈！"

　　亚当也听得稀里糊涂，也觉得小黑好笑极了。"什么什么？棕豹都不见了？到处都是黑豹？难道棕豹都把自己染成黑豹了吗？咕嘎！这个森林真的是病了，住满了神经病！"

　　小黑翻下白眼，不屑理睬两只鹦鹉。

　　阿雪耐心地对阿历克斯和亚当说："你们想想看，当一只猎豹悄悄接近猎物的时候，是不是猎豹隐蔽得越好，猎物就越不容易发现他们？是不是猎豹越不显眼，就越容易捕捉到猎物？"

　　阿历克斯一下子明白过来了。"我知道，保护色！猎豹隐蔽得好，猫猫就不容易觉察到危险！所以不显眼的猎豹更容易捉到猫猫吃掉！"

　　亚当也做出恍然大悟的样子，激动地喊叫起来："噢嘎！我也明白啦！黑猫比红猫隐蔽得好，猎豹看不到！"

　　小黑："这两只鹦鹉倒也没那么傻，哼哼。"

　　亚当："那你是怎么变黑的？噢嘎！你把自己染成了黑色，是不是？哇嘎！为了生存，你真豁得出去！不过，你染得真好，一点都看不出来，就像是天生的！"

　　阿历克斯仔细观察："确实像天生的，你是个天生的画家。嘎！”

阿雪笑了："人家当然是天生的黑猫啦，那么油润的漂亮黑毛，哪里画染得出来？"

小黑听了阿雪的话，颇为自得。他伸个懒腰，全身的毛发根根直立起来，即使是在幽暗的森林里也能看得出，那黑色毛发确实光滑、润泽无比。

阿威："你妈妈也和你一样，天生是黑色的吗？"

小黑："不是。我娘是棕黄色的。我们这一窝，连我一共有5只红猫，就数我最黑。"

阿历克斯激动起来："嘎！难道说，你发生了基因突变吗？"

小黑翻个白眼："傻鹦鹉，我们家族一直有黑色基因，只是这种基因通常不显现而已。"

阿雪："那你们家族的前辈也有你这样的黑色猫喽？"

小黑："听我娘说，在我的祖辈里面，偶尔也有像我这样生下来就是纯黑色的。我娘因此很担心我，因为那些黑色前辈大部分都命运不佳，往往还没来得及留下一个后代，就早早被人类或猎豹这些天敌灭掉了。"

阿雪："嗯，你们这一窝5只红猫，除了棕色和黑色，还有其他颜色的吗？"

小黑："我有一个弟弟，虽然没有我这么黑，但也没有那么棕，毛皮灰扑扑的。"

阿威忙问："后来呢？你娘和你那4个同胞现在好吗？"

小黑："自从这片森林里黑豹越来越多，我家的日子就难多了。先是我娘，然后是我的三个兄弟，他们一个接一个地，全都被……被黑豹给吃掉了！只有一个棕色的小妹妹，一口气跑得远远的出了嫁，虽然一家子穷得叮当响，但至少捡了一条命。"说到这儿，小黑眼中泪光莹莹，"一窝里就数我长得最黑，我娘最担心的就是我。可是谁也没想到，活到最后传宗接代的儿子，竟然是我。"

阿历克斯见此情形，完全忘记自己刚才还在为小黑的傲慢而气恼，这会子满心替小黑感到难过，也快哭了。他汹涌而至的同情心令他想不顾一切地去拥抱一下小黑，幸好冷静的亚当及时抓住了他，使他没有为红猫家族的进化付出生命的代价。

"嘎！你那只灰色的弟弟也被灭掉啦？"阿历克斯含着泪问道。

小黑也噙着泪："他呀，我娘死后，接下来就轮到了他，被一只小黑豹抓走了……"

阿历克斯："嘎！到底哪儿来那么多黑豹？"

亚当："染的！"

阿雪："显然，在这片森林里，无论是黑豹还是黑猫，都比棕色的同族更适应环境，有更多的生存机会。"

小黑："咳！实在活不下去，大不了和我妹妹一样，背井离乡，一走了之！”

阿威沉思着，没有说话。

6

亚当叫起来："小黑雀也是这样的啊！小黑雀比小灰雀躲得好！小黑雀，你的黑羽毛不是染出来的吧？"

小黑雀："当然不是啦！我天生就是黑色的，所以我一出生大家就叫我黑俏。"黑俏摇一摇黑亮亮的小尾巴，"我爷爷就是黑色的，我奶奶是半灰半黑的，我爸和我妈也都是黑色的。小灰雀可容易被天敌发现啦！"

亚当："可是，虽然你是黑色的，这大黑猫还是抓住你了啊！要不是我，你就被他吃掉啦！"

黑俏："是我太粗心大意啦，心思都集中在我自己的猎物上啦！谢谢你，鹦鹉哥哥。啾啾！"

小黑冷笑道："哼！黑色只是相对不显眼而已，难道你以为黑色就跟隐形了一样？除非森林更加黑暗下去。说不定有一天，我们就真的跟隐形了一样。"

黑俏："对！再黑下去，我们就隐形啦！啾啾啾！"

阿历克斯："不能再黑啦！不能更黑啦！黑漆漆的大自然，让我心烦意乱！"

阿雪："说来说去，你们谁能告诉我，森林里到底发生了什么变化？为什么你们都说森林变黑暗了呢？我只是觉得这座森林让我感到压抑，但是，我什么都没看出来啊！树还是树，草还是草。”

阿威："是啊！有时候会飘来刺鼻的二氧化硫的味道，可是这会儿，嗅嗅，也几乎闻不到了。再嗅嗅，唔，这森林的味道还是不对！我嗓子发痒，鼻子不通气，有点头晕。"

小黑沉重地叹口气："有什么办法，我天天都嗓子痒，鼻塞，头晕。也许，我真的该搬家了，立刻马上现在NOW！"

黑俏对阿雪摇摇头："树不是那样的树啦，草也不是那样的草啦！它们才真正是被黑暗瘟疫传染啦！啾！"

小黑对阿雪说："低下你的头，现在就仔细看看你爪下的树枝。"

阿雪低下头，打量爪下的松树枝。枝条在暮色下，呈现出一种深黑的绿色。她在树枝上踱了几步。"呀！怎么有这么多的小黑点？全都是，覆盖了一层！呀，树叶全是脏的！这是什么？"

阿威也连忙低头观察："是煤灰！所有的草木上面，都覆盖着一层煤灰！这片森林被污染了，啊呀呀！太脏了！"

小黑："这边还算好的呢！你们再往里面飞一飞，靠近化工厂那边，更黑，更脏！树叶上面都糊了一层油烟！我已经搬好几次家了。不行，这空气太污浊，我透不过气了！我无法呼吸！今天就搬家。不行，现在就搬！再见！"话音未落，小黑已经钻进黑茫茫的草丛，远远地跑掉了。

"我想我明白是怎么回事了，"阿雪说，"你可以说这是黑暗瘟疫，这是我见过的最严重的环境污染！怪不得这片森林里的动物普遍发生了黑化现象。森林变黑了，黑色的基因才最有利于生存，就这么简单。"

阿历克斯："桦尺蛾也是这样的！黑色的比浅色的躲得好！黑色的越来越多，浅色的越来越少！亚当，我们找到了答案！"

阿威："问题是，小黑都知道要不停地搬家，难道那些浅色桦尺蛾就不会逃走吗？逃到更适应自己的树林里去？"

"那个化工厂到底排放了多少烟煤？后山森林还会继续黑到什么程度呢？"阿雪说着，低下头看着黑俏，"你不是真的想隐形吧？"

"啾啾！"黑俏天真地叫了两声，"隐形太脏啦，我不愿意！"

7

"你们怎么不问问我呢？"一个细小的声音从地上传来。

呀！是那只从黑俏嘴里掉出来的黑色桦尺蛾姑娘。刚才大家只顾着说话，还真的都把她给忘在脑后了。

阿雪连忙飞下去，轻轻把她捉起来，然后又平稳飞回来，小心地把她放在树枝上。

黑色桦尺蛾喘着气，显得疲惫不堪。"唉，我昨晚飞了一晚上，好累啊！本想着今天白天好好休息一下，却不断地被各种鸟儿骚扰。"她瞪了黑俏一眼，"你是第三只！你隐蔽得太好，我一点都没看见你，差点死在你嘴里。"

黑俏看着胖胖美美的桦尺蛾，口水都快流出来了。"对不起，我也很饿呀！你藏得才好呢！当我发现你躲在那个树瘤上的时候，我高高兴兴地在心里狠狠地表扬了一下我自己！你看起来就跟一块树皮一模一样！"

亚当仔细看了看桦尺蛾："嘎哈！在我看来，你不是跟树皮一模一样，你是跟我最爱的浅色桦尺蛾一模一样！简直是一个模子里刻出来的！你的颜色一定是染出来的！唉！可可怜怜地蹲在食物链的底端，必须得好好伪装自己！在黑森林里，染一件黑外套很明智！"

桦尺蛾："唉呀，染一件黑外套有什么用？雨水淋一下，露水沾一下，不是就得现出原形了吗？"

阿历克斯也仔细观察了一番："我知道了！你身上一定是落了一层煤灰！这个不怕雨淋，也不怕露沾，随时随地可以从天而降，免费再来一层！嘎！"

桦尺蛾："唉呀，整天背着一身煤灰生活，你以为我能活得下去吗？我们虽然渺小，虽然活在食物链的底端，可是我们的生命也是有尊严的啊！我们和你们一样，也喜欢洁净的空气啊！也喜欢自己的翅膀干干净净、清清爽爽、闪闪发亮啊！你不知道，这煤灰落在身上让我们有多难受，飞起来都费劲！"

阿雪对桦尺蛾说："给我们讲讲你们的故事吧。我替你求情，让这些鸟儿朋友都放过你，给你自由。"

黑俏咽口水的声音可真响亮。

黑色桦尺蛾姑娘叹口气："其实真被小鸟儿吃掉了，我也没有什么好抱怨的，只怪我自己进化得不够完美，藏得不够隐蔽。只是可惜我这一肚子的小宝宝了。"

阿历克斯："嘎！嘎！你也有宝宝啦？恭喜！"他转头对黑俏说："我也来求个情，请你别吃她了好吧？"

黑俏扇扇翅膀，用爪子挠挠脑袋，又抬头望望天空，轻轻哼起一首歌，假装没听见阿历克斯的话。

桦尺蛾："老天保佑，希望我的孩子一个比一个黑！"

阿威："何出此言？你们桦尺蛾的世界到底发生了什么事情？"

"也许你只闻到了淡淡的气味，也许你只看到了薄薄的煤灰，可是对我们桦尺蛾来说，我们的生活环境完全被颠覆了。"桦尺蛾休息一下，接着说："跟大黑猫和小黑雀不同，我们祖祖辈辈都是黑色的。"

阿历克斯："嘎！难道我们刚才好不容易才找到的答

案是错的？”

阿威示意阿历克斯安静，听桦尺蛾慢慢说。

8

桦尺蛾："过去，我们黑蛾的日子虽然艰难，但也很快乐，我们也很满足，没有什么好抱怨的。那时候，森林里空气清新，树木翠绿，花草丰美，每一个物种，不管是植物还是动物，都比现在明亮、鲜艳、活泼。我们桦尺蛾在飞行了一整晚之后，会在黎明时分找个喜欢的树干，把自己藏起来，安安静静地卧着，在天敌出没的危险白昼里好好休息一下，让温暖的阳光美美地照在我们身上。我们在白天里尽可能吸收更多热量，为下一个夜晚的飞行积蓄足够能量。

"那时候，树干上长满了苔藓，湿漉漉的，厚厚实实的，触到它们，就像回到了妈妈的怀抱。那些可爱的苔藓，一代代地和我们一起默默生长。当然，浅色桦尺蛾会更喜欢它们，因为他们二者之间的颜色更接近。苔藓简直就是浅色蛾的保护神，他们躲在苔藓里，就变成了苔藓小仙子，最灵敏的天敌眼睛也不容易发现他们。

"对我们黑色桦尺蛾来说，苔藓不算太完美的保护色，所以比起浅色桦尺蛾，我们更容易也更经常地被小鸟吃掉，因此我们的数量一直没有浅色桦尺蛾多。但我说过了，我们也没有什么可抱怨的，因为黑色同时也给了我们另外的生存优势。我们黑色的身体和翅膀，可以让我们在白天吸收到更多的太阳能量，这使得我们营养更丰富、身体更暖和，因此在夜间觅食、交配的时候，我们更活跃、更有竞争力、效率也更高。黑色带给我们的这些小小的优点，提升了我们的适应性，弥补了我们隐蔽性不强的弱点。因此，虽然艰难，但是我们一辈辈地存活下来，一代代地繁衍下去。

"然而人类的化工厂开起来了，情况很快发生了巨大的变化。我刚才听到你们一直在谈论刺鼻的味道。是的，你们也知道那是二氧化硫的味道，它是苔藓的天敌。苔藓被人类称为二氧化硫的天然检测器，空气中的二氧化硫稍微多一些，苔藓就没法存活下去了。

"在化工厂刺鼻的浓雾下，后山森林的苔藓很快败下阵来。一块块苔藓从树皮上脱落，掉到地上腐烂、发霉。一层层煤灰取代湿润、绵密、柔软的苔藓，覆盖了整个树干。花草树木越来越黑，浅色桦尺蛾越来越显眼。我们忽然发现，我们的天敌很难抓住我们了。浅色桦尺蛾取代了我们过去的命运，纷纷落入鸟嘴，而我们却在煤灰的保护下变得越来越不显眼，数量也因此越来越多。就这样，现在这片森林里几乎看不见浅色桦尺蛾了。真够讽刺的，恶心、肮脏的煤灰成了我们的保护色。"

黑色桦尺蛾长长地呼出一口气："很多鸟儿怀疑是我们传播了黑暗瘟疫，把浅色桦尺蛾都给毒死了。今天能说出真相，我真高兴。我们一点也不希望浅色桦尺蛾消失。我多么盼望回到过去的岁月，虽然危险重重，可是空气新鲜，景色明媚，生活是那么美好，生命是那么值得享受。"

多愁善感的阿历克斯又眼泪汪汪了："嘎，那，浅色桦尺蛾绝种了吗？"

黑色桦尺蛾："据我所知，没有。它们迁徙到了更遥远更安全的地方，就像刚才那只大黑猫一样。其实我们也在慢慢迁徙，就算身为黑色的蛾子，我们也忍受不了太脏的空气、太厚重的烟灰。我就是刚刚从工厂那边迁徙过来的。好累啊，让我睡一会儿吧。"她说着，挪了挪，把身体紧紧贴在一处树节上，然后就一动也不动了。猛一看，她的翅膀上好像长满了煤灰点，她完全变成了树枝的一部分。隐蔽得真是太好了。

阿雪悄悄地对黑俏说："你确实该好好表扬一下自己的眼力。"

9

这时候，空气中二氧化硫的味道又浓重起来，似乎雾气也更深了，林子里黑蒙蒙的。

"这到底是怎么回事？"阿威边嗅边问，"刺鼻的味道为什么一会儿浓又一会儿淡的？"

亚当说："我知道！主人的签名征集说明书里介绍了，这是工厂为了应付检查使出来的欺骗花招！检测器打开的时候，就停止排放臭气脏烟，检测器一关上，就开始排毒！所以你看他们的检测数据，都漂亮得很！哼嘎！"

"太可恶了！"阿威竖起眉毛，"必须阻止他们！不然后山森林就彻底被他们毁掉了！"

"我要报告阿海队长！嘎！"阿历克斯气得满脸通红。

阿雪："你最好快点报告！"

亚当愁眉苦脸地说："也许浅色桦尺蛾永远也回不来了。也许他们已经被鸟儿吃灭绝了。"

阿雪安慰他："只要工厂排放合格，空气就会变得干净起来，我相信到时候他们很快就会回来的。"

大家被这难闻的气味熏得受不了，决定赶紧回去。

亚当："黑俏，你要搬家吗？和我们一起走吧？"

黑俏犹犹豫豫："啾，你们，先走一步，我，再考虑一下……"

她落在后面，悄悄向黑色桦尺蛾躲藏的地方挪去，却左看右看再也看不见那只小蛾子了。

"哈哈，"阿雪说，"管住嘴确实太难了。聪明的桦尺蛾准妈妈早料到这一步，已经躲到别处去了。我想你很难再找到她了。"

黑俏不好意思地张了张她那小小的喙，扬起脑袋咽了一口口水，展翅和阿雪他们一起飞走了。

10

长爪实在受不了佳佳宠物店外面时不时飘来的刺鼻臭

味，所以虽然老寿星家的宴会很有趣，他还是早早退席了。

当长爪、白云和惊涛悠闲自得地越过蔚蓝的火焰海，飞回火焰岛时，发生了一点小意外。快到火焰岛东海岸时，一只疯疯癫癫的老猫头鹰乞丐，不知道是怎么回事，凭空冒出来，羽毛残缺的尾巴紧紧攒在一起，像导弹一样冲向长爪。幸好白云医生眼疾爪快，一把将长爪拽到一边。老疯子扑空之后，失去平衡，虽然试图紧急刹车，却在惯性的作用下连续往前摔去，在空中疯狂地翻了好几个滚，最后重重地拍在一块礁石上。

仁慈的长爪顾不上庆幸自己才刚刚脱离险境，赶紧飞过去查看老疯子是不是受伤了。

"老伯伯，你还好吧？"他看着老疯子扭曲的身体，心里充满了怜悯。

老疯子双眼紧闭，自顾自忍受剧痛，没有理睬长爪。

"老伯伯，你是火焰岛的居民吗？就算不是，你也可以到火焰岛猫头鹰养老院去生活，欢迎你去啊。"长爪又说。

老疯子哼了一声，细声嘶吼道："我才不去呢！我要和我儿子在一起！"

"你儿子好吗？他吃得饱吗？你们需要我的帮助吗？"长爪一迭声地问，关切之情溢于言表。

"哼！我们很好，不需要你帮助！"老疯子恶狠狠地说完，展开翅膀，歪歪扭扭地飞走了。

长爪叹了一口气。他这才转身对白云说："谢谢你呀！要不是你，我刚才就被导弹击中啦！"

"你呀！简直就是个遇险专家！晚上睡个觉，都能被毒蚊子下几只蛆；好好回个家，都能遇到一枚疯子导弹。"白云笑长爪。

长爪认真地看着白云，也笑着说："那你以后二十四小时保护我好不好？我一出事，你就可以立即来救我。"

白云医生脸红了，看了惊涛一眼。"好啊，只要惊涛队长批准。"

惊涛敬服地望着白云说："我举双爪赞成啊！你刚才那一拽，比我反应快多了，我都没看清那只老猫头鹰是怎么冒出来的。"

三只猫头鹰在南海岸的大棕榈树林里歇了一会，享受着温暖、柔和、清爽的海风。

"哎，你是不是忘了，亲爱的白玉王后在世的时候，我和她是最好的朋友。"白云轻声对长爪说。

"我当然记得啦。你也是我最信任的朋友。"长爪望着白云。

"白玉王后临终的时候，曾经用心地嘱托我，要我好好照顾你、保护你。"白云泪眼婆娑。

"是啊，但我用'血统纯正'的黑布把自己的眼睛严严实实地蒙起来了，一直没有发现你在我心里已经住了很久。对不起。”长爪把白云搂在怀里，也流下了热泪。

海风轻轻地吹着，棕榈树的大叶子哗啦啦地摇摆着。

11

阿海做事效率就是高，后山脚下的化工厂很快就被永久关停。污染这么严重的工厂居然存在了那么久，排放了那么多毒气、臭水、废渣，阿海从来都没有那么生气过。

“黑暗瘟疫”消失了，后山森林以惊人的速度恢复到原先光彩明媚的样子，空气中又满是花草树木的清甜气息。

浅色桦尺蛾果然又回来了，而且数量越来越多。很快，后山森林又到处可见浅色桦尺蛾的身影。而黑色桦尺蛾，又一次悄悄掩去了自己的踪迹。

“森林一点都不黑啦，绿油油的，光灿灿的，黑色桦尺蛾不会从此就灭绝了吧？咕嘎。”亚当又愁眉苦脸起来。

阿雪微笑着，神秘地说：“放心吧，他们自有生存之道。”

因为阿雪知道，这时候，在后山的一棵老桦树上，如果仔细看，不必惊讶，你会发现一些不起眼的黑色的古怪的小小的“树枝”，他们舒舒服服地伸展着身子，懒洋洋、美滋滋地晒着太阳。他们，就是那只从黑俏嘴里逃生的黑色桦尺蛾妈妈的宝贝们。

鳄鱼的眼泪

1

松树河口鳄鱼家族的小鳄鱼妞妞最近烦恼极了。

妞妞特别喜欢音乐，是神秘大包乐队的忠实粉丝。但是，乐队的两名小海龟主唱却都特别不喜欢妞妞，一看到她，她俩就立即沉下脸来，对她怒目而视。

腾腾慢哼一声："鳄鱼的眼泪！"

慢腾腾哼一声："十足的虚伪！"

也难怪，腾腾慢和慢腾腾最讨厌别人撒谎、骗人。而不管是在哪里——海洋、陆地、天空——只要是活着的生物，大家从小就知道，鳄鱼最喜欢假慈悲，一边吃掉他们的猎物，一边流泪哀悼被他们吞进肚皮的可怜虫。甚至有传说，鳄鱼们会用无限真诚的眼泪引诱猎物上钩。哎呦呦，简直太虚伪！太讨厌了！

但是妞妞一听小海龟姐妹的话就哭了："我不是虚伪的鳄鱼，我的每一颗眼泪都是真实的！"

腾腾慢冷笑一声："吞吃猎物时，你到底流不流泪？"

慢腾腾一声冷笑："哀悼的眼泪，你究竟想要骗谁？”

腾腾慢：“你骗得了猎物，骗不了我们！”

慢腾腾：“你骗得了一时，骗不了永远！”

妞妞眼泪哗哗地淌下来，流了满脸，仰头大叫：“我吃东西的时候，从来没有流泪哀悼猎物！就算流眼泪，我也从来没有想过要骗谁！呜呜呜……”

腾腾慢：“哎呦呦，鳄鱼都是大骗子！”

慢腾腾：“呦呦哎，哭哭啼啼会演戏！”

腾腾慢：“看啊，看啊，鳄鱼的眼泪我见了也忍不住心酸！”

慢腾腾：“罢了，罢了，心酸的海龟总是心太软活该受骗！”

妞妞听了，更委屈了，哭得上气不接下气，话都说不出来了。

两只小海龟看妞妞那么伤心，不由得沉默了一会。

腾腾慢：“好吧，她的眼泪能让我甘心受骗。”

慢腾腾：“算啦，没吃猎物她也能哭个没完。”

妞妞悲痛欲绝：“你们为什么不相信我啊！你们怎么才能相信我啊？呜呜呜，不信，你们把阿威探长和阿雪公主都请过来，让他们查查，看我到底是不是假慈悲！呜呜呜——”

腾腾慢：“小鳄鱼的眼泪威力强！”

慢腾腾："眼泪的魔力柔能克刚！"

腾腾慢："就算她虚伪，我无法抵抗。"

慢腾腾："哪怕她骗我，我举爪投降。"

妞妞听了，简直满腔悲愤起来，哭得再也止不住了。从一生下来，她总是被嘲笑"假慈悲""伪君子"，谁都不愿意跟她交朋友。她早就憋了一肚子的委屈和痛苦，今天被自己的偶像一嘲讽，就再也憋不住了，悲伤像海啸一样爆发了。

腾腾慢："别哭啦，你的眼泪快把森林淹没啦！"

慢腾腾："别哭啦，你的哭声快把海啸引爆啦！"

腾腾慢："哎呀呀，求求你不要这么悲伤！再哭我也要眼泪汪汪！"

慢腾腾："呀呀哎，咱们现在就去请探长！好好查一查事情真相！"

2

长爪听说阿威和阿雪要去松树河口破解鳄鱼眼泪之谜，也特别想亲自去看一看，但是他实在走不开。

长爪和白云结婚了，四个可爱的小猫头鹰宝宝才刚刚孵出来。火焰岛也一天天地变样了，更绿，更美，更热闹，阿海每天都有无数的新奇想法要和长爪商量。长爪国王真是要忙死了。

于是，长爪特意委派聪明、干练的怒焰去协助阿威和阿雪的调查。

长爪认真叮嘱怒焰："这对我们火焰岛可是一件大事。咱们火焰王族一直想和鳄鱼家族友好相处，几千年前我们的起名官还特意给他们起了'伪君子之家'的名号，就是想表达我们与他们世代和平相处的美好意愿。但他们一直对这个名号很不满意，每年都为这事对我发出外交抗议，冲我嚷嚷个不停。可这是最恰当的名号啊，没有充足的理由谁也不能随便更改啊。阿威探长很出色，我真希望他和阿雪这次能调查出一个令各方都心服口服的结论，一劳永逸地解决两个家族之间的争端。"

怒焰表面上欣然领命，心里却恨死长爪了："老不死的，不但没能让阿雪嫁给我，还赞赏起那个平民废物来！哼！看我怎么'协助'他们调查！鳄鱼家族跟你打起来才好呢！你就等着他们的调查结果吧！包你满意！"

怒焰怀着一腔怨气飞到松树河口的时候，老远就听到阿历克斯的声音。

"嘎！嘎！鳄鱼没有泪腺，不会流眼泪！人类的论文说的！鳄鱼大部分时间生活在水中，眼泪没什么用！"

"鳄鱼当然会流眼泪，傻瓜。"怒焰落下来，不屑地看着阿历克斯，脸上露出嘲弄的笑容。

虽然今天有不少好奇的动物居民来现场围观阿威探案，但竟然连残忍的怒焰也飞来看这个热闹，让阿威很意外。

阿雪也不禁轻声嘀咕了一声："他来这里做什么？"

阿威说："肯定不是因为关心对鳄鱼眼泪的科学探索。"

怒焰殷勤地对阿雪说："仁慈的国王派我来协助你。他很重视这个调查。"

怒焰说着，低头看着趴在岸边的妞妞，冷笑一声："鳄鱼的眼泪可不是一般的眼泪呢。哼哼，要是你不小心喝了鳄鱼的眼泪，你说出来的每一句话都会变成谎言！"

两只小海龟听了这话，都翻了翻眼珠子，面露鄙夷之色。

腾腾慢噘噘嘴，问怒焰："那你是不是喝过很多鳄鱼的眼泪？"

慢腾腾撇撇嘴，夸张地问妹妹："他还用得着喝鳄鱼的眼泪？"

腾腾慢点点头："有个坏蛋的口水落在地上，就能直接长出一条小鳄鱼！"

慢腾腾摇摇头："他的唾沫溅到小鳄鱼身上，小鳄鱼转眼就变成大鳄鱼！"

松树河口雀长白鹭奶奶听了，哈哈大笑起来。

"我们神秘大包乐队的主创们有才华吧？"俊哥自豪地问奶奶。

"逗死我了！真可谓，谎言大赛谁能赢？鳄鱼比不过撒谎精！"白鹭奶奶笑得眼泪都出来了。

怒焰的眼睛里凶光一闪，恶毒地瞪了瞪两只小海龟。

"嘎！鳄鱼泪，你想喝也没有哇！我说啦，鳄鱼不会流眼泪的！人类的论文说的！有个人类科学家，观察了很久，都没有看到鳄鱼流眼泪。他就用洋葱和盐擦鳄鱼的眼睛，擦呀擦，还是没能使鳄鱼流出眼泪……"阿历克斯正在高谈阔论，一低头，只见小鳄鱼妞妞因为小海龟她们和怒焰打嘴仗，都在无情地嘲讽鳄鱼，她就又开始默默地流起眼泪来啦。阿历克斯于是马上住嘴了："啊哦嘎！看来那篇论文过时了！"

阿雪："鳄鱼有泪腺，的确是会流眼泪的。人类的教科书上说，鳄鱼流泪是为了排出体内多余的盐分，保持身体的水平衡。不过，我们猫头鹰科学界对此还没有定论。"

阿威："唔，尤其是那些习惯于生活在大海中或者半咸半淡的河流入海口的鳄鱼，他们喝的是咸水，必须排出体内多余的盐分。"

腾腾慢："不会吧？海龟流泪才是为排出多余的盐！"

慢腾腾："就是呀！老威廉爷爷的眼泪比海水还咸！"

阿历克斯显出恍然大悟的样子，爪舞翅蹈："松树河口的海水就是半咸半淡！鳄鱼和海龟一样是爬行动物，身体结构和功能接近！你们看，除了眼泪，从鳄鱼身体表面看不出有别的液体排出！我得出结论啦，鳄鱼流泪是为了排出体内多余的盐分！千真万确！证据确凿！谜题解决啦！大家都散了吧！嘎！嘎！"

腾腾慢："慢着，慢着！鳄鱼的眼泪哪有我们海龟的咸？"

慢腾腾："别急，别急！眼泪是真是假需要好好验一验！"

阿雪："好主意！我正好想要化验一下鳄鱼眼泪的成分。"

阿威对妞妞说："你介意我们收集一些你的眼泪吗？"

妞妞满脸泪水地点点头："只要能为我洗脱莫须有的罪名，收集多少都行！"

所有观众都屏气凝神看着阿雪拿出一个小小的试管，小心翼翼地收集小鳄鱼的眼泪。妞妞这一辈子的委屈看起来全在今天发泄出来了，眼泪哗哗淌得像小河一样，所以阿雪很快就完成了收集工作。

阿雪不慌不忙地取出特意带来的实验设备，有条不紊地开始检验鳄鱼的眼泪成分。不一会儿，结果出来了。

阿雪大声宣布："妞妞眼泪的含盐量很正常，比海龟、海蛇等海洋爬行类动物眼泪的含盐量低得多！"

"噢！"观众们发出一阵感叹声，有的是表达失望，有的是表示吃惊，有的是感到幸灾乐祸。只有小海龟姐妹俩，是完完全全地觉得开心，她们才不想让鳄鱼骗人的眼泪和她们海龟纯真的眼泪一模一样呢。

而妞妞，因为与生俱来的"骗子"罪名如此不容易洗脱，张大嘴巴，哭得更凶了。

3

一直在旁边仔细观察妞妞的阿威忽然有了新发现，他示意阿雪留神查看妞妞宽大的嘴巴。

阿雪注意到，在妞妞的舌头表面，慢慢流出一种清澈的液体，一滴一滴，缓缓落在地上。

阿雪问妞妞："你舌头上流出来的液体，是什么？"

妞妞不好意思地看看地上那一小滩清亮的液体："是我的口水。"

"嘎！你馋了吗？为啥流口水？"阿历克斯热心地问。

怒焰斜着眼睛看着妞妞："她当然是犯馋了！毕竟周围有这么多可口的猎物嘛。你这只漂亮的鹦鹉，就是第一号美味，哈哈。鳄鱼的眼泪，还真是名不虚传啊！看她哭得多伤心！"

妞妞又痛哭起来："不是的，你们冤枉我了。我没有犯馋，我就是喜欢流口水，身不由己，天生就这样。"

妞妞的眼泪让两只小海龟看得很不忍心，于是没有再次和怒焰斗嘴。她俩现在心里都有些疑惑了，到底鳄鱼的眼泪是不是真的呢？自己怎么那么同情、可怜这只小鳄鱼呢？难道自己真的是被传说中会引诱猎物上钩的鳄鱼泪给骗了吗？

阿雪问妞妞："你每天都流很多口水吗？"

妞妞抽抽搭搭："嗯，整天都在不住地流。"

阿雪："比眼泪还多吗？"

妞妞："平时比眼泪还多。但今天很特殊，今天眼泪流得比口水多……今天好难过……"她又伤心地哭起来。

阿威："唔，你的爸爸妈妈、爷爷奶奶的口水多吗？"

妞妞不想把父母和祖辈们牵连进来，她觉得自己今天已经够丢脸的了。于是，她犹犹豫豫地小声说："嗯……这是他们的隐私呀。再说，我觉得，这和今天的调查也没什么关系……"

阿威："怎么会没有关系呢？你想洗脱的罪名是你生来就有的，事关你们整个家族啊。"

阿雪："对呀，这事，只有你们家族都洗清了，你才能洗清啊。"

怒焰："哈哈，她一定也清楚，她家里从老到小都是一帮伪君子！偏偏她想把自己单独择出来，想装成好鳄鱼。真虚伪！"

妞妞哭了："你瞎说！我家从老到小都不是伪君子！

我不是装的，我是真实的！阿威探长，阿雪公主，你们一定要相信我啊！"

阿雪说："那你就勇敢地回答探长的问题吧。如果你对自己有信心，就不用害怕说出任何真相。"

妞妞下定了决心，总算止住了哭泣。"我爸爸妈妈、爷爷奶奶都是这样的，每天都会不停地分泌很多的口水。"她冲着怒焰说："这下你满意了吧？你尽情地嘲笑我吧！"

怒焰冷酷地笑了笑，讥讽道："如你所愿，虚伪的小鳄鱼，一家子馋死鬼！一家子伪君子！"

妞妞听了，拼命想忍，却怎么也忍不住，又痛哭起来。

小海龟们看不下去了。

腾腾慢："是不是馋死鬼跟口水无关！"

慢腾腾："算不算伪君子用证据检验！"

腾腾慢："是谁对王位馋得发狂却假装豪不在意？"

慢腾腾："他自己虚伪透顶竟有脸骂别人伪君子！"

怒焰脸色铁青："两只傻海龟，胡言乱语！"

阿历克斯实在不忍心看妞妞继续痛哭下去，嚷嚷道："嘎！我的结论是：乖乖的妞妞，真实的眼泪！"

妞妞感激地看着双胞胎偶像和阿历克斯，哭得更厉害了。

4

妞妞的口水一直缓慢地往下滴答。

阿威对阿雪说："妞妞生活在半咸半淡的水里，按理说，必须要排出体内多余的盐分。既然她的眼泪含盐量正常，会不会她的口水是排泄盐分的渠道呢？"

阿雪："对呀！阿历克斯刚才都总结过了，从鳄鱼身体表面看不出有别的液体排出。很可能妞妞的盐腺在舌头上！据我所知，有很多海洋爬行动物是这样的！"

阿威："如果真是这样，那真是一个重大发现啊！至少，妞妞'馋死鬼'的罪名可以洗脱了。妞妞，你愿意帮我们一起弄清楚吗？"

"当然愿意！一百个愿意！"妞妞大声说。

收集口水比收集眼泪麻烦多了。妞妞的口水自顾自分泌，缓慢、细微。阿雪和妞妞费了好大劲儿，总算收集到足够多的口水。

所有观众都鸦雀无声地看阿雪做实验。就连腾腾慢和慢腾腾，都真心期盼能有一个有利于妞妞的结果。她俩因此不禁又一次自责，是不是自己真被小鳄鱼妞妞的眼泪给迷惑了？

就这样，怀着矛盾的心态，大家听到了阿雪宣布的实验结果："妞妞的口水含盐量比海水还高！数据证明，妞妞流口水是为了排除体内多余的盐分。'馋死鬼'的罪名正式洗清了，请大家以后说话要负起责任！"阿雪说着，看了怒焰一眼。怒焰讪讪地笑了笑，眨巴了几下眼睛，没有说话。

阿雪对妞妞说："你的舌头粘膜上确实分布着许多盐腺，构造和海蛇舌头下面的盐腺非常相似。"

阿威微笑着说："也就是说，你流口水就和你在水里游动一样，是正常生理活动的一部分。你们家族都是这样。"

腾腾慢："太好啦！妞妞不是馋死鬼！"

慢腾腾："太棒啦！鳄鱼必须流口水！"

腾腾慢："她真的真的在舌头上面有盐腺！"

慢腾腾："我喜欢她真的真的不是因为受了骗！"

阿历克斯："看到了吧！我的结论无比正确！乖乖的妞妞，真实的眼泪！嘎！嘎！"

妞妞号啕大哭起来，从来没有哭得这么排山倒海过，也从来没有哭得这么高高兴兴过。

怒焰"嗤"地笑了一声："什么无比正确，荒谬！她的口水是真的，不能说明她的眼泪也是真的。谁能证明她的眼泪是真的？谁能？哼哼，'伪君子'的名头，小鳄鱼还是继续担着吧！嘿嘿，从来没见过这么会表演的小鳄鱼！傻海龟，你们终究是被骗啦！哼！"

腾腾慢看看慢腾腾："我是真心替妞妞高兴。"

慢腾腾看看腾腾慢："我也真心怕自己受骗。"

阿历克斯："不用怀疑！乖乖的妞妞，真实的眼泪！嘎！嘎！"

阿雪微微点头。阿威不动声色，仔细观察着妞妞。

5

慢腾腾和腾腾慢虽然还没有完全相信妞妞，但她俩是真心有些喜欢妞妞了，跟怒焰斗嘴的时候还向着妞妞。阿历克斯就更不用说了，彻底被妞妞的眼泪征服，完全站在了妞妞这一边，想尽办法哄妞妞高兴，一个劲地夸她是个"鳄鱼小乖乖"。因此，妞妞心里现在好受多了，渐渐止住了痛哭。哭了这么久，她也哭累了，静静地趴在岸边休息。

怒焰不住嘴地冷言冷语，但大家都不理睬他。过了一会儿，他也觉得挺没趣的，终于闭嘴了。

妞妞："亲爱的阿历克斯，谢谢你对我的信任，从今天开始，你是我永远的好朋友。我一定不会辜负你的信任，我发誓一辈子忠诚于你，我一定会报答你的。"

怒焰听了这话，忍不住又嘲讽起来："哟，伪君子发起誓来啦！谁稀罕啊，反正说了也不算。"

阿历克斯怕妞妞听了受不了又哭个没完，赶紧说："你不稀罕我稀罕！妞妞说的话都算话！嘎！嘎！"

妞妞笑了，高兴地摆摆头。

这时候，阿威注意到，妞妞的眼角又流出了眼泪。

阿威："妞妞，你这是高兴得流眼泪了吗？"

妞妞："没有啊，我流泪了吗？"她眨了眨眼睛，"啊，还真是的，我真的在流泪。我不是故意的。就像我流口水不是故意的一样，对不起……"

她惴惴不安地看了看大家，生怕又被误会了。

怒焰："哟，这不是自己证明自己流的是虚假的眼泪吗？这是为了引诱哪个猎物呢？嗯，八成是一只傻鹦鹉。铁证如山啊！恭喜你啊，小鳄鱼伪君子，你成功证明你自己就是个骗子，简直妙极啦……"

"少废话！"阿历克斯打断怒焰，"伪君子永远不会自己说自己虚假！正是因为妞妞诚实，她才实话实说的！嘎！"

阿威点点头，问妞妞："看来你在岸上会本能地流出眼泪。现在你的眼睛感觉怎么样？"

妞妞："刚才我趴着的时候，感觉眼睛有些干涩。现在好多了。"她转了转眼珠，又眨了眨眼，那双大眼睛显得更加水灵灵的，在阳光的照射下亮晶晶的。

阿雪观察了半晌。"哈！妞妞，你也有第三个眼睑！"

腾腾慢："透明的瞬膜！"

慢腾腾："漂亮的瞬膜！"

腾腾慢："有用的眼睑！"

慢腾腾："珍贵的自我！"

阿雪："对！妞妞不知不觉流出的眼泪，都是从瞬膜后面分泌出来的。"

阿历克斯欢喜地叫起来："我也有瞬膜！我和妞妞是天生的好朋友！嘎！嘎！"

腾腾慢："瞬膜滋润着我们海龟的眼睛。"

慢腾腾："爷爷因此迎风流泪不论阴晴！"

腾腾慢："在水下我们为什么能看清世界？"

慢腾腾："闭上瞬膜我们就可以洞察一切！"

妞妞也大叫起来："瞬膜在水中保护我们的眼睛，在岸上润滑我们的眼睛！我流泪不是因为虚伪，那是因为可爱的瞬膜在辛勤地工作！哇啦啦！"

阿历克斯："嘎！嘎！鳄鱼的眼泪就是这么一回事！不是虚伪，不是欺骗，只是为了享受这个世界！"

6

怒焰沉着脸。"就算她不知不觉地流泪是为了保护眼睛，仍然改变不了她吞吃猎物时哀悼流泪的事实！小鳄鱼，你仍然是一个伪君子！"

阿历克斯："嘎！胡说八道！吃东西的时候谁会流眼泪？"

怒焰冷笑一声，很有把握地说："流不流眼泪，你我说了都不算！让她当场吃顿饭，咱们一起欣赏一下！"

妞妞："我一般在水里进食……"

怒焰："哈哈！害怕露馅是吧？你不敢当众做实验，就说明你心里有鬼！"

妞妞又快哭了："不是的，我们通常在水里吃饭，免得受到别人的打扰……"

腾腾慢："我最喜欢水里吃，自在又清爽！"

慢腾腾："一吞一咽不费劲，海水会帮忙！"

妞妞冲着双胞胎偶像拼命点头："嗯！嗯！就是！就是这样的……"

怒焰鄙夷地看着妞妞："你怎么敢和人家小海龟比？你们家族臭名昭著，人家海龟家族是品格高洁的名门望族，你再巴结人家，也还是臭的！"他又看着小海龟们，嘲笑道："傻傻的小海龟，白白地被骗子小鳄鱼利用啦，哈哈哈！"

腾腾慢哼一声："不怕被人利用，就怕自己没用！"

慢腾腾哼一声："就算被人利用，也不撒谎嘲弄！"

阿威问妞妞："你想不想彻底证实自己不是伪君子？"

妞妞："想！想极了！"她的眼睛里又盈满了泪水。

阿威："那么，你今天这顿饭，在岸上吃怎么样？让大家共同见证一下。"

"好！"妞妞大声说："再难下咽，这顿饭我也要在岸上吃！"

　　说完，妞妞掉头朝海里游去，一会儿就沉入水底，不见踪影了。

　　怒焰："哼哼！逃跑了！"

　　阿雪静静地说："先不要那么快下结论。"

　　阿历克斯急切地飞到妞妞消失的水面上，不住地往幽幽的水底望去。

7

　　过了好一阵子，妞妞还没有出现。

　　怒焰神色之间越来越得意："谁敢和我打赌？小伪君子绝对不敢再回来了！"

　　阿威和阿雪交换了一个焦急的眼神。

　　慢腾腾和腾腾慢为妞妞捏了一把汗。

　　阿历克斯已经大叫起来了："妞妞不会出事了吧？妞妞不会被大鲨鱼吃掉了吧？妞妞不会被大章鱼缠住了吧？"

　　他接着自言自语："妞妞一定要得到这个证明自己的机会！一定不能失去这个机会！嘎！"

　　没一会儿，他又开始唠叨："谁吃东西还流泪呢？真是的，就算流泪又怎么啦？难道流泪就是哀悼猎物？谁规定的？怎么不规定是因为吃到了好吃的所以就高兴哭了？我吃到好吃的就高兴，嗯，有一次我吃得太高兴就流眼泪啦！嘎！流言蜚语，祸国殃民！”

就在阿历克斯飞上飞下等得快要发疯的时候，“哗啦”，小妞妞钻出了水面，嘴里叼着一只胖大的黄翅鱼。

怒焰见妞妞胆敢再次现身，非常意外。

妞妞拖着沉重的鳞甲，一扭一扭，迅速爬上岸。她把黄翅鱼放在地上，黄翅鱼无力地拍打了一下金黄色的尾巴。

“今天，我家，吃，黄翅鱼……”妞妞气喘吁吁地说，“我，开吃，了啊，你们，看好，了啊……”

妞妞说着，一口叼起黄翅鱼，囫囵塞进嘴巴，开始往肚子里吞。只见她不停地伸缩脖子，使劲往下咽黄翅鱼。咔嚓，她把黄翅鱼咬成两截，继续一下一下地往下吞咽。

妞妞吞吃黄翅鱼的时候，现场所有动物都好奇地观察着她的样子。

怒焰首先叫了起来：“快看！鳄鱼的眼泪！哈哈，名副其实的鳄鱼的眼泪啊！小鳄鱼，你还有什么话好说！你哭什么？你是在为大黄翅哭泣吗？”

阿历克斯沮丧地说：“啊！还真流泪啊！”接着，他又替妞妞担心起来：“别着急，别呛着啦!别噎着啦！哼！谁规定吃饭的时候不能流眼泪？嘎！”

妞妞正拼命往下吞食物，顾不上说话，也没法张嘴解释。

妞妞真的在一边吃，一边流眼泪，甚至眼睛里都开始冒出泡沫来。

"哎呦，你为了大黄翅，快把自己的眼珠子哭出来了吧？"怒焰纵声狂笑。

阿历克斯哭丧着脸，又是心疼妞妞吃得费劲，又是恨铁不成钢，怎么吃个饭都哭得冒泡了呢？

阿威一声不响地观察着妞妞。只见妞妞一边吞咽，一边吹气，倒像是患了感冒以后因为鼻子不通气而眼泪汪汪的样子。

阿雪则轻轻地点着头："妞妞，别着急，慢慢吃。"

腾腾慢评论说："岸上吃鱼确实不省事！"

慢腾腾评论说："又干又燥满嘴是空气！"

腾腾慢："空气呛鼻子，酸溜溜。"

慢腾腾："空气混眼泪，咕嘟嘟。"

腾腾慢："嘴巴大，黄翅更大。"

慢腾腾："嗓子小，鼻子更小。"

腾腾慢："噎半天，吃不饱。"

慢腾腾："泪汪汪，冒泡泡。"

……

两只小海龟你一言我一语，就像现场评论员，给围观的动物们详细解说着妞妞吞吃黄翅鱼的全过程。

阿雪听了，禁不住笑出声来。她对两只小海龟竖了个大爪子，以示称赞，接着继续密切观察妞妞进食。

好不容易，妞妞把大鱼全都吞了下去。

"哎呦，差点噎死我了！"妞妞眼泪汪汪地说。

妞妞对小海龟姐妹说："你俩说的没错，噎半天，还没吃饱。"

怒焰冷笑着："噎死你了？你就装吧，你全身上下有一处是真的吗？"

妞妞委屈地说："你怎么才能相信我呀？我真的不是故意要流眼泪的。我满嘴都是空气，鼻窦里也是空气，我感觉我的眼睛里都充满了空气，啊，难受死了！这就是我不愿意在岸上进食的原因啊。"她说着说着，一撇嘴，又哭起来了。

怒焰："现在哭也没用。刚才你都哭得冒泡了，哈哈哈哈，没法抵赖啦！"

8

阿雪沉静地说："恰恰相反，妞妞进食的时候，哭得冒泡了，正说明她不是故意要哭的。"

慢腾腾和腾腾慢拼命点头。

阿威说："跟她不由自主分泌口水、不知不觉在岸上流泪一样，妞妞进食时，流泪伴随冒泡，也是本能的正常的生理活动。只有这样，她才能吞下自己的食物。"

妞妞也拼命点头："哭得冒泡，难受死了，谁哭谁知道！我也不想这样呀，可是身不由己呀！"

第五章　鳄鱼的眼泪

阿雪微笑着：“如果仔细观察了，你们应该能够发现，妞妞进食时伴随着吹气，压迫鼻窦中的空气和眼泪混合在一起，因此流出来的眼泪会冒泡。这些纯属自然的天性。那些讽刺鳄鱼进食流泪是为了哀悼猎物的种种说法，反而全都是以讹传讹，充满了偏见！妞妞，实验证明，你是一个好姑娘！”

白鹭奶奶率先拍起了翅膀，围观的动物居民们也都跟着欢呼起来，大家对这个结果都很满意。妞妞确实也太可爱了。

腾腾慢：“鳄鱼家族不虚伪！”

慢腾腾：“妞妞天生爱流泪！”

腾腾慢：“吃饭流泪不是罪！”

慢腾腾：“妞妞不是假慈悲！”

妞妞那个高兴啊，恨不得长出翅膀飞起来，在空中绕上大大的一圈，向全世界宣告她的小海龟偶像对她的最新评价。

阿历克斯裂开大嘴：“嘎！嘎！乖乖的妞妞，真实的眼泪！我早就发现了真相！我总是发挥关键性的作用！”

怒焰沉着脸，虽然很不痛快，却一句话也说不出来了。

妞妞对怒焰说：“你不用向我道歉，真的。只要你知道了真相，以后别再嘲笑我了就好。”

怒焰哼一声，没理睬妞妞。他沉着脸对阿雪说：“好了，案子查清了，我要去向国王汇报了。"说完，他瞪了妞妞一眼，振翅跃起。但就在他转身飞往火焰岛的一瞬间，他却一扭身改变方向，出人意料向森林里快速飞去。

"嘎！嘎！气晕头了，飞错方向啦！喂！火焰岛在南边！你干嘛往北边飞！哈哈嘎！"

9

怒焰并没有气晕头，他是猛然慌神了。在他起飞的一瞬间，就在兴奋交谈的动物们身后的林子边，他突然看见了一只胖墩墩的猫头鹰，像幽灵一样，搂抱着长尾，阴森森地坐在林边的一根树枝上，专注地盯着他。

这只胖猫头鹰显然是有意让怒焰在将要离开的那一刻才注意到他的，之前他一直躲在阴影里，也不知躲了多久。要不是长尾被这个胖子揽着，傻傻地蹲在那里，怒焰真以为这胖猫头鹰是一尊面目怪异的石头雕像。

胖猫头鹰面部肌肉僵硬，如同戴了一个假面具。他看起来好像是一直在笑，面孔乐呵呵的，同时却又目光毒辣，根本面无表情，透着一股阴冷的杀气，令怒焰没来由地感觉毛骨悚然。

胖猫头鹰见怒焰已经注意到自己并朝这边飞过来，便迅速转过身，无声无息地隐身在树荫中，向密林深处飞去。他仍然紧紧拥着长尾，乍一看亲亲密密，像两个老朋友，再细看一眼，分明是长尾被绑架了，而且还是被灌了迷魂药乖乖跟着走的那种绑架。

怒焰心头大急。长尾是他的秘密武器，只听他一个人的招呼，怎么却被这只奇怪的猫头鹰胖子给控制了呢？

胖猫头鹰飞了没一会儿，一扭身，消失在一棵大树里。怒焰看得清楚，紧跟着飞进一个很不显眼的树洞。

"欢迎光临寒舍，怒焰王子！"怒焰一进来，胖子就开口了。

"你是谁？想干嘛？"怒焰不客气地问，眼里凶光毕露，双爪暗暗运劲。

"不要冲动，也不要激动。你看，你父亲长尾一点都不紧张。"胖子慢条斯理地说。

怒焰大吃一惊："你怎么知道他是我父亲……嗯……你，你认错了吧？"

"呵呵，我怎么会认错？我笑面虎别的本事没有，入木三分的眼光还是有的。"

怒焰又吃了一惊："笑面虎？你是流川的父亲？你不是早就死了吗？"

笑面虎："呵呵，如果我是你，我永远不会这么想。没有看到尸体，怎么能认定我死了呢？就像你的父亲，他不是也悄悄地复活了吗？"笑面虎说着，拍了拍长尾的脑袋，就像拍一只小宠物。

怒焰大怒："住手！不许你那样对待我父亲！太无礼了！"

笑面虎："呵呵，承认这就是你父亲了？啊，让我想一想，上回，是谁让他死了一次呢？哎呀，他被海浪冲上岸，躺在石缝里昏迷不醒，要不是我派部下把他拖进山洞，他可能真的早就被淹死了呢！千万不要相信生命的奇迹，每一个奇迹背后，都是有原因的哟！嗯，真有意思……"

怒焰飞过去，把长尾一把拽过来，厉声呵斥道："你怎么跟陌生的猫头鹰到处瞎跑？快跟我回家！"

"你不要生气，他是个老朋友，嘿嘿，老朋友……"长尾痴痴傻傻地说着，又飞过去紧挨着笑面虎坐下了。

"呵呵，他就是这么依赖我，一直都是这样，从来没有变过。"笑面虎皮笑肉不笑地说。

怒焰觉得一股寒气从爪底一直贯穿到了脑门子，暗暗运劲的爪子不知不觉松开了，好像在极度震惊之下，他也变痴傻了似的。

"很意外是吧？呵呵。"笑面虎阴沉地笑着，"嗯，这么多年不见，你长大了，长得真漂亮，我都快认不出你来了。如果我的流川活着，肯定也很漂亮。"

怒焰没有吭声。长尾喃喃地说："流川？流川，噗！噗！掉下去啦……死啦……咦，谁是流川？我是谁？老朋友是谁？"

怒焰怕长尾无心中说出长尾把流川杀死的旧事，连忙打断长尾："父亲，你不要乱说话了，咱们该回家了。"说着，他又飞过去，把长尾拽到自己身边。

"干嘛这么着急回去。来，吃一只老鼠点心吧，呵呵。"笑面虎说，"我们老朋友好不容易见面了，要好好聊聊家常啊，是不是，长尾大鹰？你抓毒蚊子的手段还挺高明的嘛，要不要教教我呀？"

长尾得意地笑起来："那当然！我一下子抓了那么多只，都是带蝇子卵的，一只都没有被我捏死……"

"你胡说什么！"怒焰恼怒地打断长尾的话，"不好意思，我父亲疯了，你不要把他的话当真。"他彬彬有礼地对笑面虎说着，心里却盘算着怎么杀了笑面虎灭口。

笑面虎："啊！是啊，太不幸了！被自己亲亲爱爱的儿子杀死了，换做是谁，都得发疯啊！"

怒焰没有作声，假装没听懂。

笑面虎："呵呵，长尾老兄，你还记得你叫长尾吧？"

长尾茫然地思索着，"长尾是谁？好熟悉的名字啊！"

笑面虎："呵呵，长尾是个会发导弹的猫头鹰啊！就是准头太差，撞国王没撞上，前几天撞国王新出生的小子也没撞上，反而被两个小家伙抓住尾巴，摔到地上，啃了一嘴泥。唉！家门不幸啊！"

怒焰脸色大变。

笑面虎："呵呵，不要紧张，呵呵，我们都是自己鹰，自己鹰当然了解自己鹰啦。想当年，我也给你父亲出过很多的锦囊妙计呢，国王的七个孩子全都被你父亲搞定啦！"

怒焰颤声问道："你想要干嘛？你为什么现在重出江湖来找我？"

笑面虎："什么也不干，什么也不为，就是叙叙旧，老朋友嘛，要常联系，呵呵。哎呀，我今天也长知识了，鳄鱼的眼泪，嗯，可以改名啦，其实应该叫长尾的眼泪啊。你可没看见，他对着那七个孩子和白玉王后的尸体，每一次都哭得有多凶，其实心里有多高兴。嗯，也许，叫怒焰的眼泪更合适？呵呵，这是一个比较复杂的科学话题，你觉得呢？怒焰王子？"

怒焰面无血色，浑身冰凉，他又一次握紧爪子，开始暗暗运劲。

笑面虎微微一笑："当然啦，这是你家的小秘密，作为一个老朋友，我不会到处乱说的，除了我那几个小小的部下。他们也不会乱说的，他们只会记录在案，悄悄地保守你的秘密——只要你好好跟我交朋友。让我们联起手来吧！和笑面虎联手，天下有什么事做不成呢？呵呵，呵呵。"

怒焰握紧的爪子不得不又松开了。

10

阿威在一个瞬间清楚地看见，在怒焰飞去的方向，有两只猫头鹰在浓荫中一闪而过。其中一只肥肥胖胖，看起来很眼生，另外一只虽然破破烂烂的，却使他想起了某只猫头鹰，虽然那只猫头鹰他此生仅仅见过一次。

他不由愣住了。"你看见了吗？"他急切地问阿雪。

"看见了，"阿雪的声音有些颤抖，"世界上会有那么相似的两只猫头鹰吗？虽然这一只看上去老了十几岁。"

"我觉得不会。"阿威说。

"那么，他还活着。"阿雪轻声说。

阿威和阿雪握住对方的爪子。他们知道，危险从来没有死去。

"那个胖子你认识吗？"阿威问。

阿雪："不认识。他看起来就像一只幽灵。瞬间闪现，又瞬间消失。"

阿威："唔，一个不简单的幽灵，和怒焰混在了一起。"

"嘎！嘎！你们在说什么？你们听见了吗？神秘大包乐队刚刚宣布要为妞妞的眼泪开一场演唱会！宣布妞妞的眼泪是真实的！"

阿雪："那可太好啦，这场演唱会太有必要了。"

阿威："到时候我们一定来捧场。"

腾腾慢："来捧场，大宝二宝三宝，名震四方！"

慢腾腾："来欣赏，慢腾腾腾腾慢，盖世无双！"

观众们听说神秘大包乐队又要举办演唱会了，再一次发出雷鸣般的欢呼声。

妞妞："我太幸福啦！今天是我这辈子最高兴的一天！呀啦啦，呀啦啦！"

11

白云爱怜地看着四个羽翼渐丰的宝宝在窝里打打闹闹。

她忽然想起来有一件要紧的事还没跟长爪说。"哎，你还记得那只疯猫头鹰吗？就是我们上次从佳佳宠物店满月宴回来碰到的那只。"

长爪正聚精会神地研究宝宝们的游戏规则，试图加入宝宝们的打闹，就头也没抬地随口说："记得啊，你说的是那个可怜的老伯伯吧？"

白云："是他。前几天，你不在家的时候，他又疯疯癫癫地撞过来，幸好你老婆眼明爪快，挡了他一下，不然，咱家的窝非被他撞翻了不可。咱家的阿山和阿坚也真够机灵的，看他快摔倒了，一下子就抓住了他的尾巴。可是他却拼命挣扎，阿山和阿坚毕竟年纪太小，力气不够大，被他挣脱了，结果，咳，他直通通就掉到地上去了。我看摔得着实不轻，赶紧飞下去查看，他却生气地歪歪扭扭飞走了。好险啊！到现在我的翅膀还疼着呢，都是那天拦住他的时候被他撞的。"

长爪抬起头："哦？还有这种事？你受苦了。"他心痛地把白云揽在怀里。

"我受点苦没什么，孩子们千万别出什么意外。"白云显得忧心忡忡，"这样一只疯猫头鹰到处乱撞，对大家都是个危险，对他自己也不好。还是要想办法尽快给他找个安全的归宿。"

长爪："你说得对。我明天派怒焰去打听一下，看他是不是真有一个儿子。如果他真是一个没亲没故的老流浪汉，我们就把他送到猫头鹰养老院去安度晚年，好吗？"

白云默默点了点头。

第六章

汉斯的烦恼

1

阿威和阿雪一同来拜访长爪。他们不确定这一次，长爪会不会相信他们。

长爪热情地接待了心爱的侄女和侄女婿。鳄鱼家族非常感谢阿威和阿雪为他们洗清了莫须有的罪名，最近与火焰家族的关系大为改善，长爪因此很高兴。

宾主寒暄已毕，阿威直接转入正题："我们看到长尾还活着。"

长爪愕然，语气飘忽："你说什么？"

阿威望着长爪："在松树河口的林子里，一只圆圆胖胖的幽灵一样的猫头鹰跟他在一起。"

长爪："你们……确定吗？长尾，还活着？不会吧？"他看向阿雪。

阿雪肯定地点了点头："我绝对没看错，就是他。虽然看起来好像老了十几岁，但绝对就是他。"

长爪面色苍白，定定地望着他那四个玩闹不休的小宝宝，哥哥阿山、阿坚在前面跑着，妹妹阿云、阿玉在后面追着。白云和宝宝们一起嬉戏着，笑得像孩子一样，那么可爱，那么美。这幅场景，后来长爪经常会梦到。

阿威握紧长爪的爪子："从今天起我们加强戒备，他再也休想伤害孩子们！"

长爪痛苦地长叹一声。

"而且，我们亲眼看见，虽然长尾和那个胖子只闪了一下就消失了，但怒焰明显径直向他们飞过去，他们三个先后钻进密林。当然，也不能因此说怒焰和他们有勾结。但您至少要过问一下。"阿雪说。

"我会的，会过问的。怒焰，就是他亲口告诉我，长尾死了。怒焰这孩子，不坏，靠得住……"长爪喃喃说。

阿雪："我非常想知道，这次怒焰会怎么解释。我猜，也许他会再一次对你否认一切。"

长爪默默无语，看上去那么脆弱，那么无助。

阿雪心中不禁涌起巨大的哀伤。她上前去，温柔地抱住微微颤抖的叔父。她感觉到有湿乎乎的东西，落在自己的肩膀上。"叔父老了。"阿雪的内心也在流泪。

2

阿历克斯兴冲冲飞来邀请阿威和阿雪一起去绿野市观看天才白马汉斯的算术表演。

"嘎！嘎！汉斯会做算术！比我还聪明！嘎！我有点不太相信！"

"天下之大，无奇不有。"阿威故意淡淡地说。

"天外有天，人外有人。"阿雪假装不在意地说。

阿历克斯很不服气："我就是奇迹！我能飞到天外，汉斯就不能！嘎！他又不是飞马！"

阿威和阿雪大笑起来。

阿雪："谁都有自己的长处。汉斯会做算术，你不会做，不一定你就不聪明呀。比如说，你的语言天赋，在我眼里，就是天外之天啊。"

"有道理！汉斯是天才，我也不能说不是个天才，嘎！嘎！"

阿威问阿历克斯："早就听你说有一匹名叫汉斯的马会做算术题。你去看过他的表演吗？"

阿历克斯："其实我也还没去看过。我听说，人类可以用各种稀奇古怪的方式向汉斯提问算术题，写在纸板上也好，冲他大声吼叫也好，在空中快速比划也好，甚至只是在脑子里想一想题目，汉斯都能给出正确答案！嘎……听起来他确实比我聪明呀。他明明是一个数学天才，语言才能却好像也并不比我差。口头出的题目，不管大嗓门还是悄悄话，他都能听懂，而且还能迅速给出正确答案！我不行，我听都听不明白数学题，更别提回答问题了……"说着说着，阿历克斯平生头一次对自己的语言天赋有些自卑起来。

阿雪："以前我听说过有小狗会表演做算术题，答案是几，就汪汪几声。我很好奇，汉斯是怎么回答人类提出的问题的？他不至于和你一样会说人类语言吧？莫非答案是几，就马嘶几声？”

阿历克斯：“他不是嘶吼出答案的，他跺蹄子。答案是几，他就跺几下蹄。想象一下，确实很酷，飒爽！嘎！”

阿威：“唔，太有意思了。我还真想去现场看一看。”

阿历克斯：“那我们今天下午2点，汉斯专卖店，不见不散！阿海有门票！”

阿雪：“汉斯专卖店？在哪儿呀？”

阿历克斯：“嘎，就是以前骡马市大街的那个齐齐肉铺呀。自从天才汉斯被发掘出来，他的主人齐齐先生就不卖肉了，改卖汉斯纪念品。他家卖的所有东西，都和汉斯有关！生意火得不行，齐齐家靠着汉斯可发大财啦！”

3

怒焰绷着脸。长尾缩着尾巴，塌着背，耸着肩膀，低着头，讨好地笑着，想看一眼怒焰又不敢看。

怒焰：“谁让你轻举妄动，跑去撞他家的窝？跟你说过多少回了，要有十足的把握才能行动！就凭你撞那么一下，能消灭敌人吗？何况你还没撞上，连边都没沾上，反倒被两个小崽子抓住尾巴，摔了个狗啃泥！你说你丢脸不丢脸啊？我都替你害臊！你不跟我打声招呼就冒险行动，万一被抓住了，怎么办？你说！”

长尾把头埋得更低了："我不是想让你高兴吗？我看你最近总是闷闷不乐的……嘿嘿，你每次说起他们的时候，都特别生气。我就想着……要是我狠狠地治他们一下，杀死他一两个小崽子，你一定会高兴一些……"他说着偷偷看了怒焰一眼。

怒焰见了长尾这副可怜巴巴的模样，稍稍心软了些："过去的就过去了，下不为例。没有我的指令，绝不能再轻易采取行动，记住了吗？"

长尾："记住了，记住了！你放心吧！以后我想干什么事情，都先问问你，你同意了，我才去干。你不要生气了吧？"

怒焰："我怎么能不生气！你毫无必要地暴露了自己，已经引起他们的怀疑。幸好长爪老东西派我去调查你的情况。我就随便糊弄他说，那只疯猫头鹰失踪了，怎么都找不到了。最近一段时间，你都待在这个山洞里，一步都不要走出去，明白了吗？"

长尾："明白，明白！保证再也不出门了。那个……可以去看我的老朋友吗？"

怒焰冷笑一声："怎么跟你说你才能明白，他不是咱们的朋友，他是咱们最凶险的敌人。你放心，哼哼，就算咱们不去看他，他也会千方百计来找咱们的。"

长尾："我……我实在是记不清了，可是我真的很喜欢他，就好像以前和他是亲密的一伙，好像可以跟他一起干任何坏事都不用担心被他告发……贴心的靠得住的好朋友啊……”长尾说着，又陷入迷迷糊糊的沉思。

怒焰：“别瞎琢磨了！记住我的话就是了，他绝对不是咱们的朋友。事成之后，我第一个要你干掉的就是他。你听明白了吗？”

长尾勉强地说：“明……白……”

怒焰不耐烦地说：“你相信我就是了。你脑子坏了，一时半会也想不清楚。赶紧把心里的疑虑彻底打消，认为他是好朋友完全是你的错觉。你难道不相信我吗？”

长尾：“相信！我听你的！”

怒焰：“阿雪和阿威太狡猾，只看一眼就认出你了。他们还看见了笑面虎，跟长爪老东西汇报说我跟你们是一伙的。哼哼，长爪老东西问我，我当然坚决否认，我对你复活的消息感到万分吃惊，从来没有听说过。我还要表示几分怀疑，是不是谁看走眼了？我既没见过复活后的你，也不认识什么‘圆圆胖胖的幽灵’。哼哼，事成之后，我就要把那个可恶的家伙变成真正的幽灵！”

长尾：“那个阿雪，那个阿威，那个他……长爪老东西，我都不喜欢！我讨厌他们……咦，我是谁？你就是我儿子……”

怒焰：“别胡思乱想了，总有一天你会明白过来的。现在听我说，笑面虎有一个重大计划，他要利用我。好啊，我就让他利用一回。哼哼，不怕被人利用，就怕自己没用。"

长尾讨好地说："这话我那天在林子里听那两只小海龟说过，她们跟你学的！我，我也不喜欢她们！我极度讨厌她们！"

怒焰笑一笑，还未搭话，洞外传来一声悦耳的问候："怒焰王子，长尾大鹰，你们好呀，我们来看你们啦！"怒焰吃了一惊。这个山洞是当年长尾替刚出生的长子怒焰精心挑选的秘密训练基地，怒焰砸死老乔治的飞石功和摔残阿威的导弹撞都是在这里偷偷练成的。世上没有几只猫头鹰知道这个秘密地点，是谁竟然找到这里来了？

话音刚落，笑面虎和一个容貌秀丽、举止娴雅的年轻猫头鹰姑娘飞了进来。

"初次见面，请多多关照！"猫头鹰姑娘的嗓音甜美极了，仿佛是圣洁的天使在说话。长尾和怒焰都不由自主地受到感染，对她温柔地笑了笑，还文质彬彬地行了个礼。

笑面虎："介绍你们认识一下，这是我的小女儿圣洁的蓝铃。在猫头鹰的世界里，你找不到比她更圣洁的姑娘了，呵呵。她是流川同父异母的小妹妹，当然，她从没见过她的流川哥哥。可怜的小东西，她可不知道她的流川哥哥是不是长得和怒焰王子一样漂亮。"

蓝铃发出银铃般清脆的笑声，尾巴上展出九个别致的小蓝点。带着可爱的笑容，她用幽深的像海水般湛蓝的美丽双眸凝视着怒焰，亲切地说："在猫头鹰的世界里，你也找不到比怒焰王子更漂亮、更可爱的男子啦。"

怒焰的脸像被火燎了一下，猛地变得通红。

蓝铃的声音里如同洒落出一串串的蜜糖，芳香、甜蜜。她的一颦一笑都那么高贵、妩媚，一举一动都那么端庄、娇美，她深深地望着怒焰，柔情似水。

怒焰的脸更烫了，像煮熟的猪肝一样，憋成了紫红色。他的心脏猛烈地跳个不停，快要喘不上气来了。

蓝铃见了，又发出一阵好听的笑声，轻盈的身体随着曼妙的笑声微微摇摆，脖颈上那一串六枚小小的蓝宝石也随之晃动，闪烁出夺目的星光。蓝铃调皮地向怒焰眨了眨比蓝宝石还晶莹的大眼睛，怒焰心醉神迷。长尾傻头傻脑地注视着那六枚小小的蓝宝石，好像又陷入了记忆深处浓雾重重的沼泽地。

"她的妈妈就是有名的九尾仙狐，当年可是咱们猫头鹰世界里几千年一遇的漂亮小雌鸟，比白玉王后还要美三分呢，我费了好大劲儿才弄到爪的。"笑面虎在怒焰的耳边悄声说。怒焰痴痴呆呆地望着蓝铃，炽热的目光已经从蓝铃身上挪不开了。

4

虽然观看汉斯表演的门票价格不菲，汉斯专卖店的表演大厅里仍然人山人海。店外一大群黄牛正在兜售门票。

因为想买票的人实在太多，黄牛们干脆现场竞起价来。黄牛每报出一张门票价格（当然要比票面价格翻出好几倍），狂热的人们便开始竞相加价，最后价高者得票入场。

幸好阿海是绿野市动物协会的资深专家，动物协会送了他几张嘉宾票（上面写着"赠票不得出售"的字样），阿海才得以和儿子阿阳，还有阿阳的新朋友小耳朵、小叶子兄妹俩一起进入表演现场。阿历克斯、阿威、阿雪紧紧相随，作为宠物幸运地免费入场了。

阿海需要给汉斯的天才表演撰写一份报告，他很想让这些懂动物语的小朋友们和鸟儿朋友们帮忙听一听，汉斯到底为啥那么聪明，用的是哪一门奇特的动物语。

汉斯很快被牵出来了。这是一匹高大俊美的白色良种马，睫毛长长，目光灼灼，膘肥体壮，神采飞扬。

表演开始了，汉斯的表现果然很神奇，引起现场观众一阵阵惊叹和掌声。

从观众中现场随机抽取的"考官"一个个走上前去，用各种方式出题，都考不住汉斯。每一次，汉斯都用他有力的蹄子潇洒地跺出了正确答案。

小耳朵和阿阳不约而同地双臂交叉着抱在胸前，皱着眉头，仰着小鼻子，嘟着嘴，一副绝不轻信的样子。

阿阳悄声说："我活了9岁，还没见过这种事！这也太神了吧！这些考官是不是齐齐先生提前安排好的托儿啊？"

小耳朵也悄悄说："我活了11岁，我也怀疑呢！这个汉斯是不是提前就做过准备了，把答案都按顺序背下来了？"

小叶子拍着小手说："我活了8岁，汉斯比我还棒呀！连别人脑子里想的问题，汉斯都能回答出来，真厉害！"

按照事先的约定，为了保密，三个人类小朋友说的都是动物通用语。阿阳和小叶子都是小耳朵的好学生，现在他们的动物通用语也都说得很溜。在旁人看来，这是三个唧唧咕咕发出怪声的调皮小孩子，幸好他们的怪声都压得很低，还不算太吵太烦人。

小耳朵："我完全不相信他能做出考官脑袋里想的题目。这里面肯定有猫腻。"

大概与他们抱有同样想法的人还有不少，所以齐齐先生频频从各个方向选择观众上台当考官。当过考官之后的观众，没有例外地都表现出一派心服口服的样子。

但小耳朵和阿阳他们还是信不过，疑心这些都是装出来的。

阿威和阿雪一直没作声，认真观察着汉斯的一举一动。他们发现汉斯明亮的双眼一刻都没消停过，一直在密切关注着台上的每一个考官，有时候还会偷偷看一眼齐齐先生。

"你们注意到了吗？"阿威忽然用动物通用语对小朋友们说，"如果题目是用你们绿野国的人类语说出来的，或者是用算式写出来的，汉斯就一直密切注视着齐齐先生。"

小耳朵："啊！难道是齐齐先生在给他传递答案？"

阿雪："不完全是！你仔细观察，如果是考官只在心里想到的题目，或者是用外国人类语说出来的题目，据我猜测齐齐先生可能也不知道答案的时候，汉斯就不看主人，就只是专心地看着考官。"

阿阳："那就说明考官是托儿！"

小耳朵："对！如果不是主人联合考官作弊，汉斯怎么能判断主人知道不知道答案？猜得也太准了吧？"

阿威："汉斯也许能判断主人知道不知道答案，但考官倒不一定是托儿。看起来这些人大多数跟齐齐先生并不熟悉，就是普通的观众。你们看，这位考官就是刚才通过竞拍才和他的两个儿子得到门票的那个人。他刚上台的时候完全就是一副要戳穿骗局的样子，跟小耳朵和阿阳一模一样。可现在他的巴掌都拍红了。再看看他的两个儿子，都兴奋成啥样了！"

"装的！"小耳朵和阿阳异口同声。

这时候，阿海用口音很重的动物通用语说："我想去试一试。"

阿历克斯直到现在一句话都还没说，因为他根本不懂算术题，汉斯算得有多正确他毫无概念。没话说的时候，是阿历克斯最难受的时候。他正无聊得要命，一听阿海想要上场，马上来劲了，用人类的语言——当然是绿野市的方言——大叫起来："嘎！嘎！让我们试一试！"

阿历克斯的大嗓门吸引了很多人的注意。主持人齐齐先生微微一笑："很好！那只鹦鹉，你们派个代表上来吧！"

阿海走上前去。

阿海哇啦了几句，除了他带来的小朋友，现场没有别的人类能听得懂，因为他说的是带人类口音的动物通用语。

只见汉斯紧紧盯着阿海，开始跺蹄子，跺了不多不少九下，汉斯停了下来。

"哇！"小耳朵首先叫出声来。刚才别人当考官的时候，他一直信不过。现在阿海去当考官，用的是动物通用语，还是带口音的，汉斯居然也能答对。

阿历克斯对阿海出的题目算不清楚，也懒得算，急忙问阿威："他答对了吗？四加五是等于九吗？嘎！"

阿威还没来得及回答阿历克斯，小耳朵就嚷道："哼！可能他的主人也懂动物通用语，用什么鬼花招偷偷告诉了他正确答案！"看来，小耳朵还疑心未消。

阿威对小耳朵说："不是。我观察得很仔细，汉斯这次并没有看主人，他一直死盯着阿海。"

阿雪皱着眉头，思索着，没有作声。

这时，阿海又用另一种语言结结巴巴地发问了。猫头鹰语，十加十等于多少。

小耳朵心想："阿海队长真聪明！这下子，除了我、阿威、阿雪和阿历克斯，这个大厅里大概没有其他人或动物能听懂阿海到底问了什么。汉斯如果是假货，必然要露馅。"于是，他更加专注地盯住了汉斯的马蹄子。

汉斯神情严峻地盯着阿海，开始一下一下地跺蹄子，一下，两下……十九下，阿海和小耳朵的心不由得砰砰直跳，难道汉斯不但会做算术题还懂猫头鹰语吗？

二十下。汉斯停下不动了。"天哪！他可真聪明！"阿海惊叹起来。

小叶子和阿阳见小耳朵开始拼命鼓掌，就明白汉斯是真的聪明，真的会做算术题，真的是举世无双的天才，于是也都举起小手，使劲鼓起掌来。

"嘎！他答对了是吗？他跺了二十下，十加十等于二十是吗？"阿历克斯焦急地问。

5

当天才白马汉斯昂首挺胸、尽情享受掌声和欢呼的时候，在怒焰那个阴暗的山洞里，一场恐怖袭击策划会正在秘密进行。

笑面虎问怒焰："你去过绿野市海边那个烂尾大楼了吧？"

怒焰："去过了。那些吸血蝠都很乖，活儿干得不错。"

笑面虎像面具一样微笑的嘴角变得更弯了一些："呵呵，你的角色扮演得很不错吧？假戏真做也是可以的嘛，当国王不正是你的梦想嘛，呵呵。"

怒焰轻蔑地一笑："扮演他还不容易？因为蓝铃姑娘提前跟那些嗜血的奴隶打过招呼了，所以他们一见我，就低下头，伏在地上，叫我'长爪国王'。"怒焰说到蓝铃的时候，不由得向她望了一眼，满脸通红地对她说："哈哈，长爪国王有我这么年轻英俊吗？"

蓝铃的声音永远美妙无比："这些奴才哪敢抬头细看呢？就算细看了，他们也不敢开口乱议啊。你可不知道，爸爸把他们驯服得有多乖呢。"

笑面虎呵呵大笑："乖女儿，你的功劳也不小啊！那些奴才听见你的声音颤抖得更厉害啊！现在你的恐怖蓝珠根本不用出爪，光是你的声音就能直接把他们吓晕。"

蓝铃甜甜一笑，笑声娇柔、婉转："多谢父亲指导有方。"

怒焰："我确实很佩服笑面虎大鹰的本事。天底下，还有谁能够拥有这样一支忠心耿耿的吸血蝙蝠大军呢？"

笑面虎："呵呵，忠心耿耿谈不上，胆战心惊那是一定的。对奴才，你就是要够狠，越狠，他们就越听话。"

蓝铃的欢呼声悦耳极了："好啊！绿野市很快就属于咱们啦！"

怒焰也得意地笑起来："那个什么天才汉斯现在也真够有名的了。我那天去看了一眼，哎呦，趾高气扬的。他的宝贝老婆现在被吸血蝙蝠咬了，等他老婆得了狂犬病，满世界追着咬他，他就再也得意不起来啦，哈哈！越有名越好啊！到时候他会免费帮助我们把恐慌放大一万倍！这样的宣传策略，高明！"

蓝铃："他老婆怀孕了吧？"

怒焰一对蓝铃说话就不由自主地脸红："是的。那些奴才怎么那么听话呢？让他们咬谁，他们就咬谁。"

笑面虎："呵呵，驯养奴才也要顺应他们贪婪的天性，比起牛，吸血蝠们更喜欢马，比起雄马，他们更喜欢雌马，尤其是怀孕雌马的血，对他们来说简直是无上的美味。我们给他们提供了这么宝贵的美味，他们怎么能不愈发顺从我们呢？"

蓝铃和怒焰一起笑起来。一切计划都进展得非常顺利。

除了长尾傻傻地坐在一旁，美滋滋地啃吃着笑面虎送给他的一只肥壮大老鼠，心无杂念，其他的三只猫头鹰，都不动声色地在心里急切地拨打着各自的小算盘。

笑面虎看着长尾，笑眯眯地对怒焰说："让你父亲去松树河口跟我做邻居吧，你们上次去过的那个洞府现在空着呢。我们老头子，闲着无聊可以坐在一起聊聊过去。而且这是你的秘密老巢，他住在这里对你太不方便了，你是要干大事的，不可受小事羁绊啊。还有啊，你家老爷子在松树河口的名头响亮得很呐，'老魔鬼'，呵呵呵，妙极了，让我也跟着沾沾光吧！"

怒焰哈哈大笑。长尾现在对他而言的确是个大累赘，整天被关在山洞里也不是个事儿。他其实早就想把长尾挪走了，他可不想冒被长爪发现实情的风险，但苦于一时找不到合适的地方，笑面虎的提议可谓正中下怀。于是，怒焰顺水推舟，爽快地答应了。

6

汉斯的表演完美结束了，所有现场观众都心服口服，对汉斯赞不绝口。

汉斯志得意满，顾盼神飞。他本来就长得很帅气，现在更加显得高大雄壮了。崇拜汉斯的人们纷纷走上前，以轻轻抚摸一下汉斯那白如霜雪、油光水滑的身体为幸。这么一匹聪明绝顶的宝马，估计很快就要属于全世界的舞台了，绿野市的居民们很快就没那么容易能摸到他了。

抚摸汉斯的人多了，这举动竟然渐渐演变成一种仪式和时尚。人们互相告知，摸了汉斯之后，能变得更聪明。因此很多家长都不逼着小孩子上奥数班了，改成逼着他们去抚摸汉斯了，毕竟靠上奥数班变聪明太难了点也太慢了点。甚至有的家长一天买五次门票，让小孩子一天摸上五次汉斯，好一夜之间变成聪明的数学天才。

阿海想上前去和齐齐先生聊一聊，但齐齐身边围了一大堆抚摸完汉斯之后还意犹未尽的人们，阿海根本挤不到跟前去。直到汉斯气宇轩昂地被专职饲养员小心翼翼地牵回马厩，观众都渐渐散去，阿海才和齐齐说上话。听说阿海是动物协会派来研究汉斯并撰写报告的专家，齐齐很热心地请阿海进客厅喝茶，慢慢聊。

与此同时，阿阳他们获得齐齐的特许，进入马厩会见汉斯。

小耳朵喊道："汉斯，你真棒！"

汉斯很惊讶这个人类小男孩竟然也会说动物通用语，说得还挺不错。他聪明地眨了眨眼睛："谢谢你的夸奖，我确实很棒。"

阿历克斯："汉斯，你比我还聪明，嘎！"

汉斯体贴地笑了笑："你不用伤心，也不用烦恼，我比所有除我之外的动物都聪明，所以你不是唯一一个没我聪明的。"

阿阳："人们说，抚摸了你就可以变聪明，我可以试试吗？"

汉斯："噗，你们都会说动物语吗？真是聪明的小孩子！噗噗哈……当然啦，我最聪明！试吧，试吧，特许进入马厩的客人，抚摸一律免费！"

阿阳摸了摸汉斯光滑的肚子。小叶子和小耳朵也摸了摸汉斯垂下来的脑袋。汉斯浑身的毛发洁白、纯净、润泽，即使在昏暗的马厩里，也泛出微微的光泽。

阿历克斯歪着脑袋想了一会，也上前去，先用爪子快速碰了一碰汉斯的脊背，又用翅膀轻轻抚了一抚汉斯的鬃毛。"嘎！不准！摸了我也没变聪明！我还是不会算十加十等于几。嘎！"

汉斯又矜持地笑了："有些动物是无论如何都没法变聪明的啊！"他同情地对阿历克斯说："我估计，你的脑容量太小了。主人说，如果能测一测，我的脑容量一定大得惊人。"

这时候，阿威忽然对汉斯说起话来，这话阿阳和小叶子都没听懂："十加十等于几？"

"你说什么？"汉斯问。他也没听懂，因为阿威说的是猫头鹰语。

阿威："看来你不懂猫头鹰语。"

汉斯："是的，不懂。一匹聪明的马不需要懂得所有语言。"

阿威："可是刚才，阿海用猫头鹰语问了你同样的问题，你却听懂了。"

汉斯："不不不，我刚才是直接从他脑子里读到问题的。我不需要懂得所有语言，只要我精通读脑术，我就可以理解一切动物。明白了吗？"他说着，美美地打了个喷嚏。

阿威："可是刚才，你却问我在说什么。你为什么不读一读我的脑子呢？"

汉斯："很简单，因为你说话的时候我正在想别的事情，并没有读你的脑子。"

阿威虽然一点都不相信汉斯的鬼话，一时间却也没话说了。

7

阿雪笑眯眯地说："聪明的汉斯，你刚才表演了那么久，做了那么多题目，还全都做对了，现在肯定感觉很累吧？"

汉斯："不不不，我一点都不累。做那么点算术题，对我来说，是小菜一碟。"

阿雪："那我们要是现在再考你一道算术题，你会不会觉得挑战太大了呢？毕竟你刚才已经消耗了那么多脑力，要是换作我，现在脑子可能都晕成一锅粥啦。"

汉斯抖一抖健美的身躯，昂着头大笑起来："你们几个小孩子和几只小鸟，怎么会带给我挑战！我的脑子永远都不会晕成一锅粥的，噗噗哈。随便问吧，谁来问呢？"

阿雪："我们想让这只鹦鹉来问呢。可以吗？"

汉斯仰头大笑："这只鹦鹉啊，完全没问题啊！随时可以开始提问！"

阿雪用猫头鹰语和阿历克斯叽叽咕咕地对了几句话。听了他俩的对话，阿威微笑了，小耳朵皱着眉头做出一副思考的样子，阿历克斯则显得兴致勃勃。"嘎！嘎！好玩！”

汉斯疑惑地看着他们：“你们在说什么？”

阿雪笑眯眯地说：“没什么。咦，你不是会读脑术吗？怎么没读一读我们在说什么？”

汉斯打了一个喷嚏，这个喷嚏打得有些仓促，听起来不太酣畅。他尴尬地说：“刚才，嗯，我没留意嘛。”

阿雪甜甜地笑了一下：“好的。提问可以开始了吗？”

汉斯从鼻子里喷出一股气，挺了挺胸膛：“可以了！”

汉斯的话音刚落，小耳朵就领着小叶子和阿阳走到马厩的帘子后面，阿雪和阿威也跟过去，就剩阿历克斯独自面对着汉斯。

汉斯有些慌张：“喂！你们干嘛去呀？怎么都走了呢？”

阿雪：“我们没走，在帘子后面能听到你的表演。由阿历克斯向你提问。”

汉斯眼神闪动：“阿历克斯，他，他会做算术题吗？”

阿雪笑着说：“他会不会做不重要，你会做就行。现在可以开始了！”

阿历克斯昂首挺胸，气运丹田，响亮地提问了，用的是动物通用语："请问汉斯，6加7等于几？"

汉斯停顿了一会，开始跺蹄子。一下，两下……十三下，十四下……跺了二十五下，阿历克斯还是一脸茫然。汉斯想继续跺下去，却又觉得不对劲，他犹豫不决，蹄子跺得再也没那么自信了。终于，跺了五十下之后，汉斯停了下来。阿历克斯仍然一脸茫然，但他按照阿雪的叮嘱，仍然一动不动地盯着汉斯。

8

汉斯停下来之后，阿雪他们慢悠悠地从帘子后面转了回来。

汉斯迅速看了一眼小耳朵、小叶子和阿阳，立即知道一切全完了。小耳朵他们三个满脸都是震惊之色。

阿威倒是很平静，仿佛一切都在意料之中："说吧，你为什么要骗人？"

阿历克斯看见大家的脸色，也立即明白了："嘎！6加7不等于50！汉斯，你的答案不对！汉斯，原来你也有算错的时候！小耳朵，正确答案是几？"

"十三！"小耳朵盯着汉斯，清清楚楚地说："你这个骗子！"

"我……我没有骗人。这是失误，谁都有失误的时候。"汉斯还想狡辩。

阿雪笑着说："那我们就再测试一次如何？这次，把你的主人叫来吧。"

汉斯："千万别！"他看看阿雪，又看看阿威，知道瞒不住了。

"求求你们不要告诉别人，不然我就不得不和我的妻子阿风分开了。"汉斯说着，流下了眼泪。

阿历克斯："为什么要求求我们？不要告诉别人什么？"忽然，他灵光一闪，"嘎！你是不是根本就不会做算术题？"

汉斯苦涩地看了阿历克斯一眼，点点头。"是的，我压根不会做算术题，就和你一样。其实，我全都是靠猜的。"

阿威："果然如此。"

阿雪："不得不说，你察言观色的本事确实很强。"

阿历克斯："嘎！你是怎么猜的？"

汉斯："其实很简单。不论是提问的还是旁观的，人们都会不知不觉地用身体语言告诉我答案。我所要做的，只是仔细观察他们。人们用各种方式提出的问题，我根本听不懂，也看不懂，更别提脑子里想的那些题目了，我压根不知道他们想的啥。当人们的身体后仰，开始注视我的蹄子时，我就知道我该开始跺蹄子了。当我跺到正确的次数，人们就会不由自主地做出放松的表情，表情变化简直不能更明显，就像明明白白地告诉我答案一样。这时候，我就知道我该停下来了。但是，"汉斯看了一眼阿历克斯，"当提问者也不知道答案、而且也没有其他旁观者可以供我观察的时候，我就不知道该什么时候停下来，就变回数学白痴了。"

小耳朵："哈！说到底，你会做题还真是因为有人给你发暗号！我从一开始就这么怀疑了！"

汉斯："是的。但人们不是有意给我发暗号的。我观察过，他们完全是下意识的，身不由己的。不信，你们可以现在就做个实验。"

阿威说："我试试。10加8等于几？"

汉斯看着阿威，开始跺蹄子，跺到十八下的时候，阿雪看到，小耳朵、小叶子和阿阳竟然全都不由自主地表现出各种异样的举动，就连阿威，也下意识地微微歪了歪脑袋。

神奇的是，紧接着，就连阿历克斯也极其反常地做出了反应，兴高采烈地拍起翅膀来。汉斯停了下来。

阿历克斯："嘎！嘎！阿雪，是你告诉我答案的！你看着别人，我却一直看着你，当汉斯跺了十八下之后，你的表情忽然显得好紧张！好专注！答案是18！我也会猜算术题啦！"

汉斯微笑着："我说过了，知道答案的观众，很难控制住自己不给我发送开始和停止跺脚的信号。"

阿雪笑了："汉斯，阿历克斯，你们都是非常聪明的动物。你们靠着察言观色的本能，就能猜到正确答案。"

阿阳："这多像隔壁的算命先生王半仙儿啊！爸爸说，他也是靠猜中询问者的心思来未卜先知的。其实，那些算命先生哪里有什么超能力，超会猜罢了。"

阿威："是啊！所以遇到超能力、超自然的事情，我们千万不要轻易被表面现象所迷惑。"他意味深长地看了汉斯一眼。

9

汉斯羞愧地低下头："现在，我已经把我的秘密对你们和盘托出了。我希望，你们给我一个解释的机会，帮助我保守秘密。我也有我的烦恼，有我不得已的苦衷。"

阿历克斯兴高采烈："嘎！嘎！闹半天聪明的汉斯也不会做算术题！你说吧，你为啥要假装是天才？"

汉斯苦笑一下："为了我怀孕的老婆阿风。说来话就长了。"

"在我出名之前，我主人的齐齐肉铺经营困难，每个月都在亏本，眼看就要倒闭了。虽然我和阿风是他最喜欢的两匹良马，但他在陆续卖掉其他的马匹之后，还是打算把我俩也卖掉，都已经找了好几拨马贩子来看我们，想着要卖个最好的价钱。我被好几个马贩子看中了，阿风因为怀孕了，看起来病怏怏的，毛发干枯，而且她还有过难产的生育史，所以没有一个马贩子想要买她。

"我很紧张，也很焦急。阿风上次生宝宝的时候难产，真的差点死掉。我真的很担心，如果我被卖掉了，不能在她身边照看她，她能不能挺过这一关。她的状况看起来已经糟糕透了。

"就在那个时候，主人的一个朋友来家里做客，夸口说他带来的小狗会做算术，还让小狗当场做了表演。我一眼就看穿了那只小狗的把戏，他凭借的就是察言观色，这个我也会。于是，我随着小狗一起报告答案，当然，他靠汪汪叫，我靠跺蹄子。当时我觉得跺蹄子更能引起主人的注意，也更有观赏性。主人果然很快就注意到我的举动。他很惊喜，特意给我做了几次测试，结果我每次都能报出正确的答案。接着又有很多人给我做测试，他们都觉得我是个奇迹。记者们蜂拥而至。

"就这样，我成了天才汉斯，名气越来越大。主人也因此挣了很多很多钱。他再也不提把我卖掉的话了，还专门雇了四个人照顾我。我终于可以继续留在这里，陪伴着我的阿风，看着我们的宝宝在她的肚子里一天天长大。"

阿威："虽然情有可原，但欺世盗名总是不对的啊！"

汉斯："是啊，我知道。每天这样自吹自擂，并不是我的本性，我自己也很惭愧。可是如果我不这么表演，就很容易露馅。如果我不骗人，就不得不妻离子散。"他看向阿历克斯，"对不起啊，刚才对你说了那么多刻薄的话，其实那些并不是我的本意，我觉得你特别特别聪明，比我聪明多了，真的。"

阿历克斯快哭了："嘎！你这样说，我很难受。我不希望人们知道真相，不希望你被卖掉，不希望你和老婆分开！"

小耳朵："可是你也不能永远这么骗下去啊。"

汉斯："这一点，其实我早就想好了。等阿风生下小宝宝，小宝宝会跑了，我就带着他们离开这里，去浪迹天涯，再也不做一个假天才了。你们不知道，我有多厌倦这种虚假的生活。"

阿雪："现在你的主人靠着你，已经成了百万富翁。我想，即使我们现在把真相告诉他，使你的天才神话破灭了，他应该也不至于再把你卖掉吧？"

大家纷纷点头，都同意阿雪的看法。

阿阳甚至说，如果到时候齐齐非要把汉斯卖掉，他就让爸爸把汉斯和阿风都买下来，花多少钱都无所谓。阿阳保证说："我相信，我爸爸一定会这么做的！"

阿威、阿雪和阿历克斯都认为，阿阳说得没错，阿海绝对值得信赖。

汉斯于是下了决心："好吧！只要主人不把我和阿风分开，变回普通马以后，他让我干什么都行！"

听了这话，阿阳立即跑进客厅，叫齐齐和阿海快来马厩看"汉斯的爆炸新闻"。

齐齐以为汉斯出了什么事，一溜烟冲进马厩。一看汉斯安然无恙，齐齐才放下心来。

齐齐："小孩子瞎嚷嚷什么，吓了我一大跳。汉斯可是我的命根子呢！"

阿阳："汉斯想要告诉你，他是一个假天才。他根本不会做算术题，全是靠察言观色猜的！"

阿海惊讶地问阿阳："你怎么知道的？"

阿阳抑制不住自豪的情绪："我们几个刚才做了个小小的实验，测出来的！"

齐齐盯着阿阳，再看看小耳朵和小叶子。"嘿嘿嘿，你们这三个小娃儿还挺聪明的。我当然知道，我的汉斯很会猜。"

阿海："啊？你刚才不是还信誓旦旦，说他的脑容量超级大，是一匹基因突变的天才马吗？"

齐齐："哈哈，那都是对外人开的玩笑。我的汉斯会表演，我也会表演啊。"

阿海："那汉斯做题的时候，经常偷看你，也不是偶然的了？"

齐齐："哈哈，他能准确地猜到我知不知道答案。如果我知道答案，他看着我当然就更容易猜啦。这只能说明我俩之间很有默契，他很懂我细微的身体语言。其实，他真的很聪明，不看我，也能猜出答案。我说他基因突变、脑容量大，也不算太夸大事实啊！"

阿海不客气地说："猜和算，二者差别也太大了吧！就像有些'大师'把自己的魔术表演吹嘘成特异功能一样，装得神神叨叨的，靠欺骗世人发财，这就是骗子啊！所谓的汉斯算术表演，说白了，就是彻头彻尾的骗局啊！"

齐齐："行啦，高海先生，别那么认真了。这事就这么过去了吧，让汉斯继续替我们挣钱吧。"

小耳朵忍不住插嘴说："你都已经成百万富翁了，就放过汉斯吧。其实他也不想再骗人了！"

齐齐："百万富翁算什么，街上到处都是。我还想做千万富翁、亿万富翁呢！越富越好，谁跟钱有仇啊，哈哈。"

阿海："这样的话，我们动物协会就不能再跟你合作了，以前的谈判将全部作废。我们不可能和一场骗局合作。"

齐齐："别呀，阿海兄弟。话不要说得这么难听、这么绝对嘛。动物协会严重缺乏经费，这点我知道得很清楚。上个月我不是还给动物协会捐了5万块钱嘛。动物协会还是按照已经商量好的条件，给我的天才汉斯做个公开的天才测试吧！把汉斯介绍给全世界，我带着他到全世界去巡回演出，这对我们大家都好。别忘了，汉斯可不止在给我一个人挣钱啊。有了钱，动物协会才可以办成自己想办的大事啊！你不想拯救濒危动物了吗？没钱你怎么拯救啊？让我们把这场精彩的表演秀，继续进行下去吧！"

阿海沉着脸："再缺经费，也不能诈骗。我一定会把实情写在报告里。"

齐齐仍然笑眯眯的："如果你非要这么干，那就请便吧。你以为动物协会的会长、理事们不知道实情吗？尤其是公冶仁会长，他对我们双方的合作抱有非常高的期望！哈哈！来来来，到我的书房去坐坐，喝杯美酒，我有一个小小的礼物要送给你。"

阿海冷淡地说："不用了。谢谢你在客厅里招待的茶水。告辞！"

阿海带着朋友们转身走了。阿威在起飞前悄声对汉斯说："明天晚上等我们！"齐齐听到的，只是一只宠物猫头鹰低沉的怪叫。

汉斯仰天悲鸣："我不想去全世界巡回演出！我只想陪在阿风身边！"齐齐听了，不禁暗想这匹马今天的叫声怎么这么怪腔怪调的呢？

"我们都知道！"阿雪边往外飞边高声说："明晚一起商量对策！"齐齐听到的，当然是另一只宠物猫头鹰的几声怪叫。他心里隐隐有些不安，今天的动物们怎么感觉那么不对劲儿呢？

阿海当然全都听懂了阿威他们刚刚说的动物通用语。他没有回头，脸上露出一丝微笑。

10

第二天深夜，阿威、阿雪、阿历克斯潜回汉斯的马厩。

"我该怎么办？请你们一定要帮帮我！"汉斯一看见他们，就激动地站起身来，猛烈地打着鼻息，"今天主人已经开始动手准备巡回演出的事了！"

阿威："事实证明，齐齐这个人，一心想靠你挣钱，根本不顾及你的感受。只要骗局还没被戳穿，他就会按照自己的规划，带你去全世界巡回演出。就算有一天你变回了普通马，他也绝不会为你着想，只会想着怎么为自己谋取最大的利益，榨干你最后一点利用价值。昨天阿海算是彻底得罪他了，你没看见他注视着阿海离去时的目光有多恶毒。今早阿海给他打电话，想要高价买下你和阿风，让你们回归真实的普通马的生活，却被他一口回绝了。他让阿海别痴心妄想，还说他永远也不可能把你和阿风一起卖给阿海。"

阿雪："所以，此地不可久留。你要尽早另做打算。"

汉斯："是啊！我本来就打算带着阿风和孩子一起逃走的。可是现在，要是我去世界巡回演出，我们可能一辈子都再也见不了面了！可怜的阿风……"汉斯流泪了。

阿历克斯："嘎！今晚就逃走！"

汉斯长长的眼睫毛被泪水湿透了："我一天都不想再做天才汉斯了，如果可以，我恨不得现在就逃走！可是阿风有孕在身，我们怎么逃？往哪逃？天哪！这是老天对我的欺骗罪行的惩罚吧！"

阿雪："西北大草原有一个野马坡，你听说过吗？"

汉斯面露欣慕之色，但转瞬间又神情黯然："我当然听说过，那里是我们马儿的天堂，是自由的圣地。整个绿野大陆地摆脱了人类束缚的马儿，都会向那片草原奔去。那里也是我和阿风梦想中的家园。但是，阿风身子重，跑不快，而且我们也不熟悉去那里的地形和路况，我们很快就会被齐齐抓回来的。"汉斯泪水涟涟。

阿威微笑着说："野马坡的确是一个天堂。辽阔的草原一望无际，远方的雪山连绵起伏，数千匹马儿无拘无束，在天地间纵情驰骋，夜里就互相依偎着，在星空下入眠。我也很喜欢那儿，经常去那里游逛。我碰巧跟野马坡的创建者大红袍将军是要好的朋友，而大红袍现在碰巧正带着六匹最健壮的同伴，在汉斯马厩门外的夜影里，等着护送你和阿风去往那自由的天堂。"

汉斯瞪大眼睛，不敢相信自己的耳朵："大红袍将军？！威风凛凛的大红袍将军，在门外？等着护送我们？去野马坡？！"

三只鸟儿都笑着，点了点头。"嘎！嘎！"阿历克斯轻轻欢叫。

汉斯仰天轻声长嘶："天哪！我没有在做梦吧？真不敢相信这是真的！老天，谢谢你！我以后再也不骗人了，我发誓！"

阿威："嘘！先别激动！快把阿风叫醒，你们现在就出发！”

齐齐的马厩里现在只剩汉斯和阿风两匹马。其他的马当初都被齐齐卖掉了，后来他一心想着赚钱，到现在还没顾上买新马。

汉斯悄悄去叫醒阿风，告诉她连夜逃往野马坡的好消息，阿风也以为自己是在做美梦。

说话间，阿威迅速出爪，捉住三只被惊飞的蝙蝠。在阿风睡着时，这几只小小的蝙蝠不知为何都紧紧地贴在她的身体上。

除了这三只蝙蝠，阿威他们谁也没再惊动，就人不知鬼不觉地把汉斯和阿风顺利带到大红袍将军跟前。九匹马儿风一样地离去了。

11

阿威和阿雪、阿历克斯没有在汉斯马厩逗留，他们一直飞到一片僻静的树林，无声无息地落下来。

阿威这才开始细看爪下的三只蝙蝠。一母二子，正在他的铁爪下瑟瑟发抖。

阿雪惊叫：“吸血蝠！你们不是本地物种，怎么会出现在这里？”

吸血蝠妈妈深深地伏下头：“别杀我们！是长爪国王让我们来袭击人类和动物的！求求你们放了我吧！我有两个孩子要养啊！他们把我们从家乡抓到这奇奇怪怪的地方

来，残酷地折磨我们啊！猫头鹰公主实在太可怕啊……”

阿威、阿雪和阿历克斯大吃一惊。

来，残酷地折磨我们啊！猫头鹰公主实在太可怕啊……”

阿威、阿雪和阿历克斯大吃一惊。

第七章

吸血鬼谜案

1

"嘎！到底是怎么回事？长爪为什么派你们袭击人类和动物？他发疯了吗？嘎！"

阿威："这里面一定有鬼。"

阿雪俯下身去，仔细观察吸血蝠妈妈。这只母吸血蝠感受到阿雪的靠近，立刻紧紧伏在地面上，用带翼膜的前肢护住两个孩子，哆嗦成一团，低头认罪："求求您，求求公主，别惩罚他们……您惩罚我吧，全是我一个的错，求求您了……"

阿雪和气地说："我不会惩罚你的。你叫什么名字？你怎么知道我是公主？你认识我吗？"

母吸血蝠仍然低着头，闭着眼睛："我……叫薇薇……你跟我们的公主长得一样……猫头鹰公主……嗯……你们的声音不一样……气味也不一样……我不……不认识你……我们的公主是……是……圣洁公主……"

阿威盯着不停发抖的薇薇："在你面前的是冰中烈焰公主。请你睁开眼睛仔细看看，她和你们的公主有什么不一样的？”

薇薇听了这话，鼓足勇气，抬头看了阿雪一眼，立即又低下头去：“圣……圣洁公主尾巴上有九个斑点，比你的斑点颜色更深……”这时，薇薇好像镇定了一些，又比较仔细地看了阿雪一眼，“圣洁公主有恐怖蓝珠……她不会笑，不许我们看她……”

阿威：“长爪国王又是怎么回事？他长什么样？”

薇薇看了阿威一眼：“长爪国王长得像你……没有你这么和气……很凶……我们也不敢看……”

阿历克斯：“嘎！长爪和阿威是长得很像！长爪确实很凶！很不和气！我有时候也不敢看！嘎！”

阿雪和薇薇聊起家常话来：“你是一个比较罕见的蝙蝠品种呢。如果我没有弄错，你的家族应该生活在遥远的西方，在紫光大陆地南方的热带雨林里，那是一个更潮湿、温暖的地方。”

薇薇啜泣起来：“你说得对极了。我们的老家在蝙蝠角的山洞里，南来的海风一年四季给我们带来和暖的气流和充沛的雨水……好想念老家茂密的热带雨林啊！”

阿雪：“你的两个孩子多大了？看起来，是在你们老家出生的吧？”

薇薇：“他们半岁了，是在老家出生的。”

阿雪：“你带着他们来到这么远的外乡，很不容易吧？你们为什么要千里迢迢到这里来呢？”

　　薇薇："我们是被老主人和……圣……圣洁公主抓来的奴隶。我们越过故乡的雨林北上，翻过寒冷的大山，渡过辽阔的冰封海峡，穿过荒凉的高原，又飞过没有尽头的草原南下，用了好几个月的时间，总算来到这片有森林的地方，被老主人进贡给了长爪国王。一路上，我们都没有什么可吃的，只能靠圣洁公主的赏赐过活，稍不听话，除了挨打，还得罚饿，如果连续两天喝不上血，我们就得饿死。最可怕的是……被恐怖蓝珠扎针、放血……所以，除了乖乖听话，我们别无选择。很多同伴死在了路上。"薇薇说着说着，伤悲代替恐惧，渐渐不再发抖了。

　　阿威："老主人也是猫头鹰吗？他长什么样？"

　　薇薇："嗯，老主人也是猫头鹰。到这儿以后我们就再没有见过他了。他看起来笑眯眯的，可是心肠狠毒极了，啊，我……闻到他的气味就会发抖……"

　　阿雪和阿威心中大疑，不由对视一眼。

　　阿雪："你们一共有多少只蝙蝠被抓到这里来了？"

　　薇薇："好几千只。他们起先把我们老家附近山洞里的蝙蝠几乎全都抓起来了，圣……圣洁公主只挑了三种吸血蝠，和我们杂居的其他种类的蝙蝠后来都被释放了。"

　　阿雪："据我所知，你们通常只在距离栖息地5到8公里的范围内活动。我猜，你们现在居住的地方应该离这儿不远吧？"

　　薇薇："你说得一点没错！大伙儿被带到这里以后，

被分成两队。我们这一队就住在南边那个海景烂尾楼里，我的一个好姐妹被分到另一队，她偷偷跟我说他们要继续南下，去一个什么着火的荒岛。我们分别的时候，都伤心极了，因为我们这一辈子恐怕再也没机会见面了。尤其是她，想想看，去了着火岛，迟早得被烧死啊！"

阿威："你说的是火焰岛吧？"

薇薇："对！就是那个地方！"

阿雪："你们想回到家乡吗？"

薇薇抬起泪光莹莹的双眼："想啊！做梦都想！"

阿雪："那你领我们到烂尾楼里的栖息地去，我们先把你们这一队都解救出来！"

薇薇："好！你们跟我来！"

然而，当他们到达烂尾楼的蝙蝠屋时，薇薇吃惊地发现，所有的伙伴全都不见了。

屋里充满了浓烈的臭味，主要是蝙蝠粪便散发出来的氨气味儿。地面上到处都是蝙蝠粪块，一些以粪为生的生物正在粪堆里享受着生命。

"好臭！臭死我了！嘎！"阿历克斯可不在乎蝙蝠粪块被一些人类尊称为"夜明砂"。据称这是一味能治疗眼病的奇药，药理是因为蝙蝠夜间也能"视物"——其实人家蝙蝠靠的是发达的回声监测系统啦——那么蝙蝠的眼神一定是极好的，所以蝙蝠粪便对人类的眼睛自然也是极好的。阿历克斯现在总算明白为啥阿海对这些奇异的药理总是嗤之以鼻了。"嘎！病人要是闻到这个臭味，谁还吃得下夜明砂！恶心！发抖！嘎！"

阿威已经快速扫视了一遍屋子："动作好快！"

阿雪屏住呼吸，尽量少吸入臭气："狡猾！"

阿历克斯："嘎！长爪做事一向动作很快！很狡猾！我们到火焰岛问问他去！"

2

这一阵子，火焰岛被一股不祥的怪异气氛笼罩着。

二柿子家一向乖乖听话的奶牛忽然变得举止反常，别扭了好几天之后，这一天完全疯掉了，胡踢乱蹬，口吐白沫，眼神迷乱，像疯狗一样狂叫不已。幸好二柿子几天前就看情况不对劲，用结实的皮带把奶牛死死栓起来了。

阿海看过之后，觉得此事非同寻常，不可忽视，于是立即请绿野市有名的兽医来到岛上，给这头发疯的奶牛做了一个全面的检查。

"狂犬病。"兽医肯定地说。

"怎么会得狂犬病？又没有疯狗咬它！"二柿子叫起来。

"奶牛得狂犬病？你搞错了吧？疯牛病还差不多。"二柿子的老婆阿蛮双手叉腰，不客气地对医生翻个白眼。

兽医指指奶牛身体左测的一处小伤口："呶，吸血蝙蝠干的。真奇怪，这岛上怎么会有吸血蝙蝠呢？你们都要小心一些啊，有时候有些吸血蝠也会咬人的。这奶牛没救了，请尽早处理掉吧。"

阿蛮听了这话，没来由地感觉有点头晕。她把叉在腰上的双手放下来，接着抬起双手抱住头，流着清鼻涕说："我脚丫上，好像也有这么个小伤口。我正奇怪呢，这血咋就止不住呢？这几天每天早上起来都有新鲜的血迹，真邪门了……"

阿海听了，赶紧让阿蛮把袜子脱了，让兽医给看看到底是怎么回事。

果然，阿蛮右脚的大脚趾上，有一个小小的伤口，好像是被极其锋利的刀片划出来的。

医生大惊失色："你也被吸血蝠咬了！"

阿蛮见医生这个样子，也紧张起来："其实不太痛！就是伤口总不结疤，愁死人了！"

医生："吸血蝠每天晚上都会回来舔同一个猎物的血，边舔边分泌好几种抗止血剂以及麻痹皮肤的化学物质，所以你被咬的时候就感觉不到痛，你的伤口也没法痊愈。伤口每晚都流血，当然就不结疤了。吸血蝠有可能传染狂犬病和其他疾病，建议您赶紧去医院检查！建议你们全家都去查一查！"兽医说完，匆匆离岛而去。

绿野市人民医院很快确诊，阿蛮的伤口的确也是吸血蝙蝠咬的。阿蛮立即被注射了狂犬疫苗，二柿子激烈地要求医生把阿蛮留院隔离观察，要不然他就立即死给医生看，医生只好同意了。

绿野市如临大敌。火焰岛的所有居民很快都被带到绿野人民医院彻查。检查发现，还有另外三个岛民也被吸血蝠咬了，伤口都在脚丫、脚踝这样不太引人注意的部位。这三人也立即被注射了狂犬疫苗并参照阿蛮的病例被隔离起来。

人心惶惶。在绿野市希希市长紧急召集的应急会议上，各种不同的意见吵翻了天。紧接着，一个全副武装的防疫小组被派到了火焰岛，但他们一点线索也没发现，连吸血蝠的鬼影子都没找到一个。

火焰岛作为疫区，被紧急关闭，岛外无关人等一律不得入岛。岛民们无论有没有被咬，也都被暂时疏散到各个隔离点，每天验一次血，接受最严密的医学观察，连驻岛的阿海也不例外。尽管阿海据理力争，耐心地反复告诉防疫小组："根据医学常识，要是没被咬，就没必要被隔离！"但他最终还是被强制隔离起来，每天被只露两只眼睛在外面的全副武装的医务人员抽三次血，他怎么抗议都没用。

火焰岛成为自然保护区后，本来就游人锐减，现在岛民一撤离，显得更冷清了。偶尔有面色严肃、浑身裹得严严实实连眼睛也不露在外面的防疫人员上岛来采集样品，也都来去匆匆。

这些防疫人员渐渐发现岛上的局势越来越严峻了。他们虽然一直没有看到吸血蝙蝠的影子，但是岛上的很多鸟儿和其他一些动物都越来越不对劲儿：没精打采，毛发枯燥、零落。他们捉到一些本地鸟儿，发现好些鸟儿的身上有被吸血蝙蝠咬伤的痕迹。

如果防疫人员像小耳朵一样能听懂猫头鹰语和动物通用语，他们就会知道，真实情况远比他们所能想象的要复杂得多。

在猫头鹰王国，那么多的亲友变得和二柿子家的奶牛一样，神智错乱，不思饮食，有一些甚至已经因此丧命。这使得一直以坚韧不拔著称的猫头鹰们也陷入极度不安的情绪之中。

流言四起。有些故事在猫头鹰内部被描绘得绘声绘色。"我亲眼看见，长爪国王指挥一群吸血鬼，密密麻麻一大群啊，四处出击。"

其他动物也在窃窃私语。"听说，猫头鹰王国的长爪国王豢养了一支吸血鬼大军，打算把岛上的人类一网打尽，就算误伤了猫头鹰和其他动物，他也在所不惜！"

"看来长爪国王的这个策略很奏效嘛，瞧，岛上的人类不是都被赶跑了吗？哼哼！"

可怕的是，没有动物敢公开讨论这个问题，于是流言越传越邪乎。当然啦，这里面少不了笑面虎的手下四处添油加醋：

"到了晚上，长爪国王就会化身，变成一头灰袍巫鹰，仁慈的长爪就变身为凶残的长爪，尖牙利齿，邪恶透顶。他必须亲自吸血，才能保持自己强大的魔力。"

"被长爪吸过血的动物，就像被留下了一个死亡标记，都会被长爪的吸血鬼大军不停吸血，直到血被吸光。这时候，他的灵魂就会被长爪收走，他将变成长爪永生不死的无魂战士。"

"长爪的最终目标，是把人类都变成他的无魂战士，用来统治全世界！"

……

3

很多流言传到火焰家族的耳朵里，连长眉都听说了。

猫头鹰们见了长爪，不再和过去一样亲密无间、衷心爱戴，而是面露惊惧之色，低头垂目，紧缩着身体快速飞走，就像躲避法力高强的妖魔一样。

但长爪自己仍然莫名其妙，一点都想不明白这些流言和恐惧从何而来。

"太荒唐了！我怎么就成了吸血鬼巫鹰？"长爪大叫道。

阿雪安慰他："谣言止于智者，我们都相信你。"

阿威："这背后确实有鬼，必须查清楚。"

长眉："我听阿雪和阿威说，长尾回来了，还有一个幽灵一样的猫头鹰跟他在一起。这些怪事会不会跟他有关呢？”

长爪：“很有可能。他明明摔死了！难道他真的变成了一只不死的灰袍巫鹰？”

长眉：“你竟然也会相信这种鬼话。鹰死不能复生，长尾一直都活着，就这么简单。”

长爪怔怔地看着长眉：“我感觉不太好，心神不宁。噩梦复苏了，我又开始害怕每天一睁眼，又听到一个死亡噩耗……再也受不了了……”

长眉抱住弟弟，轻轻拍着他的肩膀：“我明白你的感受。我心里也乱糟糟的，感觉过去的死亡幽灵又回来了。”

长爪泪下，摇着头，说不出话来。七个孩子和白玉王后的死，是他心里永远的伤痛。

阿雪：“根据薇薇的说法，至少有两只猫头鹰参与了此事。一只雄性，假冒长爪国王。另一只雌性，手段残忍，自称圣洁公主。不排除还另有一只老猫头鹰躲在背后策划此事。”

长眉：“那只假冒长爪国王的，会不会是长尾呢？”

长爪：“肯定是他！再不会是别的猫头鹰了！”

阿雪：“我仔细问过薇薇，根据薇薇的描述，我判断那所谓的国王和公主都是很年轻的猫头鹰。冒牌货应该不是长尾，据我所见，长尾现在看起来又衰老又畸形。”

阿威也摇摇头，对长爪说：“现在下结论还为时过早，毕竟我们都没有见过这个冒牌货。对声称见过'长爪巫鹰'的动物，我一一去查访过，有一点可以肯定，冒牌货非常熟悉你的言谈举止。"

长爪："要是假冒我的不是长尾，那么，那个躲在背后策划、捣鬼的老猫头鹰一定是他！反正这事肯定少不了他！"

阿威思索着："那个幽灵，在这里面又充当了什么角色呢？"

长爪："不管那个幽灵充当了什么角色，长尾肯定是主角！"

阿雪："怒焰还是坚持说他什么都不知道吗？"

长爪："是啊！他对这件事也很关心，很着急。我最近心烦意乱，很多事务无暇处理，需要惊涛来替我打理，所以我已经把怒焰提升为侍卫队队长了。现在怒焰每天都忙着四处安抚受惊的猫头鹰们，为王国做了不少事，替我操了很多心。他也认为，一定是别有用心的猫头鹰在假冒我。他说他有个怀疑对象……但那完全是无稽之谈！我让他别再乱说了。"长爪说完，下意识地看了阿威一眼。

阿威冷笑道："难道他认为是我在假冒你吗？"

长爪笑了笑，望着阿威说："是啊！就像你不信任他一样，他也不信任你。但我只看证据。他那种说法太荒唐了，我永远都不会相信的。"

阿雪撇撇嘴，意味深长地和阿威交换了一个眼神。长眉和阿威一样，皱着眉头，若有所思。

4

长眉、阿威和阿雪刚回到家，就发现阿历克斯正在等他们。

"嘎！嘎！汉斯他们在野马坡过得很幸福！阿风说她一切都很正常！被薇薇咬出来的小伤口已经完全愈合啦！根据我的亲眼观察，阿风确实没有任何发病症状！"

"太好了！"阿雪舒了一口气，"我们也已经给薇薇母子做过检查了，他们都没有携带狂犬病毒。"

阿历克斯："到底是谁在假冒长爪？嘎！"

阿威哼了一声："怒焰说是我。"

阿历克斯："一派胡言！我看是怒焰干的！做了坏事的家伙才会无缘无故地胡乱嫁祸于人！为了转移视线！撇清自己！一定是这样的！嘎！"

阿威笑了："很有道理！阿历克斯，你都快成半个侦探啦。"

阿历克斯得意起来："嘎！我一直是全个侦探！我有侦探的直觉和智慧！"他接着又开始喋喋不休地重申，每次和阿威一起出去破案，他都能起到非常关键的作用。

"只要我们去把那个冒牌货抓住，所有问题就都解决了！嘎！"阿历克斯信心十足地说。

阿雪微微点头："阿历克斯说得没错。只有找出背后的主使者，吸血蝠危机才算真正解除。”

　　长眉长出一口气：“这次吸血蝠危机的操纵手法，我隐隐约约感觉似曾相识。我觉得，背后主使者的最终目的，还是长爪。我很担心他们一家的安危。”

　　阿威：“这个我也提醒过长爪了。他说已经安排侍卫队加强守卫，他自己也会亲自加入守卫军。”

　　长眉振了振翅膀：“我还是不放心。我们面对的敌人狡猾又凶残，长爪曾经牺牲了七个孩子和一个王后，这样的事情不能再次发生了。我也要亲自去守卫他们。虽然我是一把老骨头，但我至少对危险的来临有很多经验。”

　　阿威：“好！我也会派猴面和肉球，寸步不离地与你一起行动！”

　　阿历克斯：“嘎！怎么能赶紧抓住那个幕后大坏蛋？”

　　阿雪：“吸血蝙蝠通常喜欢当回头客，吸过一次血，在下次进餐时就来找同一个猎物，从同一处伤口下嘴。薇薇就是这样对待阿风的。我们可以先找到一个被咬的动物，然后顺藤摸瓜。”

　　阿威点头：“唔，听说防疫队明天就要把二柿子家的奶牛带走处理掉。我今天下午特意去查看了那头奶牛，她被咬的伤口竟然还在流血。这说明……”阿威看着阿雪。

　　阿雪：“这说明，咬她的吸血蝠还没舍得放过她，还在继续享用奶牛的免费晚餐！我们今晚就去二柿子家的牛棚，守株待兔！"

阿历克斯："嘎！守牛待蝠！"

阿威："好一个守牛待蝠！吸取上次的教训，这次我们提前偷偷埋伏下来，等蝙蝠吃饱了，我们跟踪他们回到老巢，来个一窝端！"

5

在笑面虎免费赠送给长尾居住的洞府里，一派喜庆的气氛。

笑面虎："吸血蝙蝠喜欢温暖、潮湿的气候，火焰岛真是一个天然的蝙蝠岛啊！如果火焰岛上到处都是我们的蝙蝠士兵，你说，那该有多妙啊！"

怒焰："这美妙的一天，不会太远了。您这招妖魔化长爪的策略真是太漂亮了！败坏了他的好名声，扰乱了王国的安宁，就等于杀了他。没有猫头鹰追随的猫头鹰国王，和疯子有什么两样，哈哈。我真得好好向您学习啊！"

笑面虎："呵呵呵，这算什么！你老爹当年干的事，那才叫漂亮呢！一个接一个，杀了他一个王后和七个孩子，他还跟傻子一样信任你老爹，嘿！论起两面三刀的本事，天底下没有谁能比得上你老爹啦！"

蓝铃盈盈一笑："怒焰哥哥也不赖啊！怒焰哥哥，你演起戏来，真比长爪还像长爪呢。你在偷偷地假冒他、抹黑他，他还在傻乎乎地信任你，哈哈，没有比这更滑稽的事啦！”

怒焰红着脸说：“多亏蓝铃妹妹的指点，你真是个天才！你的建议非常有效，只要我再多关心关心长爪，再多跟他暗示暗示假冒者可能是谁，哈哈，他心里头那小小的疑虑就会越长越大喽！”

笑面虎：“不可小视阿雪和那个探长。他们三言两语就能说服那个贱奴带着他们去烂尾楼老巢，绝非等闲之辈。想想看，蓝铃在那些奴隶身上下过多少功夫，到头来被他们轻轻松松就化解了。”

蓝铃粲然一笑，娇滴滴地说：“爸爸这是在批评我呢，说明我下的功夫还不够深呀。”

怒焰忙说：“哪里是批评你，表扬你还来不及呢。多亏蓝铃妹妹神机妙算，一见那贱奴母子三个被活捉，就立即把烂尾楼里的吸血蝠都转移走了。不然，咱们损失可就太大了！”

蓝铃轻笑一声，柔情似水，吐气如兰：“只可惜，这次让绿野市躲过了大麻烦，逃过了我们的利爪！只好以后再找机会收拾它了！不过呢，现在优势兵力都集中在火焰岛，也不算坏事！我们随机应变，火焰岛势在必得！咱们继续加油吧！干掉长爪，复兴火焰岛！”

笑面虎笑眯眯地看着怒焰：“就像五千年前，我的祖先协助你的祖先建立了火焰岛猫头鹰王国。让我们再次像兄弟一样携起手，创造一个更辉煌的未来吧！也许有一天，世界会颠倒过来，人类将被我们的铁爪所统治，谁知道呢？呵呵呵！"

怒焰踌躇满志："有您和我结盟，我真是三生有幸。推翻昏庸的长爪之后，我和父亲绝不会亏待你们的。"他别有深意地看了蓝铃一眼，蓝铃害羞地低下头。

长尾一直在旁边默不作声，大吃特吃一只鲜嫩的小白鹭，不用说，这个零食当然又是笑面虎赠送的。这时候，他听到怒焰的话，觉得很合心意，于是频频点头，一边撕吃、吞咽，一边嘴里呜呜哇哇的。谁都没听清楚长尾到底嘀咕了些什么，但都能猜到他是在赞同怒焰要好好赏赐笑面虎父女俩的想法。

笑面虎的面具脸笑嘻嘻的，注视着长尾狼吞虎咽的样子。血污和皮毛糊了长尾一身一脸。

怒焰见父亲的吃相实在太难看，有些尴尬，内心恼怒。他不自在地看了蓝铃一眼，不自然地咳了一声，刻意露出他那副惯常的嘲弄的笑容，故作轻松地说道："我想，是时候了，我该去和我那四个小堂弟、小堂妹好好玩一玩了。"

蓝铃优雅振翅，尾巴上的九个小蓝点像铜铃花一样张开。她眼眉弯弯，巧笑甜甜，脆声说："好啊，好啊，那一定好玩极了！"听着她甜蜜的轻语，望着她俊俏的身姿，怒焰又一次心跳加速，不由得看痴了。

笑面虎的面具脸笑得更弯了。

6

　　二柿子家的奶牛被牢牢拴在牛棚里。最近这些日子她只能以一堆干草和一槽脏水为生，现在已经奄奄一息，眼看活不长了。防疫队今天下午刚刚来把牛棚清理了一下，打算明天一早就把病牛运走，运送大车已经停在了牛棚外面。

　　天黑之前，阿威、阿雪和阿历克斯就悄悄在牛棚的草垛里埋伏好了。

　　对活泼好动的阿历克斯来说，在草垛里一动不动地待这么久，本来是很困难的。但他做得很好，不但静卧不动，而且一声不吭。阿威和阿雪不时给他一个称赞的眼神。"我是全个侦探！嘎！嘎！"阿历克斯在心里自豪地叫着。

　　天完全黑下来以后，又过了好一阵子，除了海风吹动屋檐下的茅草发出的刷刷声，牛棚外面没有一丝动静。

　　从屋顶的天窗可以看见，星星一颗接一颗地出来了，弯弯的小月牙挂在漆黑的夜幕之上。这是一个晴朗的夜晚。

　　借着微弱的星光，阿历克斯勉强看得清奶牛的轮廓。他觉得自己全身都快麻木了。难道今晚吸血蝠不来了吗？他张张嘴，刚想悄声问问阿威，却看见阿威用眼神命令他安静。他只好住嘴了。

　　奶牛睡着了，发出沉重的鼾声。可怜的奶牛，身染重病，命在旦夕，在睡梦中也不安生，不时发出一两声悲鸣。

阿历克斯昏昏欲睡。阿威和阿雪的眼睛瞪得大大的，无声无息，活像两尊雕像。阿历克斯不知不觉睡着了。

忽然，一阵窸窸窣窣的声音从牛棚的窗口传来，把阿历克斯惊醒了。他一睁开眼睛，就遇到阿威充满警戒的眼神。有情况！

阿历克斯记得，阿雪介绍过，吸血蝠与其他的蝙蝠不同，有发达的拇指，这使得他们不仅能飞，也能在地面上快速奔跑、跳跃，跑跳的速度最快能达到每秒2.2米。

此时，阿雪介绍的知识活现在阿历克斯的眼前。

一个小东西，大约只有阿海的拇指那么大，从窗口里飞进来，降落到地面上。他毛色暗淡，没有尾巴，鬼鬼祟祟，犹犹豫豫。

和许多种蝙蝠一样，吸血蝠有发达的回声定位系统，低空飞行时可以通过发射、回收声纳确定猎物的位置。凭借神奇的嗅觉和听觉，他们能够在黑暗中准确无误地识别出理想的猎物。

阿雪说，仅仅根据呼吸声，吸血蝠就能找到自己吸过血的猎物。想到这，阿历克斯不禁屏住了呼吸。

果然，这只吸血蝠落地后，略微停留片刻，便飞快地跑向奶牛。他熟练地爬上奶牛身体的左侧，一下子找到那个旧伤口。用爪子紧紧抓住奶牛的毛发之后，这只吸血蝠埋下头，咂咂有声，快速舔食起奶牛的鲜血来。

阿历克斯觉得很恶心，闭上了眼睛，但他没法关上耳朵。

过了一小会儿，又传来一阵细小的声音。阿历克斯赶紧睁眼，看见又有一只小吸血蝠从窗口飞进来，落到了奶牛的臀部。

阿历克斯的眼睛没有阿威和阿雪那么锐利，在黑夜里看不太清这只新来的家伙在干嘛。

阿威和阿雪则看得清清楚楚，新来的吸血蝠正在奶牛的臀部又闻又舔。

阿雪知道，吸血蝠的鼻子里有热感受器，新来的吸血蝠正在寻找奶牛皮肤上的血管。

果然，在确定了下口的位置之后，这只吸血蝠用尖利的犬牙剪掉一小块皮毛，然后伸出刀片一样的门牙，在奶牛的皮肤上切开一个几毫米长的小口子。

随后，他迅速缩回身体，静静地等待着。奶牛安安静静，继续着沉重的鼾声。

很显然，这只吸血蝠的刀口极为锋利，刀法快捷，唾液中的麻醉剂也很管用，所以奶牛被咬了之后没有任何反应，仍然沉睡着。

快看！新来的吸血蝠又爬回刚刚切开的伤口。他伸出舌头，开始贪婪地舔食静静流出的血液。

这时，先来的那只趴在奶牛身体左侧的吸血蝠停止吸血，U型的肉垫鼻耸起来，向新来的吸血蝠发出警告，气势汹汹地宣称自己对这头奶牛的所有权。新来的吸血蝠也不示弱，嘶嘶有声："圣洁公主说了，我可以和你共享这头奶牛！因为你有狂犬病毒，我还没有！共享了这头牛，我也能携带病毒，迅速增加战斗威力！你要是活得不耐烦了，就来赶我走吧！嘶！"说完，他又埋头大舔特舔起来。

一听公主的名头，先来的吸血蝠马上偃旗息鼓，不再理会新来的吸血蝠。他也迅速埋下头，拼命舔起血来。

阿威他们一动不动，静静地注视着两只吸血蝠的举动。

两只吸血蝠的肚皮很快就鼓了起来。阿雪露出一个"臭死了"的表情。

阿历克斯也闻到了蝙蝠尿的味道，忍不住皱起眉头，轻轻喷了一口气。阿威严厉地注视着他，他只好按照之前的承诺，拼命忍住臭气的袭击，保持一动不动、一声不响。

阿雪提前就警告过他们了，吸血蝠会边吃血边撒尿。

记得当时是阿威先提出了这个问题："薇薇说，她每次吸血都要吸半小时以上才能吃饱。唔，一只吸血蝠吃20分钟才吃下20毫升的血，但这已经相当于增加了60%的体重。想象一下，这时她都吃成一个皮球了。这么沉甸甸、圆滚滚的蝙蝠，连爬行都困难，怎么能飞走呢？"

阿雪解释说："吸血蝠有个神奇的臭臭的办法来减轻负担，薇薇没好意思告诉咱们。血液的营养价值其实并没有大家想象得那么高，绝大部分是水分，主要营养成分是红细胞中的血红蛋白，一升血里也才有100多克。吸血蝠会边吃血边排尿，尽量把血液中的水分排出去。等回到老巢以后，再慢慢消化血液中的蛋白质。"

阿历克斯当时听了这话就大叫起来："嘎！血液粪便就是夜明砂，奇臭无比！嘎！"

而眼前的蝙蝠尿，气味也好不到哪儿去。

令阿威惊奇的是，这两只吸血蝙蝠对他们自己的身体卫生状况还挺讲究的。每当他们要撒尿的时候，就小心翼翼地抬起屁股，免得尿液弄脏了自己。

两只吸血蝠吃了40多分钟，总算吃不动了。他们打着饱嗝，最后排了一次尿，心满意足地收工了。

7

阿雪向伙伴们眨眨眼睛。阿历克斯精神一振，嘎嘎！总算熬到头了！

没一会儿，两只吸血蝠展开翼膜，起身向窗口飞去。三只鸟儿悄无声息地跟上。

吸血蝠吃饱喝足，心情愉快，在夜幕的掩护下，慢条斯理地向松树河口的方向飞去。

"嘎！怪不得人类防疫队和猫头鹰侍卫队都找不到吸

血蝠的老巢，原来他们根本就没住在火焰岛上！"

阿雪示意阿历克斯先别发表议论，保持安静。

三只鸟儿悄无声息，集中注意力，不远不近地跟紧吸血蝠。

吸血蝠发达的回声探测器其实早已感受到身后的三只鸟儿，但很显然这三只鸟儿无意挑衅，始终与他们保持着一个很安全的距离，看来没有什么危险。吸血蝠们于是放松下来，纵情享受了一下奴隶生活中难得的片刻闲适，久违了，这暖饱自在的美好夜晚。

掠过白鹭奶奶的家门口，吸血蝠继续向北面的密林里飞去。阿威和阿雪的心里同时升起一片巨大的疑云。小鳄鱼妞妞洗刷恶名那天，怒焰最后就是朝这个方向飞走的。这片密林，难道真的隐藏着什么不可告人的秘密吗？

事实上，吸血蝠领的这条路确实通向一个神秘的地方，这条路平日里戒备森严。如果问问白鹭奶奶就知道，最近松树河口的鸟儿们到了晚上是不敢飞这条路的。绑架事件中的十一只鸟儿虽然都活着回来了，而且在俊哥的影响下都鼓足勇气继续留在了故乡，但那个可怕的大魔鬼并没有被抓住，反而越传越神，名头越来越响。根据最新的传说，每当夜色如墨的时候，令鸟儿们胆寒的大魔鬼就会在这一带出没。不但如此，他身边有时候还会多出来两个更可怕的同伴——一个面具幽灵和一个迷魂邪灵。

阿威他们事后才知道，这晚他们之所以能够不被觉察地顺利通过这条小路，进入那个神秘的禁区，全是因为笑面虎的蝙蝠大军碰巧有一个特别行动，所有能抽调的兵力都被调走了。

两只吸血蝠悠悠然一路向北，越过重重的密林，一头扎进一片黑黢黢的森林。

阿历克斯在紧随阿威和阿雪跟进这片黑森林的瞬间，发现所有的星光都消失了，密密匝匝的树木把外界的光亮遮掩得一丝不剩。

阿历克斯啥也看不见了，甚至有一刻他怀疑自己都不会飞了，根本意识不到他的翅膀还在机械地扇动，拖着他没有目标地往前移动。他从里到外被浓重的恐惧裹挟了，本能地想逃离这个鬼气森森的地方。他不喜欢这漆黑一片的地方，对一只喜爱光明的鹦鹉来说，这儿实在是太阴森、诡异……危险重重！危机四伏！危在旦夕！

"在这里面你没法飞！你去外面等着！藏起来，帮我们放哨，有情况就发暗号！"阿威在阿历克斯身边用不容置疑的语气命令道。

阿历克斯回过头去，在一团漆黑中，来时的小路口闪烁着一点点微明的星光，若隐若现。他立即听从阿威的命令，转身飞向那点星光。

阿威和阿雪继续跟着吸血蝠向前飞去。这是一片古老的森林，古老得仿佛树木都成精了。它们随意地伸展着枝条，好让闯入者陷入层层的牢笼，再也无法逃离出去。

在黑森林里飞了好一会儿，吸血蝠闪进一片更黑更沉的黑洞，世界上所有的黑暗似乎都被浓缩在这黑洞里了。

阿威和阿雪毫不迟疑地跟了进去，他们可不想跟丢猎物，半途而废。

这里竟然有一个幽深的山洞，曲曲折折，忽高忽低。耳边不时传来淙淙的流水声，阿威判断，有一条地下河从这个隐秘的山洞穿过，那应该是松树河的一条地下支流。

拐了无数个弯，倾斜向上，向上，眼前蓦然又现出一片黯淡的星光。他们进入了一个庞大的山洞，那淡淡的微光就是从头顶的石缝里钻进来的。浓烈的氨臭味熏得阿雪差点背过气去。

两只吸血蝠飞到洞顶，立即融入黑乎乎的洞壁。一阵吱吱唧唧的叫声传来，看来他们受到了热烈的欢迎。

阿威和阿雪在黑暗中看得清楚，两只吸血蝠一回来，就开始和同伴们亲昵地互相梳理毛发，身体挨过来、蹭过去，好一派浓情蜜意。

蝙蝠们亲密了一会，两只刚刚飞回来的吸血蝠张开嘴，慷慨大方地把刚吃到的奶牛血慢慢吐出一些，其他几只蝙蝠围过来，贪婪地分享着美味。

见阿威皱着眉头，阿雪耳语道："吸血蝠是恒温动物，需要不断补充能量才能维持体温，连续两个晚上没吃的，就会饿死。所以他们有福同享有难同当，吃到血的就分享给挨饿的同伴，下一次轮到自己挨饿时就能得到同伴的回报。"

阿威恍然："哦，怪不得上次薇薇说他们飞来的路上，要靠圣洁公主的赏赐过活，不听话就会被饿死。看来完全以鲜血为生，真是一件危险的事啊。"

阿雪点点头。她环顾着大山洞四周，"奇怪，这里吸血蝙蝠的数量并没有薇薇透露的那么多。难道他们还有别的藏身之地？可是就冲这么大的气味，也不太可能啊！"

阿威："这里也没有什么国王、公主，只有几十只吸血蝙蝠。太冷清了吧？唔，情况不对！"

阿雪闻言，脸色突变。阿威和阿雪瞬间心意相通，他们同时振翅，冲向那一小堆挤在一起的吸血蝙蝠。

"都不许乱动，否则休怪我爪下无情！"阿威大喝道。

阿雪发出一声锐利、悠长的啸声，啸声在山洞中回荡不绝，充满了震慑的力量和威胁的意味。

蝙蝠们听了阿威和阿雪的声音，胆战心惊，吓得抖成一团，紧闭双眼，深深低下头，伏下身体，哪敢乱动。

阿威："你们其他的同伴呢？国王和公主呢？"看蝙蝠们抖成一团，说不出话来，阿威戳了戳一只刚飞回来的吸血蝠："你说！"

那只吸血蝠微微把头抬起一点点，他是今晚先到牛棚的那只。他现在才明白刚才一路跟踪他们的到底是何方神圣，但已经没有时间后悔了。在阿威的虎视下，他埋下头，大脑一片空白地开始自动交代："他们都进到了地下河通道……都去火焰岛……都去了……"

阿威和阿雪大惊。阿威厉声问道："去火焰岛干嘛？"

吸血蝠："有……有特别行动……行动……特别……"

阿威："为什么你们被留下了？"

吸血蝠："没有携带狂犬病毒的奴隶……都……都被留下了……"

阿威问："你也有狂犬病毒，怎么也被留下了？"

吸血蝠："我……是哺育奴隶，我负责……让留下的奴隶也携带狂犬病毒。"

阿威："他们在火焰岛有什么特别行动？"

吸血蝠："袭击……鸟儿……猫头鹰。"他抬头快速扫了阿威一眼，脸上闪过一丝讶异之色，随即又赶紧低下头去。

阿威心里一动："你觉得我长得像你们的长爪国王，是吗？"

吸血蝠的头埋得更低了，颤抖着说："是！很像。"

阿雪焦急地看了阿威一眼。阿威点点头。

阿雪大声对吸血蝠们喊道："你们被解放了！你们自由了！都待在这里不要乱动，稍后会有人把你们送回老家蝙蝠角去！"说完，她和阿威头也不回地疾飞而去。

蝙蝠们又低着头发抖好半天，直到确定两只神武的猫头鹰真的飞走了，才开始窃窃私语起来。他们反复回味着阿雪临走时说的话，悄声讨论回到故乡的可能性，又兴奋，又惊喜，又恐惧。反正他们也无处可逃，他们决定听神鹰的话，乖乖待在这里，等待命运的安排。

8

长眉猛然间竖直身体，凝神倾听。空气中，是什么东西在搅动？远远飘来的气味，又是什么呢？长眉振翅飞出屋外。

肉球和猴面紧随长眉飞入黑沉沉的夜色中。他们努力想在空气中捕捉到些什么，却一无所获。

忽然，长眉锐声发出警告。这是一只老猫头鹰的悲鸣，这鸣叫，被沉沉夜色不为所动地吞没了。

国王侍卫队被长眉的警报惊动，呼啦啦地出动，盘旋在王宫的上空。

从西北方向的天空，飘来一片不祥的黑云，比沉沉夜色还要黑暗，带着浓烈的怪味。是龙卷风裹挟来了海上的死鱼烂虾吗？闻起来又不太像。

大家正在疑惑的时候，长眉的预警啸声陡然加快了频率，一声接一声，老人家简直要把生命都呼啸出来了。

听着这异常急促的报警啸声，侍卫队员的神经都绷紧了。

　　"各就各位！随时准备战斗！"猫头鹰兵团总司令惊涛大声下令。他贴身保卫着全副武装的长爪国王，同时急切地在侍卫队员们中间搜寻队长怒焰的身影，他需要怒焰按照事先约定好的计划指挥侍卫队护驾。可是他失望了，怒焰队长无影无踪。惊涛大喊："副队长小灰翅！你接替队长怒焰，准备组织战斗！"小灰翅大喊："得令！"

　　几乎就在一眨眼之间，黑云飘到王宫上空，并急速俯冲下来。几千只吸血蝙蝠有条不紊地采取十多个对一个的战术，向猫头鹰侍卫队发起血腥的进攻。侍卫队员们奋勇抗敌，没有一个退缩。

　　长眉远远看见小灰翅勇敢的身影。小灰翅竭尽全力与袭击长爪的吸血蝙蝠搏斗，在黑压压的蝙蝠群中冲荡，却因寡不敌众，被好几只蝙蝠的尖牙利齿咬中。小灰翅的动作越来越迟滞，渐渐败落。其他侍卫队员差不多也都是这样。吸血蝙蝠的数量太多了，几百名侍卫队员根本不是对手。

　　长爪羽毛凌乱，怒目圆睁，活像一个战神，怒吼着，把一只又一只吸血蝙蝠甩出去。虽然有忠诚的侍卫队员们保护，长爪还是很快就身负重伤。

　　长眉口干舌燥，他回头看见白云从巢中探出头来，全身紧护着四个孩子。最小的阿玉妹妹把小小的脑袋从母亲翅膀下挤出来，趴在巢边，天真无邪，转动着圆溜溜的眼珠，好奇地观看着眼前的混乱战斗。

"拼了！"长眉低声对肉球和猴面说。

"拼了！"肉球和猴面答应着，击爪互勉。

三只猫头鹰下了必死的决心。就算战死，也要战斗到最后一刻，保护身后这个幸福、宁静、温暖的小巢。

吸血大军终于突破了侍卫队的防线，进入王宫，杀气腾腾，直扑后院的小巢。

长眉、猴面和肉球疾速飞升，摆出三角阵型，把小巢围在中间，牢牢守住门户。顷刻间，血战开始了。

一群又一群的吸血蝠扑过来，三个守卫拼死搏杀。有多少吸血蝠被他们杀死，已经数不清了。他们的身上，也都已经伤痕累累，但他们一点也不退缩，顽强地与凶残的敌人搏斗。

肉球首先被敌人击落。三角阵型一下子露出极大的破绽，吸血蝠趁机而入，缩小了包围圈。

长眉怒啸着，舍身冲向蝙蝠阵，他没有坚持太久，就被吸血蝠们击落了。他感觉到头部一阵剧痛，随即模模糊糊地陷入无边的黑暗，很快彻底失去了知觉。

紧接着，猴面也重重落地。

小巢门户大开。白云翅膀张开，绝望地护着孩子们，发出最悲凉的长声鸣叫。长爪远远地听到了这声鸣叫，但他被吸血蝠团团包围着，自顾不暇。

"爸爸！"在白云翅膀下露出小脑袋的阿玉忽然高兴地大叫一声。

在微弱的星光下，白云恍惚看见亲爱的长爪正向她和孩子们缓缓飞来。

"太好了！"她内心狂喜，脸上露出欢笑，向长爪伸出了翅膀，伸长了脖子。然而下一秒钟，震惊取代了欢笑。"是你！"她全身的热血愤怒地沸腾起来。

"是我。"这个假冒者微微一笑，头轻轻一摆。吸血蝠们一拥而上，无数的利齿同时刺穿了白云全身的皮肤，她一瞬间就被杀死了，离开了这个让她牵挂不已的世界。她被扔下小巢，像一片树叶一样飘落。

"把这些小崽子留给我。"假冒者的声音有点颤抖，那是掩饰不住的狂喜和亢奋。

9

阿威和阿雪远远听到长眉锐利的警报声。他们心中大急，像两道闪电，加速飞向火焰岛。阿历克斯远远地落在后面，他扑扇着翅膀，奋力追赶。

等阿威和阿雪赶到火焰岛猫头鹰王宫，战斗正进入最惨烈的阶段，地上落满了死伤的猫头鹰卫士和吸血蝙蝠。

他们看见，长爪浑身是血，连声怒吼。他们看见，小灰翅悲鸣着，打着滚，直直地坠落。他们看见，惊涛一只翅膀受伤严重，用另一只翅膀，击退了数十只扑向长爪的吸血蝙蝠。

　　猫头鹰王国正在陷落。除了国王侍卫队，其他的猫头鹰国民都惶惶不安地在远处观望，他们也搞不清到底发生了什么状况。长爪国王不是豢养了吸血鬼大军吗？现在怎么跟吸血鬼们打起来了呢？

　　阿威锐利的双眼首先发现了躲在观望的猫头鹰民众中间的那个圆圆胖胖的幽灵猫头鹰。他似笑非笑，嘴角弯弯。

　　在他旁边，是一只俊俏的猫头鹰姑娘，即使星光微弱，也可以看得见她那因为内心欢喜而舒展开来的尾巴上，有一圈漂亮的小蓝点。

　　"擒贼先擒王！"阿雪大叫。

　　阿威和阿雪一秒钟也没有耽误，向幽灵猫头鹰和蓝点猫头鹰飞去。

　　"圣洁公主？偿命来！"阿雪在心中怒吼。

　　幽灵吃惊地看着从天而降的阿威和阿雪。阿威一爪将幽灵击落在地，阿雪则与应声而起的小蓝点斗在一处。"啊！啊！"小蓝点痛苦地不停大叫，看来阿雪给她吃了不小的苦头。

　　就在这时，白云悲凉的鸣叫清清楚楚地传过来。阿威和阿雪听了，心神大乱。

　　幽灵抓住这个机会，厉声打了个呼哨，"呱——"，吸血蝙蝠们闻声，立即呼啦啦地全都向阿威和阿雪围过来。等阿威和阿雪杀出蝙蝠重围，幽灵和小蓝点已经逃得无影无踪。

"停下！都别打了！""你们解放了！"阿威和阿雪一边大喊，一边围绕着吸血蝙蝠群盘旋。

吸血蝙蝠们找不到圣洁公主和老主人了，不知该如何是好。他们看见另一个"长爪国王"和不太一样的"圣洁公主"在头顶盘旋，向着他们发号施令，他们全都蒙了。吸血蝠们呆呆地撑在空中，痴想着"解放了"是什么意思。

"我们自由了，别替坏蛋卖命了！咱们可以回老家啦！"薇薇的声音稳稳地在空中响起来，清晰地播向所有吸血蝠的回声系统。

原来是阿历克斯见追赶不上阿威和阿雪，灵机一动，跑去把薇薇给带来了。

"薇薇！"吸血蝠大军里响起好几只蝙蝠热切的欢叫。

"我们自由了！回老家去！"薇薇热泪盈眶。吸血蝙蝠们欢声雷动，回声系统忙成一团。

10

怒焰准备下爪击杀堂弟堂妹们的那一瞬间，笑面虎的呼哨声响了起来，怒焰身边的蝙蝠们应声哗啦啦地全部飞走了。

他心中疑惑，不由举目四顾，侧耳倾听。眨眼间，他看见长爪国王在侍卫队员的簇拥下，正向自己全速飞来。

"来不及了！下次再收拾你们！"怒焰不甘心地收起利爪，在心里暗骂一声，迅速闪入后院的阴暗角落，消失在茫茫夜色中。

长爪飞过来。他一眼看见躺在地上的白云，疾飞过去。白云全身被吸血蝠咬得惨不忍睹。她双目圆睁，里面仍然燃烧着临终前的熊熊怒火。

抱着白云尚有余温的尸体，长爪发出一声长长的悲鸣，痛彻心肺，肝肠寸断。

他抬起泪眼，望向无边的夜空。他看见小女儿阿玉明亮的眸子，在暗夜里闪闪发光。

他抱起白云，把她轻轻地放回小巢，然后他也卧进巢里去，把白云和孩子们都搂在怀里。他不想让白云变得这么冰冷，他要和孩子们一起把她暖和过来。他的泪水打湿了胸前的羽毛，阿山、阿坚和阿云大声啼哭，不愿意相信亲爱的妈妈已经死了，他们要把妈妈唤醒，唤醒。

只有小阿玉，瞪着亮闪闪的大眼睛，静静地伏在长爪的胸脯下，一声未哭，一泪未落。

11

长眉不顾头上、翅膀上缠满了绷带，猛地坐起来。"什么？圆圆胖胖的幽灵？尾巴上有九个小蓝点的圣洁公主？我想我知道他们是谁了！"

长爪也愣了，急促地说："难道是他们？！"

"嘎！谁呀？谁呀？快说呀！急死我啦！嘎！"

长眉："笑面虎和他的小妾九尾仙狐！"

阿雪："不可能是九尾仙狐。这个小蓝点很年轻，看起来年纪比我还小。"

阿威："难道是九尾仙狐的后代？"

长眉："极有可能！"

长爪喃喃自语："笑面虎也回来了。他真的没死，又回来了。"

此时此刻，在黑暗的地下河道洞府里，笑面虎也正在念叨着长爪。

"你确定，你没有被长爪认出来吗？"笑面虎专注地盯着怒焰。

怒焰："我确定！听到你的呼哨，我就赶紧撤退了。他肯定没有认出我来。"

"呵呵，那就好。"笑面虎沉吟着，露出弯弯的笑容。不知怎的，怒焰觉得，这笑容里，透着一股阴冷的杀气，他不由自主地打了个寒战。他想起来，第一次见到笑面虎的时候，也是被他这副笑脸吓了一大跳。

"可惜好好一支吸血奴隶大军，被人类全都抓走，送回老家去了！被咬伤的猫头鹰也全都被可恶的人类注射了疫苗，害我们白白辛苦了一场！"蓝铃咬牙切齿，精致的面容第一次显得这么扭曲，让怒焰吃了一惊。

　　"不用懊恼，"笑面虎僵硬地微笑着，"这只是一次小小的练兵罢了。好戏还在后头呢。"

第八章

野小蟑奇遇记

1

"过来！野小蟑！"我老婆野大螂恶狠狠地碰了碰我的触角。

我有点不情愿地跟着她，躲进一个水罐子底下。

我还是对前一阵子待的那个水果箱子念念不忘。那个箱子长年累月摆在食品架子最底层，箱底都被腐烂的水果汁浸透了，我就是在那里和我老婆野大螂成亲的。前不久吸血蝙蝠危机爆发的时候，主人全家被匆匆忙忙疏散到隔离点，这装满了易腐水果的箱子放了好多天没人动，最后水果全部腐烂成我们的美味佳肴，把我们养得那真叫膘肥体壮！

扫兴的是，今早男主人阿帆大惊小怪地抱怨着，把那个宝贝箱子搬走了。当时一下子天光大亮，吓得我们四散而逃。我们逃得太快了，阿帆还没来得及采取行动，我们就都已经逃得无影无踪，重新躲进各种犄角旮旯里。

根据女主人阿贝的大呼小叫，那个可亲可爱可歌可泣的果箱现在应该在屋外的垃圾桶里继续腐烂，等着被垃圾工在下个星期三的早晨运到火焰岛外的垃圾站去。

"这个水罐子底下也很棒哎！"我老婆兴高采烈。

我感受了一下。嗯，确实还不错。阴暗，温暖，潮湿，已经有60多个伙伴躲在这里了。我心里立即蠢蠢欲动，开始和大伙儿频频接触。

群居的好处就在于，大家不但可以互相保湿、互相沾光——发现好吃的就一拥而上一起下嘴——而且，聚在一起永远不用担心找不到配偶和好朋友，这点对于酷爱生孩子、迷恋社交活动的蟑螂一族来说，太重要了。

野大螂懒得管我。"亲爱的，我要睡会儿，希望你不要吵醒我。"她说完，舒舒服服地挤在几只蟑螂中间，趴下不动弹了。

我呢，我还想再喝点小酒，最好是加了糖或啤酒花的好酒。

我们这一大群刚刚饱餐了一顿。三天前，我的小主人小耳朵趁他疲倦的妈妈阿贝不注意，想把他吃不完的半块三明治偷偷扔进垃圾箱，不料却扔偏了。三明治卡在橱柜和墙壁之间的缝隙里，已经让我们好几百只蟑螂美美地享用三天了。

三天来，阿贝只要一走近这个地方就拼命地抽动鼻翼闻来嗅去，不停地翻来掀去，却什么也没找到。人类笨死了，长那么一双天大的眼睛，大多数时候却只是个摆设。

阿贝昨天已经把垃圾桶和橱柜仔细擦拭了一遍，破坏了好几处我们最喜爱的隐蔽所。之后，她仍旧皱着粗壮的眉毛，抽动着巨大的鼻子，不住气地嗅来嗅去。哈哈，对人类来说，那是三明治发臭的味道，但是对我们蟑螂来说，这个味道带着发酵的酒香，使食物更有诱惑力啦。

人类喜欢把我们蟑螂叫做害虫。也是，如果我们都不算是人类的害虫，那人类就没有害虫了。

其实吧，我们蟑螂种族庞大，一共有4600多种呢，只有大约30种喜欢赖在人类的栖息地里，其中只有5种是臭名昭著的害虫。我就属于那5种之一，嘿嘿，所以，我也懒得费劲去解释并不是所有蟑螂都是人类的害虫了，爱咋咋地吧。

我敢说，有人类居住的地方，就迟早会有蟑螂出没。人类是世界上效率最高的垃圾制造器，而垃圾是我们蟑螂最可靠最心爱的好同伴。

我和伙伴们整天随心所欲地在人类的屋子里爬来爬去，无孔不入。我们边走边蜕皮，边吃边排泄，携带33种细菌、6种寄生虫，还有7种其他的人类病原体。

啥？小叶子又过敏了？哮喘了？对不住了，那也是我们的功劳，过敏原就是我和我老婆昨天亲自留在那碗苹果块儿里的。

我们也不是故意的，谁让他们不及时给削了皮的苹果块儿盖好盖子、收进冰箱呢。不及时盖好收妥也就算了，就留给我们蟑螂吃呗，都被我们夫妻俩边吃边拉边蜕皮地爬过几十趟了——那意味着我们都已经宣布所有权了——

他们干嘛嘴馋还要去吃呢？真是的。

人类恨死我们了。虽然他们不愿意公开承认，但事实上他们对我们一点办法都没有，双方的战斗力根本不在一个量级上啊。

论顽强的生命力，如果我们蟑螂一族谦虚地自居第二，地球上哪个物种敢排第一？从寒冷的极地到炎热的赤道，哪儿没有我们蟑螂俊美的身影？

想想看，我们可以3个月不吃东西，1个月不喝水。就算把我们的头切掉，我们还能继续活上一周到一个月——只是因为没有嘴巴可以喝水吃饭了，没头的蟑螂最后才因脱水或饥饿而死。请问，哪个人类的头被砍掉了还能活哪怕一分钟？

我们啥都吃。面包、水果、烂皮子、死虫子、书脊粘合剂里面的淀粉、各种浆糊、皮屑、头发、废纸、脏布……就算老鼠药，也是我们的美味。要想饿死我们，嘿嘿，基本上没门儿，除非——像我刚才说的那样——把我们的头切掉再晒一个月，但前提是他们得先逮到我们，哈哈。

我们在人类的屋子里溜溜达达，一小时能跑5公里。一个刚出生一天的小蟑螂宝宝，只有一粒尘埃那么大，却可以跑得和父母亲一样快。懒惰的人类，他们一天才跑几公里？他们只有望尘莫及的份儿啦。

蟑螂族的繁殖力同样惊人，我敢说，那绝对是举世无双的。就拿我老婆来说，野大螂她一生只需要交配一次，仅仅一次，就够她一辈子不停地生出卵宝宝了。嘿嘿，要知道，在适宜的条件下，一年之内她就可以产下10万只后代。

人类永远无法消灭我们，我坚信这一点。

你们也听出来了？是的，我对自己的生活十分满意，万分惬意。三亿多年前，我们蟑螂就生活在地球上了，我们看见太多的物种来了又走了，包括各式各样的大恐龙。

作为一只爱冒险、会思考、善观察、好喝酒、有时候有点喜欢吹牛的蟑螂，我最主要的哲学观点就是：现在，别看人类统治着地球，对我们穷凶极恶、赶尽杀绝、势不两立的，迟早，他们也得在我们的注视下，来过，又灭绝了。哈哈。

好了，不啰唆了，我要去找点酒喝，嗯，最好是加了糖或啤酒花的好酒。

2

蟑螂们一般都喜欢在夜里活动，但我从来都不是一只墨守成规的蟑螂，我经常大白天也出来找乐子。要是我不喜欢冒险，也就没有今天这个故事了。

我从水罐子底下探出头来的时候，屋子里静悄悄的。

我知道哪儿有好酒。瞧，厨房台子上，阿帆昨晚喝剩的玻璃酒杯还没洗呢！一层细小的啤酒沫贴在杯底，正散发着无敌的香味。

我的口水立刻流了下来，一激动，我在地面上拉了几粒蟑螂屎。这样也好，免得过会儿忍不住拉在人家酒杯里，要是被人家发现了，我就失去这个免费啤酒便利店啦。

"哦，宝贝，我来啦！"我径直向啤酒沫奔过去。

隔夜剩啤酒的滋味一如既往得好。我醺醺然有些醉意了。我打着饱嗝，从酒杯里爬出来。

阿帆下次喝酒前，最好把杯子好好洗一洗，我觉得我这次在里面蜕下的蟑螂皮格外多，看来我的身体状况很不错嘛。我忍不住照了照酒杯子，玻璃上印出来的那个隐隐约约的虫虫影像，简直就是一幅象征着健康和快乐的宣传海报啊！

就在这时，我听到窗外传来一阵不寻常的动静。我吓了一跳。通常这时候，主人一家都各忙各的，屋里屋外不应该有这样的动静。我赶紧麻利地溜下台子，躲在水池底下的金属沿儿上，偷偷向外张望。

我三亿年前的祖宗啊！我看见了什么！三只猫头鹰从窗户飞进了屋子！

去年火焰岛人鹰大战的时候，这所房子被猫头鹰入侵过，猫头鹰还呼风唤雨，招来了大海啸！历史不堪回首。从那以后，我们提起猫头鹰就胆战心惊的。我怀疑，未来有可能和我们一起见证人类灭绝的，也就是这些凶猛的猫头鹰啦。

我竭力使自己保持镇静，控制住全身不自觉的颤抖。我强迫自己相信，只要躲在这个阴暗的金属沿儿底下不要乱动，猫头鹰是不会发现我的。

"哈，不出所料，蟑螂屎真不少。"一只圆圆胖胖的猫头鹰老头笑眯眯地说着，落在了地面上。

"确实不错！绿野市长希希家里很快就要迎接许多新房客啦。年轻的长爪国王，你说呢？"一只尾巴上长着一圈小蓝点的猫头鹰姑娘娇声娇气地说。

那只被叫做长爪国王的年轻猫头鹰好像有些害羞。他斜眼瞟着小蓝点，故作亲密地说："你的妙计，永远这么完美，我太佩服你了。"

小蓝点眨眨眼："你的执行力和领导力，也是独步天下啊！同样让我非常佩服。"

年轻国王脸更红了："能跟你携手做事，真幸运，真开心。"

圆胖子呵呵一乐："那就开始实施我们的完美计划吧，看看效果如何！"

年轻国王微微点头，爪子一松，啪啦啪啦，有什么东西轻轻落在厨房地面上，接着突突突地跑动起来。过了一会，没动静了。

"我们走吧，程序已经设计好了，让它们自己去进化吧。考验蟑螂们民主制度的时刻来到了，哈哈哈！"小蓝点愉快大笑着，率先飞出屋子。

3

我又在水池底下趴了半天，确信三只可怕的猫头鹰都走了，才悄悄爬出来。

刚才是啥东西啪啦啪啦掉地上了呢？我疑心重重，东张西望。地面上还是和刚才一样，除了我拉出来的几粒蟑螂屎，什么都没有。

我心里很不安。据说现在火焰岛的猫头鹰们与人类和解了，双方史无前例地进入了"蜜月期"。猫头鹰国王关心蟑螂屎干吗？谁要去绿野市长希希家做房客？我可不去，全世界哪儿都没有火焰岛的小耳朵家舒服。

忽然，我的虫虫脑袋灵光一现，难道，猫头鹰们打算帮着人类来消灭我们吗？啪啦啪啦，他们用了什么新式武器来抓捕我们吗？武器还会自己进化？这跟我们的民主制度有什么关系？

"哼！不管什么新式武器，想对付我们蟑螂，都是白费力气！"我暗暗发誓，绝对不能让他们的阴谋得逞！

我也必须得给自己打气，我可不想动摇自己对蟑螂一族将会永远在地球上存活下去的坚定信念。

我快速奔到水罐子底下。老婆他们都还在熟睡。

"这里还是太拥挤了些。"我有些心烦意乱，这个隐蔽所好像没有先前那么让我感到舒心了。我也不知道自己这是怎么了，变得这么挑剔起来。

折腾了大半天，还受了一场惊吓，这会儿酒劲儿又上头了，我好累。看着大家熟睡的样子，我也有些犯困了。

我挤过去，挨着我老婆趴下。临睡着之前，我朦朦胧胧地觉得，我左边的那只蟑螂伙伴，闻起来味道很不错。事实上，有点儿过分不错了，好闻得简直不像真的，如梦如幻。

"有点奇怪……嗯，好伙伴……我喜欢你……交个朋友吧……"我嘟囔着，堕入了梦乡。

<h2 style="text-align:center">4</h2>

一连几天，我没有再看见那几只可怕的猫头鹰在主人家里出现。一直悬着的心慢慢放下了一点点。

倒是阿帆和阿贝一直嘟囔着，怎么到处都是蟑螂屎啊。他们互相吼叫着，让对方赶紧去买蟑螂药。但是看起来他们都很忙，喊叫了几天，谁都没去买。嗨，就算买来了蟑螂药，也没有什么大不了的，反正，我和野大螂早就有抗药性了，人类现有的任何蟑螂药都毒不死我俩，反而成了我们的营养品。我俩的小宝宝们应该也百毒不侵了。感谢列祖列宗，一代代进化出我们这强悍又完美的一支。

你们还记得我前面提到的那只闻起来很不错的蟑螂伙伴吧？事实证明，他并没有闻起来那么好接触。怎么说呢？他闻起来像是个好沟通的伙伴，但接触起来却是个不通情理的家伙。他意志特别坚定，很有自己的想法，甚至可以说，非常固执己见。

为了便于故事的讲述，我暂且叫他思想者一号吧，因为他很深沉，总是一副心事重重、认真思考的样子，很少和其他蟑螂同伴进行没有必要的接触。这一点很不像我，我最喜欢扎堆和伙伴们交流了。我们蟑螂社会的所有信息不就是这么来的吗？不接触伙伴，你怎么知道自己下一步该何去何从呢？

不过呢，我们蟑螂社会一贯绝对民主，绝对自由，每个蟑螂都是完完全全独立自主的。所以呢，谁也不会对思想者一号的特立独行有任何微词。

我之所以给他编了个一号，是因为我发现，他还有好几个伙伴，跟他一模一样喜欢思考、特立独行、好闻得要命，我也给他们一一编了号。现在我已经编到六号了。

我老婆他们要是知道我给这些思想者们编号，肯定会觉得我无聊死了。事实上，我老婆他们根本就没注意到这几个家伙有什么好注意的。但我却完全被他们迷住了。

他们彼此之间看起来倒像是很不错的好朋友，总是步调一致，统一行动。这种亲密无间的友谊，让我很嫉妒，也让我很艳羡，很迷恋。这些不通情理的家伙，他们彼此之间到底是怎么沟通的呢？

我很想加入他们那个小圈子，但一直没有机会，因为，就像我刚才说的，他们都不太喜欢和别的蟑螂接触。这让我隐隐有些不安，因为这太不符合我们蟑螂的特性了。我相信这是我神经过敏，是我自己太热情洋溢了。像我这样喜欢默默观察、胡思乱想的冒险家，不论在人类社会还是在蟑螂社会，应该都属于少数，我们总想着从小事情里看出什么大规律。我想如果我是人类中的一员的话，我一定是一名杰出的"哲学家"。

六个思想者最让我着迷的地方在于，他们在选择隐蔽所方面的独特口味。

在我们蟑螂的社会中，没有领袖来发号施令，我们也不像蚂蚁那样有明确的社会分工、森严的等级秩序。我们蟑螂，彼此之间是完全平等的，所有的决策都是民主选择的结果。比如在寻找隐蔽所这个问题上，通常，我们都会分头出去探索环境，发现隐蔽所之后，我们就互相接触、互相影响，在大量的交流之后，我们根据质量好坏决定去哪一处隐蔽所，再根据隐蔽所的拥挤程度来自主决定是留下还是离开。

你一定认为这个选择是个很复杂的过程，需要非常高深的思想和高超的智力。其实不然，只要经过了充分的讨论，这个决策过程简单极了。

举个例子，我们这60多只蟑螂的小群体，如果同时发现了两个隐蔽所，要是这两个隐蔽所都很大，每一个都足以容得下我们全部伙伴，我们就会选择其中的一个住下来，让另一处白白空着。大家都知道，我们蟑螂极喜欢扎堆的。至于到底选哪一个隐蔽所，那是完全随机的，全看我们大家伙当时的兴致。当然啦，我们通常更倾向于选择更加阴暗、温暖、潮湿的那一个，这个很容易决定。

可是你猜怎么着？阿贝大扫除清理了水罐子那一天，我们还真的一下子重新找到了两个一模一样宽敞的隐蔽所，都足以容得下我们60多个伙伴。诡异的是，明明其中的一个更暗更湿更暖和，但我们大家最后却都挤进了另一个隐蔽所。我清清楚楚地意识到，只是因为那六个思想者坚定不移地选择那个明亮的隐蔽所，大家才都无所谓地渐渐跟了过去。

换句话说，这六只非常有所谓的蟑螂，把其他50多只非常无所谓的蟑螂带到了一个不太好的隐蔽所。至少在我眼里是这样的。

其他蟑螂甚至都没有注意到这是一个多么不合理的选择，是我那人类哲学家一样闲不下来的眼睛和头脑让我偶尔发现了我们的选择是何其荒唐。

我得承认，这是一个让我异常吃惊的发现。我又激动，又担心。

难道，我们蟑螂一族传说中的进化，就在我眼皮底下发生了吗？如果是，那么思想者们的出现有什么重大的标志性意义？到底是什么好处，让大家宁愿放弃更安全更舒适的隐蔽所呢？嘿，等等，进化？我最近在哪里听到过进化这个词呢？噢，是我那天感谢了列祖列宗的进化？啊，不！啪啦啪啦！对，猫头鹰！他们说，要用进化考验我们的民主制度！天哪！这到底是怎么回事？我百思不得其解，脑袋乱成一团麻，都快疯掉了。

5

　　阿贝好像下决心要和我们过不去，她最近每天都抽时间大扫除，快把我们的隐蔽所全都破坏掉了，那块没吃完的腐烂三明治终于被她找到了。我都有点生她的气了。

　　频繁更换隐蔽所已经让我很疲倦，雪上加霜的是，就连阿帆的酒杯也总是被及时清洗掉，免费啤酒便利店彻底倒闭了，我好一阵子没喝酒了。

　　这天早晨，我待在新的隐蔽所里总感觉毫无舒适感，烦躁不安。太亮了，太干燥了，简直不是睡觉的地方，我心慌意乱。

　　本来今早我们这60多只蟑螂群找到了两个新的隐蔽所，但都不够大，都只能容纳40多只蟑螂。于是我们随机平分成两群，分别搬进了自己选定的隐蔽所。

　　不用说，我是被老婆拽到这个隐蔽所的，她就喜欢这种屋顶高高挑起来的中看不中用的小资格调。

　　我失眠了，百无聊赖地打量着这个隐蔽所。它四四方方的像个盒子。哟，思想者一号就静静地蹲在那个角落里，和其他的思想者们挤在一起，集体散发出非常美好的气味。

　　最近这几天由于生活的剧烈变动，我已经不太有闲情逸致去观察他们了。我甚至懒得关心我们这一群为什么选了这么明亮的一个隐蔽所。也许大扫除之后剩下的隐蔽所都很糟糕吧。

唉，再待下去我就要郁闷而死了。于是我临时决定出去散散心，去吹吹海风，看看云彩，听听虫鸣，最好能吃些野味。这个念头一冒出来，我马上觉得心里好受多了，看来还是冒险最能激荡我的情绪。

我跑出隐蔽所，沿着柜底、墙角一溜小跑，敏捷地钻进小耳朵的裤兜里。这里有一条褶缝，我可以舒舒服服地藏在里面。

小耳朵从来都不会闲着，我可以好好地跟着他四处玩一玩啦。

小耳朵却并没有像我预料的那样去海边。

去年他几乎天天去海边，他喜欢和几只乌龟玩。记得那时有一个叫乔治的大家伙好像快要死了，他一死，他们那个物种就灭绝了，我们蟑螂见证地球物种灭绝的单子就会更长一些了。嗯，不知老乔治他现在是不是还活着，我还挺想念他呢。

小耳朵出门后就一路往北而去。爬山去？那也好啊！我喜欢火焰山甜滋滋、酸溜溜的野葡萄！

他走到一面山坡前，停住脚步，蹲了下来。

静静地四处张望了一会之后，他钻进旁边的草丛，开始慢慢往山坡上爬。

这是要干嘛去呀？我正好奇呢，一阵杂乱的声音从前面传过来，吓得我差点晕过去，是猫头鹰的声音！好几只！这时候，小耳朵躲在一丛蕨类叶子下面，不动了。

我听见几只小猫头鹰嗲嗲的说话声，还有几只大猫头鹰的笑声和轻语声。小耳朵一声不响地趴着，大概是想扮演一块石头。

我终于按捺不住好奇心，尽量轻手轻脚地溜出裤兜，顺着衣缝，爬到小耳朵的右肩膀上，也从蕨叶中间望过去。

山坡上有一棵天大的红松。松树下的青草地上，有四只小猫头鹰正在玩耍，还有四只大猫头鹰正在聊天。他们长得都很像，一看就是一家子。看起来，其中一只爪子长长的大猫头鹰是这几只小家伙的爸爸。那只眉毛长长的难道是爷爷？嗯，另外两只大猫头鹰，长得真好看，羽毛光彩夺目，一只长毛潇洒，另一只白羽洁净，好像是一对年轻夫妻，亲昵地靠在一起。嗯，小夫妻俩管那个长眉毛叫爸爸。看来，这是一家子正在野游咧。

6

那个长眉毛愁眉不展，对那个长爪子说："阿玉还是不说话啊！"

"是啊！可怜的孩子……"长爪子竟然哭起来了。

白羽毛上前去抱住长爪子："你不要太难过了，一切都会好起来的……"她说着也哭起来了。我真看不懂了，这些凶猛的猫头鹰是怎么啦？怎么都变得哭哭啼啼的啦？

长毛潇洒的那只猫头鹰忽地扇了一下有力的双翅，好像很生气的样子，吓了我一大跳。

长毛说："她一定是看见妈妈惨死的样子，受到了惊吓。"说着，他上前去，抱起一只安静地坐在草地上的小猫头鹰女宝宝，温柔地对她说："小阿玉，你不要害怕，你爸爸、大伯、阿雪姐姐，还有我，都会好好保护你们的。请你相信我，总有一天，我们一定会逮住那个害死你妈妈的坏蛋！"

哦，原来那个长眉毛是阿玉他们的大伯，我刚才猜成爷爷了，不好意思。看来有个坏蛋把孩子们的妈妈给害死了。

阿玉眼睛瞪得大大的，望着长毛，一声不吭。

"要是我当时能飞得再快一点就好了，"长爪子悔恨地说，"也许白云就能得救，至少我能抓住那个坏蛋！"

"你不要太自责了！""这不是你的错！""你当时已经身负重伤，能飞起来已经是奇迹了！"其他三只大猫头鹰一起劝说长爪子。那只叫阿玉的小家伙，大眼睛微微地眨了一眨。

长眉毛看着长爪子，眼神里与其说充满了伤痛，不如说充满了愤怒。

长爪子的神情之间，竟然流露出那么深沉的哀伤，我觉得天空都忽然阴沉下来，好像要下上一阵子雨，陪着他哭一哭。我也有点想为他哭一哭，并且一下子觉得一个小时之前让我烦恼不已的那些事情，简直都不是事儿。

"阿威，我有一个请求，你能答应我吗？"长爪子轻声对长毛说。

看来长毛的名字叫阿威，只听他立即回答："你说吧，无论你让我做什么，我都答应你！"

长爪子："我老啦，不中用了，也没有力气了。我想让位给阿雪，任命你为新一任首席御前大臣。任性的清风也老啦，环境大臣那一大摊子事已经够他忙活的了，他一直想辞去首席御前大臣的职位，并且极力向我推荐你。请你和阿雪帮我撑起这个岛，这个国，这个家，行吗？"

阿威和白羽毛互相看了一眼。这一眼让我万分嫉妒，我老婆和我好像从来没有过这么默契、知心的交流。唉！

白羽毛泪眼蒙眬，微微点点头。

于是阿威说："我答应你，你放心吧，一切事情先交给阿雪和我。孩子们需要你，我们也需要你，你一定要挺住！"

长爪子的眼泪又静静地流下来："好，我挺住。可怜的孩子们……我的白云啊……唉，"他转向白羽毛，说："阿雪，我相信你和阿威。从今天开始，你就是火焰岛猫头鹰王国的女王了。"

名叫阿雪的白羽毛急忙说："叔父，你不用这么着急，我们只是暂时代理，等你的病情恢复了，国家大事还是要由你来决断！"

长爪子慢慢摇头："猫头鹰们都把我当成恶魔，见了我就躲。他们不相信我，也不再需要我了。"

阿雪：“大家迟早会明白真相的！火焰岛当然需要你！还有谁对火焰岛比你更了解？还有谁比你更清楚火焰岛的未来应该是什么样子？我相信你！”

长爪子：“可是我自己也没有一丝一毫的力气了。我也老啦。我的心已经死了。这世界属于你们年轻的一代。”

这时，我感觉小耳朵的脑袋向右边转过来。我以为他发现我了，心里大呼糟糕，打算迅速钻进他的衣领子里去。但他并没有看我。他的目光越过我，悄悄盯着右边的某个地方。我于是定下神来，顺着他的目光看过去。嘿，我三亿年前的祖宗啊！一只猫头鹰正和小耳朵一样，卧在草丛里偷看那一家子！嘿，嘿，这不是那只爪子一松啪啦啪啦的年轻国王吗？猫头鹰们怎么这么多国王啊！那边刚退位了一个，新任命了一个，这边又怒气冲冲地卧着一个。我真是搞不懂了。

7

回来的路上，我在小耳朵的裤兜里睡着了。

我做了一个噩梦，梦见六个思想者进化成了庞大的怪兽，啪啦啪啦地向我走来。我发着抖，躲进一个小小的缝隙里。但我还没来得及舒一口气，就觉察到一种古怪的气氛。我猛地转头，赫然看见那六个小小的思想者正趴在我身边，面无表情地注视着我，大嘴巴啪啦啪啦地咀嚼着美味，几条蟑螂腿还挂在他们的嘴角。我惊得大叫一声，嘴巴里立即灌满了肥皂水……

我被肥皂水呛醒了。唉呀，小耳朵从山上回来，把脏衣服重重地扔进洗衣篮里，都没有把我给震醒。阿贝把衣服狠狠塞进洗衣机里，也没有把我给撞醒。我这一觉睡得该有多沉啊！

困在轰鸣的洗衣机里，后悔也来不及了。我绝望地随着洗衣机一圈一圈地翻滚，唯一能做的就是屏住呼吸。我可不想淹死在这里。想想看，一代枭雄野小蟑，最后竟然被淹死在洗衣机里，我可丢不起这个脸啊！

幸好阿贝选择的是"普通棉布"的清洗类别，我在洗衣机里足足憋了40多分钟，洗衣机门总算被打开了。我张开大嘴，先深深地吸了几口气。列祖列宗保佑，要是阿贝选了"超级脏衣"的类别，让我在洗衣机里泡上2个多小时，就算生命力超级顽强如我，估计也得玩完。

我顾不上庆幸，逃命要紧。我知道，下一步阿贝就要把洗好的衣服扔进烘干机里。虽然烘干机的温度不一定能烤死我，但我可不想再受那个罪了。嘿嘿，不好意思，年少无知的时候，我曾经稀里糊涂地被烘干过好几次。

我机灵地从湿乎乎的衣服里奋力钻出来，纵身一跃，掉到洗衣机和烘干机之间的阴暗通道里。我翻起身，一溜烟地向厨房跑去。

"你这是怎么啦？浑身湿淋淋的？"野大螂一见我，就大声呵斥起来。

“老婆，我是不是香喷喷的啊？”我嬉皮笑脸地跟老婆开玩笑。我不想吓到她，就没跟她说实话。

“香是够香，又不能当饭吃！你这一天死哪儿去啦？到处都找不到你！餐桌地下还有几滴槭枫糖浆，快去吃！”老婆凶神恶煞般地吼叫着。

“谢谢老婆！我快饿死了！”我亲密地用触角和老婆接触了一下，表达了我真切的爱意。老婆缓和下来，柔声说道：“快去吃吧！我去查看一下隐蔽所。”

等我把肚皮填满，天都快亮了。

我们又都躲进了那个盒子隐蔽所里。我想跟老婆说说我这一天的奇遇，两句话都没听完，老婆就睡着了。

但是我睡不着，一直思考着那个噩梦。那个噩梦好像在我的脑子里打开了一个看不见的黑洞，黑洞里面藏着一个神秘的东西，在拼命诱惑我去一探究竟。

我盯着角落里那六个沉默不语的思想者，想起在梦里，他们咀嚼的正是我老婆。我不禁打了一个寒战。

我缓缓地爬过去，和他们打了个招呼。我想和他们聊一聊，我的触角摆来摆去，但他们像石头一样静默着，都不理睬我。

可能是在小耳朵的裤兜里睡多了，这会子我睡意全无，觉得在这个极度不舒适的隐蔽所一刻也待不下去了。

“不行，我得去找些酒喝。”我自言自语，快速跑出盒子。

8

　　黎明的曙光已经从窗子透了进来。主人一家马上就要起床了，我真的不应该在光天化日之下再在屋子里跑来跑去了。

　　厨房里干干净净的，一点小酒小吃的都没有。唉。想喝上一小口、理一理烦乱思绪的想法落空了。

　　我回到盒子那里，远远打量着它。这个小盒子夹在冰箱的背面。我无聊地思考着，这个小盒子本来是做什么用的呢？为什么会被放在那里呢？是哪个主人把它放在那里的呢？它简直就像是，嗯，像是专门为我们蟑螂准备的。想到这里，我没来由地感到脊背发凉。

　　我慢慢地溜达过去，朝盒子里面张望。是啊，它既不潮湿，又不阴暗，我们干嘛要住在它的里面呢？难道真的没有更好的隐蔽所了吗？

　　我转到盒子的后面，有一只小蜘蛛正在辛勤地织网。在盒子和墙壁之间，几条小丝线颤颤巍巍地抖动着，上面落了一点点灰尘。嗯，这是个好兆头。落了灰尘的蜘蛛网是判断一个隐蔽所好不好的重要指标之一，当然啦，也不是唯一的更不是必要的指标。有些隐蔽所没有蜘蛛网，也很不错。

　　就在我对着几根蜘蛛丝思绪翻飞的时候，我听到窗外传来熟悉的动静。

　　这次我没有那么惊慌，因为我躲在隐蔽所的后面，我深信自己是安全的。我甚至很迫切地想听一听、看一看猫头鹰们到底在玩什么鬼把戏。神秘的啪啦啪啦的进化，已经快把我折磨疯了。

我尽量冷静地从盒子边上探出脑袋去，透过冰箱和墙壁之间的小缝隙，紧紧盯住厨房窗户。

无声无息地，年轻的猫头鹰国王飞进窗户，瞪着一双可怕的大眼，张着一副冷酷的利爪，径直向我飞来。我大惊失色，不知不觉地拉了几粒蟑螂屎。难道他发现我了吗？我心跳如狂，像溺水一般屏住呼吸，紧紧抓住盒子，徒劳地试图向后躲藏。一代枭雄野小蟑，难道今日要命绝于猫头鹰之爪吗？我不想死啊！

说时迟，那时快，年轻国王一爪捞起盒子，灵敏转身，飞出窗户。我附在盒子上，紧闭双眼，像傻瓜一样啊啊大叫着，魂飞魄散，腾空而去。

一口狂风灌进来，把我的喊叫全都灌回我肚子里去了。我闭上嘴巴，微微睁开眼睛，三亿年前的祖宗啊！我飞起来啦！我飞过了树林，飞过了岩石堆，我身子底下现在是一望无际的大海！晨光温柔地洒在海面上，无数个金色的小精灵在海面闪耀、跳动，太美啦。我的尾部渐渐放松下来，我的触角在空中摇摆。

呀哈！我进化啦！我想张开翅膀，但是哗的一下，我差点被风吹跑。于是我赶紧又收起翅膀，夹紧尾部，老老实实地抠紧盒子，伏下身去。

我老婆哆嗦着从盒子里探出头来："野小蟑！什么情况！你捣什么鬼？"她说着，就要爬出来打我。

"千万别出来！"我第一次对野大螂这么粗鲁，"危险！万分危险！"

野大螂怒了："你把我吵醒了，还敢对我大喊大叫！"

我稍微放缓了一下语气，竭力触碰她的触角："我们被绑架了！现在我们在大海上空，飞行！"

"你说什么胡话？"野大螂探出头来，蔚蓝、闪烁的大海向她迎面扑来。"列祖列宗啊！"她大叫一声，吓晕了过去。这样也好，至少她不会乱跑乱动掉下去。我确信，在这个星球上，大海是我们唯一的天敌，一定能杀得死我们。

9

年轻国王越飞越快，有时候我被风吹得喘不过气来，就索性把我在洗衣机里练就的闭气神功使出来，暂时憋着不呼吸了。

最后我们又飞到了陆地上空。年轻国王目标明确，闷头往北飞。现在，我翅膀下——嘿嘿，不好意思，我想象着是我自己在飞——全是密密麻麻的人类房子。嗯，这个地方看起来也不错嘛，我仿佛都能闻到垃圾的阵阵香味从下面飘了上来。

老婆已经苏醒过来了。她接触了我一下，迅速缩回去了。这会儿，她和伙伴们的触角一定像小精灵一样，跳个不停，抢着要把自己了解到的情况分享给大家。我看见好几个伙伴从盒子的缝隙里伸出爪子和触角来探查情况，但我没法和他们接触，没法向他们随时报告我的发现和想法。

我忽然想起那六个思想者。他们现在在想什么、做什么呢？他们会跟大伙儿说什么呢？

"你们六个思想者，可千万别说服大家都跳下来啊！"我担心着，朝下面望了望。这会儿虽然不至于摔死，可是从这么高的地方跳下去，落到地面差不多就要成肉泥了，跟自杀区别不大。

年轻国王终于在一所房子的屋顶降落下来，这所房子环境很好，院子四周很开阔，全是野草地，开满了五颜六色的野花。天光微明，一层薄雾正渐渐散去。这所房子连同它的主人们似乎还没有苏醒。

年轻国王观察了一小会儿，果断地滑翔进院子，把盒子隐蔽所扔进一个排气口。

一时间天旋地转，我想喊叫都叫不出声来，只知道紧紧抓住不停滚动的盒子。

盒子滚了无数圈，总算停下来。"快逃命啊！"三十多个伙伴惊慌失措地一涌而出，四处奔逃。我一把抓住野大螂，"跟我来！"

我看见那六个思想者，跟谁也没有打招呼，笃定地朝墙里的一个小洞洞跑过去，便拉着我老婆也追了过去。

这时候，我们身后传来一阵人类的尖叫："啊！啊！又是一堆蟑螂！"紧接着传来跺脚声，还有各种拍击声。我这些伙伴不熟悉这里的地形，像没头苍蝇一样乱窜，估计会有一些被拍中。但我一点也不担心，人类脚踩、拍打，是消灭不了我们的。

我和野大螂跟着思想者们一气儿跑到小洞洞前，紧随着他们钻了进去。

哇！这是一个连接房子内外的秘密通道！那六个家伙头也不回地往前跑，转眼间就从另一侧的洞口钻出去了！那不就是院子外面的野草地嘛！

我和野大螂也跑到了另一侧洞口，正要跟着钻出去，这时我忽然听到外面的野地里传来可怕的声音，就及时拽住了野大螂。我当时的打算是，外面太亮了，而且情况不明，还是躲在洞里安全，可以观察两边的动静。

在这种危急的时刻，老婆总是很信任我的判断力，所以她乖乖地随着我停下来，躲在我身后，肚皮紧紧贴在地面上，喘着粗气，害怕地颤抖着。我一边不住地安慰她，一边往野草地那边望去。

我先看见那六个思想者，被年轻国王一爪子三个，全部抓走了。他们一点都没有害怕的样子，不躲不逃，听话地任由年轻国王抓走了。我纳闷不已。

这时候，更神奇的事情发生了。阿威和阿雪忽然出现在我的视野里，直冲过来。我相信他们的目标不是我，但仍然忍不住胆战心惊，因为他们那副生气的样子实在太太太可怕了。

他们一起扑向年轻国王，把他掀翻在地，年轻国王哀鸣着。

阿雪："果然是你在假冒国王！"

阿威把六个思想者击落在地："现在你还有什么话好说！"

年轻国王是假冒的？他眉眼之间怨毒至深，冷笑着说："你们竟然跟踪我！一个临时起意的恶作剧而已，小小的玩笑，没什么好说的！"说完，他忽然紧贴地面迅速向后滑去，躲过阿雪和阿威的控制，怪叫一声，疾冲上天，展翅远去。

阿威正要追去，阿雪说："先不管他，抓蟑螂要紧！"

啊！他们也要抓我们？这到底是什么世道啊！

10

屋子的那一边，这时也乱成了一锅粥。

女主人惊叫着："希希！希希！又是猫头鹰！火焰岛的猫头鹰国王！火焰岛的蟑螂！"

我和老婆赶紧冲到另一侧洞口，朝屋里张望。

还穿着睡衣的男主人生气地叫着："阿海队长不同意

我签署消灭疯猫头鹰的命令，这次我无论如何都不能听他的了！国王猫头鹰带头传播蟑螂，竟然几次三番传播到市长家的红墙里！蟑螂传播疾病！绿野市民的健康正受到严重威胁！作为市长，我必须立即采取行动！"

这时，外面传来礼貌的敲门声。

男主人怒气冲冲地打开门："阿海！你来得正好！你看看你那个猫头鹰国王又干了什么好事！你还有什么话好说！我们不消灭它们，它们就要消灭我们啦！"

进来的瘦高个男子我在小耳朵家也见过几次，嗯，就是那个人类绿化大队的阿海队长嘛！老熟人啦！站在他肩膀上的大嘴鹦鹉我也认识，我们都叫他老弟嘎嘎。

阿海微笑着："希希市长，那只猫头鹰不是火焰岛的国王，我刚才仔细观察过啦。我想，他只是自己开个玩笑而已。"

希希市长绷着脸，把睡衣裹得更紧一些，激动地指着地面："你看看！你看看！有这么开玩笑的吗？"

我也看向地面。啊哦！不好意思，刚才伙伴们可能都太紧张了，不由自主地在地面上拉了好多蟑螂屎。

这时候，阿威和阿雪挤进房门，希希市长和他的夫人比赛一样地尖叫起来。我不得不说，市长胜出，惊叫声比他老婆高亢、惊悚多了。

啪啦啪啦，阿威和阿雪从爪子里掉落了什么东西在地面上。

啊！六个思想者！

"这是什么？他们扔了什么东西在地上！蟑螂！阿海！蟑螂——"市长厉声尖叫，嗓音都撕裂了。

阿海微笑着说："这可是好东西呢！这是蟑螂机器人！"

老弟嘎嘎激动地扇了扇翅膀："嘎！嘎！机器人！"

希希市长看起来和我一样震惊，接着是同样强烈的好奇。

市长："这，是机器人？嗯，能用来干什么？"他看起来没那么害怕了。唉，人类无论何时何地，总是对机器人充满了浓厚的兴趣。

阿海："根据我的了解，这种蟑螂机器人能散发出蟑螂的味道，可以影响蟑螂的民主决策。比如说，他们可以让蟑螂选择到更加明亮的隐蔽所躲藏。我们是不是可以利用这些机器人，把蟑螂引到光亮的地方，聚而歼之呢？"

"哇！好主意！又环保，又划算，又高效！这是你发明的吗？"市长兴奋地问。

阿海哈哈一笑，指指肩膀上的老弟嘎嘎："不如说，是我的阿历克斯帮我发现的。"

"嘎！嘎！这个线索的确是我最先发现的！"老弟嘎嘎自豪地不停嘎嘎起来。

"哈哈！阿海啊，你真喜欢开玩笑！太好了，这没准能成为我市一个新的经济增长点！这是真正的高科技啊！

谢谢你！"市长看起来很高兴。我听了却心惊胆战。

我悄悄问老婆："你想留在这里，被机器蟑螂歼灭，还是跟我回火焰岛，过快活日子？"

野大螂立即回答："废话！"

于是我领着提心吊胆的野大螂，从洞里悄悄钻回屋里，沿着墙根、桌脚、椅子腿，以每小时5公里的速度，迅速跑到阿威的尾巴上，躲进那长长的、软软的绒毛底下。阿威不耐烦地抖了抖尾巴。嗯，请再抖一个吧，像荡秋千，像晃摇篮，简直太舒服了，哈哈哈。我悠然自得。

11

就这样，我们又跟着阿威回到了火焰岛。

日子总算恢复了往日的平静。但是，小耳朵家里却发生了天翻地覆的变化。

阿贝不但自己疯狂迷上了大扫除，还逼着家里其他人跟着她学。比如，用过的餐具随时清洗，一见到垃圾就及时处理，绝不留一丁点儿卫生死角。

很快，小耳朵家里所有吃饭、做饭、储藏食物的地方，都变得太干净、太干燥了，我们饥一顿饱一顿，都开始闹饥荒了。

我老婆抱怨说，再这样下去，我们就不得不以刚刚蜕皮还不能动弹的肥肥嫩嫩的小蟑螂宝宝为食了。当然，只要还有别的法子，我们绝不会轻易让这类蟑螂吃蟑螂的惨剧发生。

后来我们想出来的法子，就是大搬家。

终于有一天，我们在小耳朵家再也待不下去了。我和老婆随着最后一拨伙伴，头也不回地搬到了二柿子家。

二柿子家永远都是蟑螂的乐园，垃圾成堆，臭气熏天。他们家的蟑螂大聚会一直远近闻名，以前我们就来参加过好几次蟑螂新春晚会，每次老婆都玩得舍不得离开呢。

现在，我们在二柿子家过着幸福的生活。如果不出意外，来年的蟑螂新春晚会，我就变成主人啦，啦啦啦，生活太美好！

第九章

小东西找妈妈

1

是小金丝猴弟弟石头最先发现那个光溜溜的小东西的。

正午时分，石头正和一大群小伙伴在树上悠来荡去，一阵八月的东南风懒洋洋地吹过来。石头停下来，迎着风，吊在一根树藤上，眯起眼睛，凝神感受微风中的果实芳香和彩色阳光，胸膛上的毛发被柔风吹出一个又一个金灿灿的小卷，他不禁发出一阵喜悦的欢叫。

这时候，他听到一声小小的哼唧，好像是在回应他的叫声。石头于是立刻安静下来，竖起耳朵。"呜呜呀呀"的哼唧声一声接一声传来，像小羊，像小猪，像小猫，还像小猴子！

石头好奇心大盛。他瞪大眼睛，急速搜索，很快锁定声音传出的区域。

一片浓荫下，瞧，就在那丛粉红色石竹花的茂密枝叶下面，他看见一个小粉团。那绝不是一簇石竹花苞，千真万确，那是一个全身只裹着一层薄薄皮肤的光溜溜的小东西！小东西眯着眼睛，伸着脖子，张着无牙小嘴，挣扎着往前挣，却怎么也爬不动，被石竹花杆牢牢困住了。"呜呜呀呀"，小东西在哭呢。

石头打了一声短促的呼哨，告诉猴群附近有陌生动物出没。整个猴群立即进入警戒状态。

石头又喊叫两声，纵身下跃，荡到一根矮树枝上。他丝毫没做停留，平滑翻转，跃到更低的一根树枝上，紧接着又翻了几个筋斗，稳稳落在小东西的面前。

小东西听到石头的到来，叫得更起劲了，伸出前肢，想去抓住石头。看这个陌生的小东西冷不丁抓过来，石头吓得一激灵，往后一跳，"吱吱"急促地叫了几声，银背老猴王应声落在石头旁边的草地上。

"我要妈妈……肚肚饿呀……"小东西扑空了，摔倒在花瓣上，嘴里咿咿呀呀乱嚷着，大哭起来。

一见这不速之客只是个刚出生不久的小宝宝，银背老猴王耸起的肩膀和蓬起的毛发马上放松下来，绷紧的尾巴也随即耷拉下来。

"这是谁家的小孩子啊？我从来没见过这样的小东西。"银背老猴王说。

猴子们围着小东西跳来跳去，指指戳戳，叽咕了半天，谁都不认识这个小东西。

石头的小姐姐猴小香母性大发，试探地伸出手指，去帮小东西擦眼泪。小东西敏捷地叼住猴小香的手指，使劲儿吮吸起来。

猴小香没有缩回手指，怜爱地说："小东西好可怜啊！不赶紧找到妈妈，恐怕就要饿死啦！"

猴子们议论纷纷。

"这么小，光溜溜的，像个老鼠娃儿啊。"

"老鼠娃儿恐怕没这么大吧？"

"就是，哪有这么可爱的老鼠娃儿。"

"他妈妈一定也是个小东西。"

"嗯，八成是野猫家的呢，脸蛋长得多像猫咪啊。"

"野猫家的小崽子凶着呢，你看这个小东西多乖呀！"

"是不是兔子家的乖宝宝呢？"

"很有可能！"

"可是他没有兔子家的三瓣嘴呀！"

"长得倒是有点像臭鼬，也许是臭鼬家的？"

"臭鼬啊！不对不对！我们这么拽他戳他，也没闻见他放臭屁啊！"

"浣熊家的吧？看起来也挺像的。"

"浣熊家的小宝宝肯定比他大！"

"就是！估计他妈妈的体型比浣熊妈妈小多了！"

……

银背老猴王当机立断，分派小猴子们赶紧到各家族去问问谁家丢了孩子，请速来认领。

2

听到消息后，风风火火的兔子大叔、时尚的臭鼬小姐芳芳、深居简出的浣熊隐士对对先生、神出鬼没的野猫武士鬼影很快就都跑来了，甚至连老鼠家的新娘也探头探脑地过来了。消息很快传开，更多的动物家族派来代表探查情况。

猴哥大木感叹："嘀，这年头，丢孩子的还真不少！"

但大家见了小东西，都摇头说这不是自个儿家的宝宝。

大木灵机一动："不会是孔雀仙子家的吧？他家的小宝宝好像就有这么大。"

石头："喊！你干脆说是天鹅家的丑小鸭得了。"

"没准真是只丑小鸭呢！丑小鸭生下来不就是光溜溜的吗？"大木不服气。

石头翻个白眼："人家光溜是光溜，不是还有翅膀呢吗？就算是光溜溜的翅膀，那也是货真价实的翅膀啊！"

大木嘟囔道："没准小东西是一只没翅膀的小鸟呢！这年头，什么奇怪的事情没发生过！"

"嘎！没翅膀的小鸟！我看看！我看看！"哪里有热闹，哪里当然就少不了阿历克斯。他急急忙忙赶过来，边叫嚷着边挤上前去，只看了一眼，就像见了鬼一样，魂飞魄散，大叫起来，"嘎！这只没翅膀的小鸟宝宝是个怪胎！太可怕！发抖！”

兔子大叔凑近小东西，用尽量和蔼的语气问：“嗨，小东西，你叫什么名字？”

猴子们听了，面面相觑，对呀！怎么早没想到先问问小东西呢？

小东西吮了半天猴小香的手指，一滴奶汁都没吸出来，就把手指吐出来，咧嘴啼哭，含含糊糊地说：“小东西，妈妈叫我小东西。”

兔子大叔：“好吧，小东西。那你妈妈是谁？”

华宝宝：“我妈妈是我妈妈。”

兔子大叔：“我知道你妈妈是你妈妈。我问的是，你妈妈是哪一个？叫什么名字？”

华宝宝：“我妈妈就是我的那一个妈妈，名字叫妈妈。”

……

问半天啥也没问出来，兔子大叔也没办法了。

阿历克斯壮起胆子，又凑近仔细观察了小东西一会儿。这时候，他平时积累的那些动物学知识终于在他大脑里苏醒过来，神经冲动开始“噼啪”极速穿梭、对撞，他大叫着公布了自己的重大发现：“嘎！嘎！这不是一只没翅膀的光溜溜的小鸟！这是一只没翅膀的光溜溜的哺乳动物！”

"对！对！"浣熊隐士对对先生庄重地将了将胡须，咽了一口口水，"我也正在沉思呢，谁家的鸟儿会想着要吃奶呢？这必然是一只哺乳动物的幼崽啊！"

阿历克斯叫道："阿阳养的小鸡崽吃牛奶！我亲眼看见的！嘎！"

对对先生："小鸡崽是鸟儿吗？让我想想……唔，就算是鸟儿，他又没有吃鸟奶，对吧？"

阿历克斯的神经冲动飞得"嗖嗖"的："嘎嘎！哀鸠宝宝吃的就是鸟奶，哀鸠妈妈从嘴里吐出来喂给宝宝的！我亲眼看见的！"

大木："小鸡肯定是鸟儿呀，他们都是从蛋里孵出来的嘛！"

对对先生："对！对！鸡蛋和鸟蛋都是蛋，是美味……哎呀，口水流出来了，吸溜……"

阿历克斯："嘎！从蛋里孵出来的都是鸟儿吗？乌龟也是从蛋里孵出来的，也是鸟儿吗？恐龙……"

猴小香："哎呀，你们别争啦，小东西饿坏了！得赶紧帮他找到妈妈！"

"嘎！嘎！我去找阿威探长！"话音未落，阿历克斯已经飞到空中了。

3

阿威和阿雪也认不出小东西是谁家的孩子。

"我妈妈叫妈妈，我要找妈妈……"小东西饥肠辘辘，虚弱极了，都快没力气哭了。

阿威："嗨，你知道你妈妈住在哪儿吗？"

小东西带着哭腔，唧唧呜呜地说："在山洞里，妈妈每次出去觅食，都让我们不要乱动，要我们都好好呆在山洞里。"

阿威连忙问："你还有兄弟姐妹呀？"

小东西："嗯，我还有个双胞胎哥哥。"

阿威心里一动，蹙眉看了阿雪一眼。阿雪眼睛里也露出担忧的神色。

这时候，充满母爱的猴小香已经把小东西搂在了怀里。小东西像柔嫩的小肉团，紧紧蜷缩在猴小香怀里。大家见了这幅情景，心里都越发对小东西又爱又怜充满了柔情。

阿威："小东西，既然你们兄弟都好好呆在洞里，你现在怎么又出现在这里了呢？"

阿历克斯："嘎！小东西不听妈妈的话，乱跑乱动！"

猴小香忙说："别瞎说！他爬都不会爬，哪能乱跑乱动！"

小东西小嘴一撇："呜呜呜，妈妈亲口说过，我是她最听话的宝宝！妈妈出去找吃的啦，她说只有她吃饱了，才有奶汁喂我们！我一觉醒来，我就不在山洞里了，我也不知道怎么回事啊！我饿呀！妈妈呀！我是个乖宝宝啊！"

猴小香不停地轻轻抚摸着小东西，温柔地试图让他平静下来。

阿威："唔，你妈妈出去找吃的……你知道她平时都给自己找什么吃吗？"

小东西："我不知道！我只知道吃奶。"

阿雪接着问："你妈妈平时有没有在你家的山洞里储存一些食物呢？"

小东西："我不知道。"

石头："唉，你怎么啥都不知道啊！"

小东西哼哼叫着，难过地把脸埋在猴小香的怀里。

猴小香瞪了石头一眼："别训他！他这么小，对他好点！"

阿威："小东西，你家山洞里光秃秃的什么都没有吗？"

小东西："不知道……嗯，我家山洞里有竹叶的味道！我喜欢竹叶的味道！妈妈有一次告诉我说，她身上好闻的味道就是竹叶的味道！妈妈呀，我想妈妈呀……呜呜呜！"

啊！大家听了小东西这番话都欣喜万分，这下子有眉目了，绿野森林里喜欢吃竹叶的，只有大熊猫和小熊猫这两种动物。

大木喊着说："绝对不可能是大熊猫，他们体型那么庞大，一两百公斤重，起码是小东西的一千倍！大熊猫的宝宝崽儿不可能这么小！"

大家都认为大木分析得很有道理，点头的点头，沉思的沉思。

银背老猴王立即下令："石头，你快去请一打纹婶婶来认孩子！真是的，孩子丢了都不着急！快去快回，快！"

石头马上撒腿往邻居小熊猫婶婶一打纹的家里跑去。

<h2 style="text-align:center">4</h2>

"我没丢孩子啊！我这一窝生了三个小崽子，马上就满月啦，今天都开始睁眼啦！"还没见到一打纹婶婶的影子，她的叫声已经先从树叶间飘过来了。

一打纹婶婶身体肥壮，脸圆腿短，蓬松的长尾巴粗壮有力，尾巴上不多不少有一打12条红暗相间的闪亮条纹。这条著名的大尾巴，睡觉的时候帮她遮脸、保暖，走路的时候就精神抖擞地在空中支棱着，帮助她在运动中保持平衡。

小熊猫的视力、听力和嗅觉都不太好，这一打漂亮的环形纹与其说是为了吸引异性，不如说是为了在树林中好好地隐蔽。在小熊猫的世界里，善于隐蔽的就是大英雄，善于逃跑的那更是万众景仰的伟大艺术家。

　　一打纹婶婶名震江湖，她这个光荣的称号绝非浪得虚名。她已经生存了12年，为小熊猫家族源源不断地生育了一大群子孙。要知道，作为濒危物种，地球上的小熊猫总共也就剩下一万只左右，一打纹婶婶在小熊猫家族受到的爱戴可想而知。何况，在她不平凡的漫长生涯中，她曾三次被狡猾的盗猎人捉住，又三次奇迹般地成功逃脱，"逃跑大师一打纹"的故事激励着无数志向远大的年轻野生动物。

　　身怀绝技的一打纹婶婶走起路来却慢条斯理的。

　　过了好一会儿，红褐色的身形一闪，一打纹婶婶终于现身了。

　　猴小香："一打纹婶婶，虽然您没丢孩子，麻烦您认认看这是哪个小熊猫家的孩子？他饿坏啦！"

　　银背老猴王："太粗心啦！真是的，自己丢了宝宝都不知道，你回去可得好好说道说道他们。"

　　"那是！那是！啥也比不上宝宝重要啊！"一打纹婶婶说着，眯着她的近视眼，凑近小东西，短鼻子差点戳到小东西身上。"嗯，个头儿倒是和我家的宝宝差不多大。颜色嘛，有点不同寻常。"

　　小东西被一打纹婶婶的鼻子碰到了，唧唧呜呜哼哼起来。一打纹婶婶迟疑了一下，竖起不太灵光的耳朵仔细听了听小东西的哭声。接着她显得更迟疑了，不怎么透气的鼻子在小东西身上嗅来嗅去，简直快把小东西拱翻了。

阿威见了，微微晃了晃脑袋。

"好像不太像我们小熊猫家族的孩子啊！"一打纹婶婶自言自语。

阿历克斯："嘎！不是你家的还能是谁家的呀！他家有竹叶！"

一打纹婶婶："嗯，有竹叶的也不一定就是小熊猫的家啊！咱绿野森林可不缺竹叶。"

石头："他家和你家一样住在山洞里！"

一打纹婶婶摇摇头："嗯，住在山洞里的家族多的是啊！"

猴小香："麻烦您再仔细看看嘛！"

一打纹婶婶俯身抓住小东西的小爪子："嗯，爪子也很尖，也有6个小趾头，和我们一样！慢着，第六根小趾头的构造好像不太一样，摸起来不对劲儿啊！"

她轻轻拍了拍哼哼唧唧的小东西，忽然大声说："不对！不对！尾巴怎么这么短呢？我家小宝宝生下来就有一条长尾巴！"

她一把抱起小东西："哎呀，浑身光溜溜的，这不是我家的小宝宝！我家小宝宝生下来就长满了小绒毛！"

阿历克斯惊呼："是不是你家的宝宝发生了变异？嘎！"

一打纹婶婶生气了："一派胡言！我的视觉、听觉、嗅觉、触觉都告诉我，这不是我们小熊猫家族的小宝宝！"

小东西吓得哇哇大哭，猴小香赶紧把他从一打纹婶婶手里接回去，搂着他，安慰他。

阿历克斯："嘎！线索断了！"

阿威问石头："你最初是在哪儿发现小东西的？"

石头指了指树荫下的石竹花丛。

阿威不禁又微微摇了摇头。阿雪悄悄说："现场保护得确实不太好。"

阿历克斯耳朵尖，听到阿雪的悄悄话，马上叫起来："都靠后！都靠后！保护现场！嘎！"

大木嘟囔着："这么多动物来来去去，现场早被破坏了。"

石头挠挠后脑勺，一副很懊悔的样子："唉，真抱歉！我不知道要保护现场啊！"

阿历克斯："没事！就算现场破坏了，阿威也能还原出来，是吧？阿威，嘎！嘎！"

阿威围绕着石竹花丛，缓缓飞行，细细查看。到处都是各种动物杂乱的脚印，周围的小花小草都被踩踏得东倒西歪。

阿威猛然瞪大锐利的眼睛，降落在给石竹花遮荫的大树上，沿着树枝转圈踱步。他发出一声呼哨，大树根底下，清清楚楚有个新鲜的狐狸脚印。

阿威："今早哪个狐狸来这里打猎了吗？"

银背老猴王："没看见啊！"

兔子大叔激动起来："还能有哪个？又是那个火狐狸精！她就是不肯放过我们！阿朵今早差点被她吃掉！"

阿威："阿朵在这里吗？"

阿朵妹妹闻声从兔子群里蹦出来："上午我看见她了！冷不丁儿从树丛里钻出来！吓得我赶紧躲进洞里！要不是她嘴里还叼着一个小猎物，她肯定一口就把我咬死了！好险！"

兔子们群情激愤。

阿威："看来我们需要和火狐狸精好好谈一谈。"

大木："我去喊她来！"

5

大木一出猴村就意外地撞见了火狐狸精。

火狐狸精很不情愿接受阿威的调查，磨磨蹭蹭跟着大木过来了。她不满地瞪着兔子大叔，嫌兔子大叔没事找事，又给她惹了麻烦。

阿威："听说你上午来过这里？"

火狐狸精："也……许吧。"

阿威："嘴里还叼着一个小猎物？"

火狐狸精："大……概吧。"

阿威指指小东西："你叼着的，是他吗？"

火狐狸精："不……记得了。"

阿威："你见过这个小东西吗？"

火狐狸精："可……能吧。"

阿威："那你当时叼的猎物呢？"

火狐狸精："不太……清楚。"

阿威："吃了还是扔了，你总清楚吧？"

火狐狸精打个哈欠："哎呀，太阳真晒，好困啊，头昏脑胀，上午发生的事，好像……都忘记了。"

"嘎！你以为你是新闻发言人吗？虚情假意，虚头巴脑，虚张声势，虚与委蛇，虚无缥缈……"阿历克斯气得都开始乱用成语了。

火狐狸精被震住了，她患有成语滥用恐惧综合症。她浑身冒汗，满脸通红："求你别说了！我有话直说行了吧！干嘛乱用成语轰炸我！"

猴小香："哎呀，请你赶紧有话直说吧，小东西快要饿死了，得赶紧找到他妈妈！问了一大圈，大家都没线索，真是急死我了！"

听了这话，火狐狸精一下子恢复了伶牙俐齿的本性："咳！我还当是什么事要拿我兴师问罪。这还不容易，早点来问我啊！他妈妈不是别人，就是大黑熊啊！亏你们这么多双眼睛，连大黑熊的宝宝都认不出来吗？”

阿威：“你这么确定？”

火狐狸精：“当然啦！千真万确！要不是大黑熊追得紧，我怎么会把他扔在这里！”她忽然发现自己说漏嘴了，赶紧闭上嘴，眼珠子骨碌碌一转，偷偷瞄了一眼阿威。阿威见了，微微一笑。

阿历克斯也看到了火狐狸精的小动作，马上大叫：“嘎！有话直说！知无不言！别欲言又止！察言观色！言不由衷！言行不符！哑口无言！大言不惭！言而无信……”

火狐狸精告饶：“好吧好吧！我说！嗯，那个，这个小东西呀，嘿嘿，嘿嘿，我……我就是在大黑熊家的树洞前捡到的。”

阿威：“果然是你把他放在这里的。你为什么偏偏把他放在这里？”

火狐狸精眼神闪烁：“嗯，我本来是想把他带回家给我的小崽子当午餐的。可是大黑熊追得太急了，我为了逃命，不得不把它随便扔到花丛里了。”

阿威：“你是想着把他藏在这里，先逃命，等大黑熊走了，再偷偷回来把他叼走吧？”

火狐狸精的脸更红了：“或……许吧。”

阿历克斯“嘎”了一声，火狐狸精赶紧说：“哎呀！是的！是的！是我故意把他藏在这里的。小猴子的眼睛也太尖了，藏那么好还被发现了。不瞒你们说，我已经等了你们半天了，可是你们就是不散伙，还越聚越多，连阿威探长都被惊动了。唉，看来今天这口鲜肉是吃不上了，我就帮你们帮到底吧！走，我领你们去松鼠林，送小东西回家！"

阿雪看了看阿威，眨眨眼睛，阿威点点头。他俩什么也没说，与一大群关心小东西的森林动物一起动身，跟着火狐狸精去找大黑熊。

6

树木繁茂的松鼠林里，大黑熊家的树洞前静悄悄的。银背老猴王、兔子大叔、对对隐士、一打纹婶婶他们其实也都认识这家的黑熊妈妈蜜糖夫人。每次黑熊小宝宝出生以后，蜜糖夫人都会变得异常多疑、暴躁、易怒，特别有攻击性，因此大家就都尽量躲得远远的。今年蜜糖夫人新生了一窝小崽崽，银背老猴王他们已经好久没来这一带活动了。

阿雪："大黑熊一定在睡午觉，他们通常黄昏出来活动。"

火狐狸精："我已经给你们帮了大忙，敲门的事我可不管。"

阿历克斯二话不说，飞上前去，伸出大爪子，"咔咔咔"地抓门。

大黑熊的听力非常灵敏，眼圈泛红的蜜糖夫人应声钻出树洞，大吼一声，满脸怒色。火狐狸精身子一晃，已经躲到了所有动物的最后面。

蜜糖夫人一看有那么多动物聚集在自家门前，也吓了一大跳。"你们要干什么？"她谨慎地问阿威。

阿威还没说话，猴小香就把小东西高高举起来："我们把你的小宝宝送回来啦！"

蜜糖夫人吃惊地张开嘴，想说什么，愣了一下，又把嘴闭上了。"我的小宝宝……啊，我可怜的小宝宝……快把他给我吧……"

猴小香用一条前肢搂着小东西，三下两下就蹦到蜜糖夫人跟前，"给你！他饿坏了！快给他喂奶吧！"

蜜糖夫人抱住小东西，流下眼泪："没有妈妈的孩子，多可怜啊！没有孩子的妈妈，更可怜啊！"

猴小香高兴地说："这下好了，宝宝找到妈妈，妈妈也找到了宝宝！快给他喂奶吧！"猴小香热切地望着蜜糖夫人和小东西。

小东西却"唧唧呜呜"地大哭起来："妈妈呀！我要妈妈呀！"

石头："傻宝宝，你妈妈不是正抱着你呢吗？"

小东西："她不是我妈妈呀！我妈妈香喷喷啊！这个妈妈臭烘烘啊！"

蜜糖夫人却紧紧地把小东西搂在怀里，不停地亲吻他："我的好宝宝！我的香宝宝！妈妈好想你啊！"

蜜糖夫人把小东西按在胸前，让他吃奶。小东西却碰都不碰蜜糖夫人的乳头，脸红脖子粗地挣扎不休，"呜呜妈妈"地乱叫。

猴小香困惑不已，"吱吱"轻唤，着急地蹦来蹦去。

蜜糖夫人眼神迷乱，显得痛苦不堪。这时候，围观的动物都觉得不对劲了。

阿威飞上前去："蜜糖夫人，请问你这一窝宝宝是几月份出生的呢？"

蜜糖夫人："二月份呀，当他们睁开眼睛的时候，正好看见春花烂漫，蜜蜂飞舞！"

阿威："那你的宝宝们现在都快半岁了吧？"

蜜糖夫人："是啊，是啊！他们长得好快啊！他们真漂亮啊，真活泼啊！跑来跑去，对这个世界可真好奇哟！我可爱的小宝宝呀！"她说着，把小东西搂得更紧了。

"但是，"阿威看着蜜糖夫人，慢慢地说，"很明显，这个小东西才刚出生不久啊！他甚至连爬都不会爬呢。你看，他的眼睛都还没怎么睁开呢。而且，他这么小，恐怕你的宝宝刚出生时个头都有他的三倍大吧？"

蜜糖夫人听了这些话，放声痛哭起来。

7

阿威："蜜糖夫人，到底发生了什么事？你的宝宝们呢？如果我没记错，你今年生了三个小宝宝吧？"

蜜糖夫人泣不成声："前天，他们……全都被盗猎人捉走了……我宁愿他们把我捉走，把我的小宝宝们留下来，让宝宝们能在绿野森林里自由奔跑，快快乐乐长大……"

阿历克斯激动起来："嘎！盗猎人抓小黑熊干吗？嘎！"

蜜糖夫人痛不欲生："他们要把我的小宝宝卖给熊场，活取他们的胆汁！"

阿历克斯无来由感到一阵恐惧，颤声问道："活取？什么是活取！"

蜜糖夫人看起来像疯了一样，厉声吼道："他们被关在小铁笼里，转身的余地都没有！他们的肚子被活活切开，一个导管插进胆囊里去！日日夜夜，他们动也不能动！日日夜夜，他们的胆汁从导管里不停地流出来！日日夜夜，他们肚子上的伤口永不愈合！他们活着，却比死还难受！他们是一台台活生生的胆汁生产机器！痛啊！痛啊！啊——啊——啊——"

动物们听了，心惊胆战，无不毛骨悚然。

猴小香泪流满面："太残忍！我不忍心听！"她张开双臂，小东西哭喊着直往她怀里扑。蜜糖夫人放手了。

蜜糖夫人痛苦地瘫坐在地上，捶打着胸前新月形的白斑："你们不忍心听，我忍心看！我寻到熊场，亲眼看着我的孩子被割腹挖胆！亲耳听到他们撕心裂肺的哀嚎！我想用我自己替换我的孩子啊！我在熊场外面哭了一天一夜……可是就算把眼泪哭干又有什么用！"

阿历克斯也哭了："为什么要从活生生的小黑熊身上取胆汁？"

蜜糖夫人流着泪高叫："他们说熊胆可以明目！他们说熊胆可以清肝！他们说熊胆可以治疗他们的咽喉肿痛！"

阿历克斯："嘎！什么清肝明目，什么治疗咽喉肿痛！滥杀无辜！"

阿雪气愤地说："这都什么年代了，没想到他们还在偷偷做这种勾当！人类早已立法不许这么做了！所有那些关于熊胆的药效都是没有依据、牵强附会的臆想，是人类对所谓天然药物的迷信！"

阿历克斯大叫："那小黑熊岂不是白受罪了！嘎！"他气极了，"我要向阿海报告！"

阿雪气得柳眉倒竖："就算要我们尊重人类的迷信权，对于熊胆的所有成分，人类现代医学都已经发明出更好更便宜的化学替代品！人类完全没必要再活熊取胆！还嫌大黑熊灭绝得不够快吗？！还有人性吗？！"

阿威一直没有作声。这时候，他拭了拭潮湿的眼角："蜜糖夫人，你放心，我一定尽我所能，尽快促使人类释放你的孩子们！"

蜜糖夫人："我怕来不及了啊！你不知道他们的卫生

条件有多糟糕！昨天，我亲眼看见，一只小黑熊因为伤口感染死掉了，他们连死尸都不放过，剥了他的皮，割了他的熊掌，挖走了他的胆囊！啊——啊——啊——"

阿威泪如泉涌。

阿历克斯一飞冲天："我现在就去报告阿海队长！愚不可及！贪得无厌！残酷无情！伤天害理！丧心病狂！罪大恶极！"

火狐狸精哆嗦得像筛糠一样。

蜜糖夫人眼见阿历克斯飞去救她的孩子们了，众多动物又不停地劝慰她，于是她渐渐平静下来。她怜爱地望着猴小香怀里的小东西，轻声说："太抱歉了，我刚才把他吓坏了。"

猴小香拼命忍住泪水："可是，他的妈妈又在哪里呢？如果不赶快找到他妈妈，他也活不成了。"

蜜糖夫人："我昨晚心烦意乱地狂走，在雪枭岭那边的一个山洞背后听见他的哭声，发现他光溜溜地卧在一丛苦竹叶子里。夜风冷飕飕的，他冻得直打哆嗦，孤苦伶仃，别提多可怜了，我就把他捡回来了。今早一不留神却被这只狐狸给偷走了！"蜜糖夫人说着，伸出鼻子冲着周围的动物嗅了嗅，举起爪子准确地指向火狐狸精躲藏的地方。

火狐狸精连忙夹紧尾巴，尽可能地缩小身体，蜷伏在地面上。

蜜糖夫人没有再理睬火狐狸精，对阿威说："建议你们去雪枭岭那一带问一问！我记得那个山洞旁边长了一片枯死的大叶竹，前面有一大片茂密的箭竹，后面长满了苦竹，很好找。"

阿雪从小在雪枭岭长大，对那里的一草一木都了如指掌，蜜糖夫人一说，阿雪就知道蜜糖夫人指的是哪个山洞。

阿雪："跟我来！"

8

阿威和阿雪飞得快，最先到达那个竹林环绕的山洞。阿雪叫门，没有回应，洞主好像不在家。

阿威："这是谁家的洞府啊？"

阿雪："大熊猫妈妈瑞雪的家。她很注重隐私，极少和邻居交往，也从不请邻居到家做客。除了一年中发情的那三天和雄性大熊猫打打交道，其他日子她也总是独来独往，最多只是和她还没出窝的小宝宝共处一室。"

阿威："不管怎么说，我们先找到她问一问吧，就算独来独往，没准她也曾经在这附近见过小东西的妈妈。"

"咔嚓！咔嚓！"箭竹林里传来一阵细微的响动。圆圆的脸蛋，黑黑的大眼圈，黑白两色圆鼓鼓的身体巧妙地融合在自然环境中。阿威锐利的眼睛捕捉到这一切，他立即朝那个胖嘟嘟的身影飞去。

阿雪则远远地就高高兴兴地打起了招呼："嗨，瑞雪，你好呀！我正要找你呢！"

瑞雪正在箭竹林里卖力地啃着一根坚硬的竹竿。她抬头看了阿雪和阿威一眼，闷闷不乐地对阿雪说："你也好啊！哪阵风把你吹来了，找我什么事呢？"

阿雪落在瑞雪身旁的小坡上："你怎么不太高兴呢？发生什么事了？"

瑞雪叹了口气："唉！高兴不起来啊！竹子一片一片地开花、枯死，我们的食物越来越少了。肚子都吃不饱，还要养孩子，唉。"

阿雪："记得我爸爸说，竹子一开花，你们就要搬家啦！"

瑞雪又叹口气："唉，往哪儿搬啊！哪儿都一样！这边还算好的呢。东边的竹林全被人类侵占了，砍树、盖房子、种庄稼、修公路、开金矿……我们回不去啦！"

阿威："的确，过去十年，这一带的大熊猫栖息地消失了一半。"

阿雪环顾四周，也叹了口气："嗯，至少雪枭岭竹子的种类比较多，一种竹子成片开花、结籽、枯死了，还有别的竹子种类可以供你们吃。"

瑞雪："也不是每一种竹子我们都爱吃。不过这年头，不管爱吃不爱吃，能有口吃的就谢天谢地啦！哪还顾得上挑三拣四！竹叶都吃光了，能有竹竿啃也算有福气啦，多少大熊猫因为找不到食物活活饿死了呢。"

阿威："我听说竹子的种子长得特别慢，枯死的竹林要过差不多10年才能重新长出来。竹子一开花就死一大片，真苦了你们啦。"

瑞雪点头，连连叹气，愁眉不展。

阿威笑着说："我还听说，你们每天要花一半的时间用来进食，每天吃掉的竹子重量都快赶上你们体重的一半了。"

瑞雪也微笑了："是啊！人类不是已经替我们总结过了嘛，大熊猫一天主要干三件事，吃吃吃，睡睡睡，噗噗噗噗拉便便。我每天还得给孩子喂6到14次奶，他们每次都要吃上半个小时才能吃饱。我每隔三、四个小时就得出来觅食，不然孩子就得饿肚子了。唉，累啊！"

瑞雪今天似乎特别乐于和阿威、阿雪交谈，这令阿雪有些意外。这样也好，瑞雪把肚子里的苦水都倾诉出来，心情也许会变得好一些，心情越好，就越有可能帮助小东西找妈妈。

阿雪给瑞雪出主意："你们不是也能吃肉吗？多吃肉，就能多出奶！"

瑞雪："嗯，偶尔我们也开开荤，比如挖只竹鼠吃吃，这些坏家伙可喜欢祸害竹子了。还有小昆虫啦，小动物啦——如果我们逮得到的话。毕竟我们的祖先就是肉食动物嘛，在漫长的进化过程中，到我们这一支就渐渐变成主要以竹子为食了。我们实在是喜欢吃竹子啊，我们吃的食物99%来自竹子，当然，鲜嫩的竹笋和竹叶是我们最爱吃的啦。"

阿威："看看你，真是自然界的一个奇迹！跟你们的近亲眼镜熊相比，你们甚至演化出了适于吃竹子的发达的咬肌、牙齿，还有便于握住竹子的第六趾！"

瑞雪笑了："是啊！我也很自豪！但我们的消化系统却仍然保留了食肉祖先的特征：消化道短、单室胃、没有盲肠……所以竹子在我们体内停留的时间很短，消化利用率很低，再加上竹子本来营养成分也不高，因此我们只好多吃快拉、随吃随拉，只有这样才能获得足够的能量。唉，辛苦啊！"

阿威一拍脑门："啊，我明白了，这也是为啥你们家的亲戚都冬眠、唯独你们不冬眠的原因吧？"

瑞雪："算是吧！眼镜熊在冬天来临之前可以在身体里储存大量的脂肪，但我们做不到！所以我们冬天也得不停地吃。要是山上变冷了，我们就得搬到更暖和的山谷去过冬。唉，不说了，我可不想当怨妇。"瑞雪摸摸肚子，"跟你们说说话，我心情好多了。对了，你们找我啥事？"

阿雪："大黑熊昨晚在这附近捡到一个光溜溜的小东西，只有这么大，"阿雪伸出翅膀比划了一下，"叫起来又像小猪，又像小羊，也没有牙齿，也没有毛发，眼睛眯缝着，尾巴短短的。您知道那是谁家的孩子吗？”

瑞雪谈话的兴致来得突然消失得更突然，她冷淡地垂下头：“不知道，不认识，没见过！”说罢，她埋头大啃特啃那根竹竿，啃得好用力。

阿雪失望地长出一口气：“唉，那小东西都快饿死了，我们帮他找妈妈，却怎么都找不到。你有什么线索吗？”

瑞雪简单地回答：“没有！你们再去别处问问吧，不好意思，帮不上忙。”

这时候，猴小香抱着小东西跑了过来，后面跟着石头和大木。小东西兴奋地嗅着空气，嗯嗯啊啊地叫喊着：“洞，洞，我家的山洞！妈妈！妈妈！”

瑞雪惊慌失色，又怒又冷地对阿雪说：“我不喜欢和不相干的动物打交道，叫他们别过来！不然我就不客气了！”

9

猴小香跑得飞快，转眼间已经来到瑞雪身旁："大熊猫阿姨，请问您有没有见过像小东西一样的小动物？他在找妈妈。”

瑞雪沉默不语地看着小东西，神色凄然。猴小香对瑞雪说：“您也觉得他可怜是吗？他饿坏了。”

小东西却一直在兴奋地“嗯嗯啊啊唧唧呱呱”，叫声似乎还是同样的叫声，但显然这会儿叫声里全然没有了起初那种孤单、可怜的味道，听起来甚至像是在撒娇了。

阿威、阿雪和猴子们都很纳闷，小东西这是怎么了？难道他的嗅觉或听觉很灵敏？难道他闻到了他妈妈的味道？难道他妈妈就在附近？

就在这时，小东西忽然从猴小香的怀里蹿出来，扑到瑞雪的身上："妈妈！妈妈！"

石头笑了："小东西真是饿糊涂了，逮着一个有奶的大家伙就喊妈妈。来吧，小家伙，人家正忙着呢。"说着他就伸出手臂去，抓住小东西，想把小东西抱回来。

小东西却扭着身子不让石头抱他，像麦芽糖一样牢牢地粘在瑞雪身上，脑袋东摇西摆，开始找奶头。嘿！他找到一个奶头，熟练地一口叼住，不管不顾地吃起奶来，看那凶猛的样子，好像打算一口气就把这一辈子的奶汁都吸足了。

大家吃惊地望着这一幕。瑞雪并没有把小东西推到一边，她静静地坐在竹竿上，任凭小东西吸走她宝贵的乳汁。

阿威恍然大悟："小东西是你的孩子！"

啊！猴子们都叫起来。怎么可能呢？将近200公斤重的瑞雪，怎么会生出这么这么这么小的小东西呢？

大木夸张地喊道："这年头，怪事就是多！大熊猫妈妈岂止是小东西的一千倍！简直有两千倍！"

阿威轻声问瑞雪："刚才你为什么不肯承认小东西是你的孩子？"

瑞雪一声抽泣："我没有办法，不得不放弃他。我对不起他。"

瑞雪抱着拼命吃奶的小东西，迈着缓慢的内八字步，向坡上的山洞爬去。那里隐约传来"唧唧呜呜呱呱哼哼"不耐烦的哭闹声。她钻进洞里，不一会，又重新出现在洞口，怀里多了一个小宝宝。那个小宝宝看起来比小东西稍微大一些，更加强壮。两只熊猫宝宝都紧紧扒在妈妈的奶头上，拼命地吸奶。

瑞雪憔悴的面庞上流下两行清泪："你们看到了吗？兄弟两个，都得吃饱肚子！可是我的奶水只够喂饱一个。是两个都饿死，还是保留一个、放弃另一个？啊——我也舍不得啊！多么痛苦的选择！昨晚我乘他熟睡的时候把他放到外面，你们不知道我的心里有多痛啊！"

大家默默地看着万分自责、泪流不止的瑞雪。

瑞雪哽咽着："就让他再好好吃一次奶吧，可是我仍然不能留下他，不然，他们兄弟俩都只有死路一条。"

这时候，兄弟两个都吸不出奶了，不管用多大的劲儿。瑞雪的4个乳头轮番被他们咬来咬去。小东西是先吃的一个，而且又饿了这么久，吸得比平时猛，自然要比哥哥吃得多一些、饱一些。哥哥却从来没有这么饿过，他咬着妈妈的奶头，凶狠地咆哮着。

瑞雪苦笑着："你们说，除了放弃一个，我还能怎么办？我当然只能放弃比较弱小的那一个，毕竟越强壮的宝宝才越有机会活下去。就算只留下一个，再过一阵子，哥哥饭量更大了，连我的便便都得成为他的食物。生活就是这么艰难！"她定定地望着小东西，温柔地在他身上舔了又舔。瑞雪的唾液不但能杀菌消毒，而且还将和小东西那细小的乳毛发生奇异的化学反应，帮助小东西的乳毛渐渐变色、健康成长。小东西幸福地哼唧着，瑞雪的眼泪落在小东西那心满意足笑微微的小脸蛋上。

"我有一个办法，"阿雪说，"我们把小东西送到绿野市动物园去吧！那里有一个大熊猫人工养殖基地。熊猫是世界上最珍稀的濒危动物之一，动物园的人类一定很愿意接收小东西。"

瑞雪听了，绝望的双眸一下子瞪得老大，憔悴的脸上焕发出充满希望的光彩。

10

阿海亲自把小东西送到了绿野市动物园的大熊猫养殖基地。当然啦，还有三只哇哇乱叫的宠物鸟儿与他同行。

娇弱、可爱、软绵绵的小东西一入园，就被百般娇惯他的人类养育员妈妈们宠爱地唤作"华宝宝"。后来，华宝宝每年都被评选为绿野市动物园最受欢迎的明星动物。

对于小东西的到来，动物园园长自然是欣喜万分，他太感谢阿海了。要知道，现在大熊猫简直是无价之宝呢，尤其是野生大熊猫崽，简直太罕见了。

园长一见到阿海就祝贺他最近成功端掉一个"活熊取胆"的非法黑窝点，解救了十几只野生大黑熊，还得到一大笔奖金。阿海叹口气，拍拍他的三只宠物鸟儿，没有说话。

说起小东西多灾多难的经历，园长感慨万千："大熊猫在地球上生存了800万年，现在只剩两千只左右，唉！可惜啊！"

阿海："现在大熊猫的野外栖息地被破坏、分割得太严重了，一旦成片的竹子同时开花、枯死，野生大熊猫根本没办法迁徙到其他有竹林的地方，难免就要挨饿了。"

园长："除了挨饿，大熊猫找配偶也比以前更难了。大熊猫的地盘意识很强的，会在树上留下自己独特的气味，一只成年大熊猫的活动范围至少得有5平方公里，它们是真正的独行侠。但在交配季节，它们就必须得聚在一起，这样才有可能找到伴侣。栖息地被分割得支离破碎之后，本来有可能成为夫妻的大熊猫们一辈子连面都见不上一次。雌性大熊猫一年的发情期只有短短三天，如果那三天之内没有受孕，它这一年的生育期就浪费了。"

阿海眉头紧锁："大熊猫的繁殖率本来就很低，野生大熊猫每隔两、三年才生育一次宝宝，瑞雪一辈子恐怕最多只能生育五次。为了能有后代存活下来，她不得不饿死小东西。哎，小东西这么弱小，你们这里人工饲养的技术能把他救活吗？"

园长："这么珍贵的大熊猫宝宝，饿死多可惜！小东西放在我们这里，你就一万个放心吧！我们会有专人给它喂奶。我们基地有两个大熊猫妈妈刚产子不久，它们营养好，奶水充足，我们会时不时把小东西换过去喝一喝真正的熊猫奶，被真正的大熊猫妈妈舔一舔，保证让他健康成长！"

园长热情邀请阿海好好参观一下动物园，由他来亲自当导游。因为动物园的园史馆平时不对公众开放，所以阿海也很珍惜这次机会，参观得特别仔细。

园史馆墙上的一张古旧水墨画吸引了阿威和阿雪的注意力。水墨画的主角是一只俊逸、瘦削的灰白色猫头鹰，他立在一枝结满小红果的灌木上，爪子里握着一支羽毛笔。

阿雪惊叹："这只猫头鹰简直长得和你一模一样！"

阿历克斯也凑了过来，立即大叫一声："嘎！嘎！阿威在画里！你啥时候当的模特？怎么不叫上我？把我画进去更漂亮！"

阿雪："是啊！要不是这画很旧了，我也会认为这是以你为模特画的呢！"

阿威没搭话，眼睛呆呆地紧盯着那支羽毛笔。阿雪随着阿威的目光，也仔细瞅了瞅，叫道："嗨！这不就是老姑婆送你的那支羽毛笔吗？怎么回事？难道画家画的是你的一个祖先？”

阿海听了三只鸟儿的对话，连忙向园长询问此画的来由。

园长虽然嫌这三只宠物鸟儿有点儿太吵了，但他显然很愿意跟阿海说说这幅画，便热情地介绍起来：“噢！您真有眼光！这幅画，是我们首任园史馆馆长公冶沙先生捐赠的遗物，据说是他的一个祖先画的。他这个祖先公冶平先生可神奇了，琴棋书画无所不通，还通鸟语呢，据说他最好的朋友就是这只会咏诗的猫头鹰。这只诗鹰还是一个猫头鹰王子呢。当然啦，这些都是美丽的神话传说，不过这幅画确实是一幅好画，现在可值钱了，这可是我们的镇馆之宝呢！”

阿雪轻呼一声，一把抓住阿威的爪子：“我想起来了！”

11

在长眉的书房里，阿雪展开那卷由长眉整理、撰写的长长的火焰岛猫头鹰王国火焰王族的族谱。

按照老姑婆的说法，阿威的先祖是一个谱写壮丽史诗的伟大诗鹰呼啸的狂风，毫无疑问，狂风正是绿野市动物园园史馆画像上那只神采俊逸的猫头鹰。

而在阿雪翻开的族谱上，“最后一个国王”庄严的雪山有两个成年的儿子。大儿子凛冽的寒风继承了王位，在他的名号之下，密密麻麻，是一代又一代的子孙传承，直到暴烈的铁翅以及他的三个儿子智慧的长眉、仁慈的长爪、狡猾的长尾。小儿子呼啸的狂风名下则是一片空白，狂风一生自我放逐，四处流浪，最后不知所踪。

阿雪兴奋地说："因此，你是一个真正的火焰王子！怪不得老威廉第一次见到你，就把你认成'一个伟大的国王'，而老乔治直接把你叫做'庄严的小王子'呢。"

长眉笑了："怪不得我第一次见到你，就觉得你长得像我呢！"

阿威也笑了，心潮起伏。他终于知道了自己的祖先到底是谁，却怎么也没料到自己竟然是一个火焰王子。

第十章

神秘的"皇后"

1

阿威是正牌火焰王子的消息像一阵狂风迅速刮遍了火焰岛。

长爪国王惊喜万分，就像找到了失散多年的儿子。火焰岛的猫头鹰们欢呼雀跃，纷纷举翅相庆，像过节一样。几个月来笼罩在猫头鹰王国上空的沉郁空气一扫而空。

怒焰起初不愿意相信这个消息，继而勃然大怒，完全无法接受这个事实。他好似一头跌入一个无边无际的黑洞，完全失去了方向感。他很庆幸有笑面虎和蓝铃陪在他的身边，是他们及时把他拉回现实世界。

笑面虎："不足为虑，我早就知道他是个火焰王子。"

怒焰大叫："那你为什么不早告诉我？"

笑面虎笑眯眯的："早告诉，迟知道，有什么区别吗？他横竖不就是一个小探长吗？你现在知道也不晚啊！"

怒焰气急败坏："你说得轻巧！你是真笨还是装傻？小探长？他现在是众望所归的火焰王子好不好！"

蓝铃面无表情地盯着乱发脾气的怒焰，美丽的双眸像蓝色大海一样深不可测。

对怒焰的出言不逊，笑面虎似乎毫不介意。他嘴角弯弯，呵呵笑着："就算早就知道了，你舍得除掉他吗？"

怒焰："那有什么舍不得的，我讨厌死他了！"

笑面虎："除掉他，你假冒国王的好戏，再上哪儿找这么完美的替罪羊呢？"

怒焰张着嘴："我……我不要替罪羊了！反正最近你都没再让我假冒长爪了！我也不想再假冒了！我要把他们全杀了！一个都不剩！哼！"怒焰杀气腾腾。

笑面虎呵呵一笑："别着急，要耐心等待时机。呵呵，你以前真的没想过为啥偏偏他能做你的替罪羊吗？难道你从没怀疑过你们怎么长得那么像吗？"

怒焰："别瞎说！谁跟他长得像！一个平民臭小子！下贱的残废！"

笑面虎微微一笑，继而皱着眉头说："我原以为他一辈子也不会发现这个秘密，没想到他们竟然由一幅愚蠢的画像发现了事情的真相。"

怒焰："这个蠢货的运气一直挺不错！哼！"

笑面虎："呵呵，你说得没错，他现在是众望所归的火焰王子了。王子身份一揭秘，他就百分之百成咱们的绊脚石了。我迟迟不想说出真相，其实这也是个重要原因啊，我可真不想增加他的份量。"

怒焰怨气冲天："你现在说这些废话有什么用！"

笑面虎呵呵一笑："别生气了。反正他现在对我们也没啥用了，倒是可以想办法除掉他。"

怒焰瞪了笑面虎一眼，毫不领情："还用得着你来提醒？这蠢货运气那么好，除掉他哪有那么容易？你要是早点告诉我，我早就开始策划了，没准现在都已经成功了！哼！"

蓝铃微微晃动一下身体，五官精致的小脸紧绷着。

笑面虎的脸完完全全变成一副笑嘻嘻的面具："是啊，是啊，还用得着提醒吗？你那么聪明能干，除掉他还不是分分钟的事儿。"

怒焰握紧双爪，满目凶光："这世界，有他没我！有我没他！"

笑面虎："呵呵，也许你用得着一些情报？"

怒焰烦躁地问："什么情报？有话直说，有屁快放！"

笑面虎顿了顿，意味深长地望了蓝铃一眼，平静地回答怒焰说："狂野大沙漠侧斑蜥蜴国杜松子城的霸主失踪了，他的傻儿子没法控制城里的局面，今天向阿威探长报了失踪案。据我所知，阿威探长这会儿应该已经在杜松子城了。要是你运气好，也许可以一次干掉两个，暗箭难防嘛！"

这时，蓝铃深沉的脸色一转，笑意轻启，甜甜蜜蜜地开口了，声音一如既往地悦耳动听："怒焰哥哥呀，这可是一个大好的机会。狂野大沙漠不正是你的老地盘吗？救命水失窃案那次，你差一点点就把阿威和阿雪一起干掉了哦！"她指了指脖颈上的蓝宝石，眨眨亮晶晶的大眼睛，"我的宝贝蓝珠可以借一颗给你玩玩哦，用你的飞石功试试看！你可不许弄丢哦！"

怒焰听了这话，总算高兴了一些。他点点头，沉思起来。

2

"嘎！杜松子城的蜥蜴霸主失踪！找到原因后，我要向阿海报告！用卫星通信！"在飞往侧斑蜥蜴国的路上，阿历克斯忍不住开始炫耀他最新式的通信装备。

阿雪："哈哈，一个霸主失踪，还犯不上向阿海报告。根据我们的监测，侧斑蜥蜴国的蜥蜴数量总体很稳定，没有出现濒危的迹象。"

阿历克斯有些失望，他的先进卫星通信装备这次看来是用不上了。但他很快又兴致勃勃起来："他们为啥叫侧斑蜥蜴？这个名字有点拗口！嘎！"

阿威笑了："因为他们前肢的后面都有一块深蓝灰色或黑色的斑点。另外，雄性侧斑蜥蜴有三种变异，喉咙分别是橙色、蓝色、黄色的。"

阿雪："与雄性相比，雌性侧斑蜥蜴们都很低调呢，浑身颜色灰暗，喉部也没有彩斑。"

"嘎！嘎！我喉部的羽毛鲜艳多彩！人见人爱！"阿历克斯保持着一贯的高调。

说话间，三只鸟儿已经飞临杜松子城的上空。

侧斑蜥蜴国里最令侧斑蜥蜴们闻风丧胆的蜥蜴，无疑是杜松子城的霸主城侯。城侯的喉部有一块耀眼的橙色斑纹，对其他雄性侧斑蜥蜴构成一种威慑力十足的无声警告："不服你就过来试试！看我不咬死你！"

城侯身材高大，威武雄壮，又天性好斗，喜欢欺男霸女。他不但独裁统治着100平方米的杜松子城，而且一天到晚忙于攻城略地，醉心于扩大自己的后宫。这样一个狠角色，竟然在出征途中离奇失踪了。

阿威发现，杜松子城地势险恶，位于狂野大沙漠干旱戈壁滩的岩石地带。城中心最高大、茂盛的那棵杜松，就是城侯的王宫所在。

城侯的儿子小俯卧撑继承了他父王那令雄性侧斑蜥蜴们望而胆寒的橙色喉部斑纹。虽然小俯卧撑才出生三个多月，但他已经显露出雄性荷尔蒙分泌过于旺盛的种种迹象。他肌肉发达，在侧斑蜥蜴国刚刚结束的少儿俯卧撑选美大赛中力压群雄，创下了以雄壮气势连续俯卧撑5小时23分18秒的超长纪录，一举夺得"小俯卧撑"的响亮名号。然而，他还没有做好成为新一代霸主的准备。这不，城侯失踪刚一天，整个杜松子城就乱套了，城里盗贼横行，城外烽烟四起，小俯卧撑焦头烂额地迎接阿威探长一行的到来。

小俯卧撑性子够急的，还没等阿威探长落定就大喊大叫起来："探长！我父王失踪，有两个嫌疑犯！"

阿威徐徐收起翅膀，缓缓降落下来，一边观察杜松子城的情况，一边问小俯卧撑："两个嫌疑犯，怎么讲？"

小俯卧撑："本来只有一个嫌疑犯！那就是岩石堡的堡主蓝胡子！现在多了一个嫌疑更大的！那就是侧斑蜥蜴国最最最最最狡猾的小丑、无赖、流浪汉——神偷皇后！"

阿历克斯："嘎！你父王的皇后是个神奇的小偷？还是个流浪汉？"

小俯卧撑急了："不是！这个皇后其实是一只雄性黄喉侧斑蜥蜴！黄喉们都不中用！个个都是小矮子！也没力气，打架老输！从来不敢跟我们橙喉硬碰硬！他们没有自己的领地，四处流窜，哼！流浪汉！但是他们非常狡猾，善于伪装！尤其是皇后！他行动敏捷，头脑灵活，神出鬼没，演技高超！他动不动就模仿成雌性蜥蜴，像个皇后一样，大摇大摆地进到我父王的后宫，趁机和妃子们交配！毫不夸张地说，他的黄喉后代现在简直遍布杜松子国！你说他算不算是神偷！太可恶了！我看到王宫里那些黄喉的小蜥蜴崽子就来气！虽然他们可能是我同母异父的弟弟！"

阿历克斯忍不住发表高见："嘎！嘎！俗话说，聪明的脑袋胜过强壮的肌肉！"

小俯卧撑气恼地眨巴一下眼睛，却也不得不承认阿历克斯说得有些道理："我父王妃子太多，他又忙于四处征战，让可恶的皇后钻了空子！我父王一直在通缉他！悬赏捉拿！今早我父王刚失踪，好多妃子就跑来诉苦，说皇后也失踪了，她们和皇后的新一代小宝宝马上就要陆续孵化出来了，说什么黄喉小宝宝需要父亲的保护！真是气死我了！我因此把皇后列为导致我父王失踪的第一号嫌疑犯！十有八九是他，为了夺得杜松子国的实际控制权，绑架甚至谋害了我的父王！"

阿威问："唔，你报案的时候说，城侯是在征服卵石堡的途中失踪的。刚才你又说另一个嫌犯是岩石堡的堡主蓝胡子，为什么嫌犯不是卵石堡的堡主呢？"

小俯卧撑昂着头，喉部的橙色斑纹在阳光下熠熠生辉："因为蓝胡子是卵石堡的堡主蓝脖子的铁哥们儿！他们互相照应！互相勾结！我打听过了，昨天我父亲讨伐卵石堡的时候，蓝胡子掩护蓝脖子夫妇逃跑了！结果他自己的老婆娟布却被我父王抢走了！活该！我父王就是在带着娟布回宫的途中失踪的！所以也不能排除蓝胡子为了夺回娟布，杀害了我父王！"

阿雪听了有些吃惊："蓝胡子为了搭救同伴，宁愿牺牲自己的生命、失去妻子、失去延续后代的机会，这种纯粹的利他精神，在自然界太罕见了！"

小俯卧撑不屑地说："他们这也是没有办法的办法！谁让他们没我们强壮！要是他们再不紧密联盟，我父王就要把他们的老婆全都抓走啦！他们就没有一点机会留下后代、遗传蓝喉基因啦！！"

阿历克斯："嘎！你父王已经有一城的妃子啦，干嘛还那么霸道，偏要去抢人家蓝喉家的老婆？"

小俯卧撑不禁面露得意之色："谁让我们橙喉的雄性荷尔蒙分泌比他们都旺盛呢！谁让我们天生肌肉发达呢！把所有雌性侧斑蜥蜴都抢到父王的王宫里才好呢！橙喉蜥蜴越多越好啊！哈哈哈哈！"小俯卧撑一得意，暂时忘记了父王失踪的烦恼，放声大笑起来。

阿历克斯嘟囔着："抢那么多有什么用，又保护不过来，还不是被小个子的黄喉溜进来给偷走了！嘎！依我看，你们橙喉其实打不过黄喉！别看你们肌肉发达！"

小俯卧撑笑不出来了，脸色铁青："那我们就抢来更多的蓝喉蜥蜴的老婆！这就是我父王出征的原因！他每次出征都不会空手回来！"

阿历克斯："你父王能保证他抢回来的老婆就没有被黄喉偷偷交配过？嘎！我发现其实黄喉最厉害！虽然他们是没有领地的流浪汉！"

小俯卧撑："错！蓝喉的领地不大，每个雄性都只有一个妻子！他们虽然个头没我们大，打不过我们，但他们的个头比黄喉还是要大一些，对付黄喉绰绰有余！他们能好好保护自己的妻子不被黄喉偷走！而且他们和邻居往往结成了巩固的联盟，可以互相帮忙照管彼此的领地！黄喉根本不敢招惹蓝喉！一旦招惹，自讨苦吃！"

阿历克斯感到脑细胞有点不够用了："嘎！橙喉，蓝喉，黄喉，你们到底谁更厉害？"

阿雪："石头剪子布，一物降一物！黄喉可以打败橙喉，橙喉可以打败蓝喉，蓝喉又可以打败黄喉！我们曾经观察到侧斑蜥蜴国这三种颜色的雄性蜥蜴数量此消彼长，几年轮回一次，保持着微妙的平衡。我们一直都很纳闷这种变化到底是怎么形成的，原来如此！"

小俯卧撑哼一声："阿雪博士，恕我直言，我不同意你的说法！在侧斑蜥蜴国当然是我们橙喉最最最厉害了！你看看我们高大的身材！瞅瞅我们发达的肌肉！总有一天，我们会把所有蓝喉和黄喉都灭绝掉！总有一天，侧斑蜥蜴国的所有宝宝都将是橙喉的！那将是侧斑蜥蜴世界里一个伟大的进化事件！"

阿雪微笑着轻轻摇摇头，没有再说什么。

阿威正沉吟间，一群城侯的妃子涌进王宫，个个哭哭啼啼："探长！您一定要帮忙找到皇后啊！我的宝宝们不能生下来就没爹啊！"

阿历克斯对小俯卧撑说："嘎！嘎！野火烧不尽，春风吹又生！至少这些宝宝都会是黄喉的！"

阿雪若有所思："我也很好奇，城侯和皇后这对不共戴天的仇敌，为什么双双失踪了呢？"

阿历克斯："难道真是蓝喉干的？他们会结盟！团结起来力量大！嘎！"

3

怒焰面色阴沉地一路向东飞来。杜松子城表面上看起来静悄悄的，阿威似乎不在这里。怒焰不耐烦地扇扇翅膀，在杜松子城附近的低空慢慢盘旋。忽然，他看见一个土黄色的小身影在南边砂砾滩的阴影里一闪而过。他立即飞过去，截住了一只羚黄鼠。

面对凶神恶煞般的怒焰，羚黄鼠伏在地面上，把蓬松的大尾巴盖在头上，控制不住地抖个不停。

怒焰恶声问道："喂！你！刚才见过探长阿威吗？"

羚黄鼠："见……见过……往那边飞去了……"羚黄鼠把小脸蛋从大尾巴下面露出来一点点，指指南边。

怒焰不耐烦地厉声喝道："那边地方大了，具体是哪里？说清楚一点！"

羚黄鼠："岩石堡……阿历克斯跟我说的，他们要去岩石堡……阿雪博士也向我问路来着……"

怒焰听了这话，又嫉又恨，心头升起一股莫名的恶意，想一爪击死小羚黄鼠出气。他"呼"地举起爪子，爪间寒光一闪，小羚黄鼠吓得惨叫一声。

就在这时，不远处传来一阵喊叫："怒焰大鹰！小黄帽！小黄帽，是你吗？"

　　怒焰一听这声音，立即收起爪子，转身向羚黄鼠刚才所指的方向飞去。

　　没一会儿，小灰翅飞过来，落在惊魂未定的羚黄鼠身旁："小黄帽！近来可好啊！听说你为了躲避山狮妈妈珍娜，把家搬到这里来啦！我早就想来看看你，一直没空！今天我刚好路过……咦，你这是怎么啦？刚才发生了什么事？飞走的那不是怒焰大鹰吗？他怎么凶巴巴、气鼓鼓的？"

　　小黄帽刚才被怒焰吓得心脏都快要跳出嗓子眼儿了，这会儿一口气还没喘匀呢，半晌没说出话来。

　　小灰翅用翅膀不停地给小黄帽扇风："别急别急！缓口气！是热的吧？唉，都秋天了，大沙漠里还是这么热！"

　　好半天，小黄帽才把吓散的三魂七魄给收回来："妈呀！他要杀我呀！他的爪子里有凶器啊！"

　　小灰翅笑了："你胆子太小了。放心吧！怒焰大鹰不会伤害你的。他是我们国王侍卫队的新任队长，对我可好了。"

　　小黄帽愣了一下："啊！他是怒焰大鹰？跟我去年在病床上看见的可太不一样啦！"忽然，小黄帽打了个激灵："哎呀！我想起来了！妈呀！妈呀！他就是把珍娜家小宝宝们的救命水放走的那个家伙！绝对是他！没错！妈呀！我刚才就一直在心里犯嘀咕呢，这家伙怎么看起来那么眼熟呢！"

小灰翅大吃一惊："你确定吗？"

小黄帽肯定地说："百分之百确定！"

小灰翅："你上次也百分之百确定你在怒焰病床上看到的不是那个坏家伙呢！"

小黄帽："两次我都百分之百确定！在病床上那次，他太不像他自己了！绝对没错，就是他放走了救命水，害得阿威探长、阿雪博士还有你都差点被可怕的珍娜杀掉！"

小灰翅瞪大眼睛："这事太严重了！我得赶紧回去向国王和公主报告！"他说完就心急火燎地向西飞去，没听到小黄帽在后面喊："嗨！嗨！你的公主在那边！南边！"

<h2 style="text-align:center">4</h2>

阿威、阿雪和阿历克斯来到岩石堡的时候，蓝胡子、娟布夫妇正和蓝脖子、嘟嘟夫妇一起吃野餐。

阿历克斯眼睛一眨也不眨地盯着野餐垫上五花八门的食物。一小锅蟋蟀汤，一碗小炒甲壳虫，一个整整齐齐码着蚂蚁、白蚁、虱子等各种小虫子的大拼盘，一打蜘蛛、蝎子烤串儿，一盘香拌苍蝇，一碟油焖蚊子，4杯蜂蜜蚜虫汁，4块内夹野苜蓿叶的蜻蜓肉饼，还有满满一盒毛毛虫小点心。阿历克斯看傻了，大张着嘴，不知不觉口水都从嘴边淌下来了。

阿雪笑着对阿历克斯说："野餐很丰盛啊！"阿历克斯这才回过神来，合上嘴，响亮地咽了一大口口水。

蓝胡子庄严地竖起前肢，耸起肩膀，保持戒备姿态，默默观察了阿威他们一会儿，格外警惕地瞅了瞅阿历克斯和他那亮晶晶的口水。然后，他做了几个俯卧撑，不卑不亢地向阿威他们行了个礼。

"我们正在庆祝大家都逃出了城侯的魔爪。"蓝胡子庄重地说着，爱恋地看了一眼妻子娟布，"庆祝我的爱妻娟布逃脱了那座冷漠的王宫，又回到了这片自由的领地。"

娟布被蓝胡子流露出来的真情所感动，又想起昨天的惊险遭遇，百感交集，不禁热泪盈眶。

阿威问："城侯和皇后都失踪了，你们知道吗？"

蜥蜴们都做出很吃惊的样子，然后都立即摇头表示不知情。

阿威："你们能说一说昨天你们遭遇城侯的事情经过吗？"

蓝胡子攥紧爪子："有什么好说的！就是一个恶霸抢走了我的娟布！事情很简单！"

蓝脖子敬佩地说："多亏了蓝胡子老兄！不然，昨天被打伤的就是我，被抢走的就是我的妻子嘟嘟了！"嘟嘟连连点头，感激不尽地看着蓝胡子。

蓝胡子连忙说："何足挂齿！保护你们是我应该做的事！既然是结成生死联盟的兄弟，咱们就应该互相照应！我相信，如果受到袭击的是我，你也一定会挺身而出的！"

蓝脖子有些羞愧地说："是啊，我一定会为你挺身而出，但是我真的不敢保证我能和你一样勇敢！你根本不顾及自己的生死，主动跳到空地上，引开他对我们夫妇的注意力，使我们得以及时逃脱。可是你自己，却被他连撕带咬，看得我心痛万分！"

娟布的泪水静静地流下来："是啊！我也心痛。痛极了！"

娟布定定地望着蓝胡子："你一点都不服输，可是你根本不是那个恶霸的对手啊！我不忍心看你被他活活打死，才从藏身的地方跑出来，请求你答应把我进贡给他。我知道当时你有多伤心，你绝望的眼神让我心碎。可是有什么办法呢？我不会后悔自己当时的选择，哪怕你永远都不原谅我背叛了你。"

蓝胡子握住娟布的爪子："我的好娟布！何谈原谅！我从来就没有怨过你！你也从来就没有背叛过我！我知道你全都是为了我好。我永远永远爱你，我要用我的一生保护你，我发誓！"

娟布含泪与蓝胡子紧紧相拥。阿历克斯被他俩感动得稀里哗啦。

阿威问娟布："你能给我们讲讲你被城侯抓走之后的事吗？你是怎么逃脱的？"

娟布点点头，慢慢说道："他得意洋洋，把我像奴隶一样往杜松子城驱赶。赶到走鹃寨的时候，一条小个子的蜥蜴冷不丁从路边的草丛里跳出来，大叫'娟布快逃！'我定睛一看，竟然是我小时候的邻居黄领子。他挑衅地冲着城侯展示自己的黄喉，脖子上的黄色斑纹一鼓一鼓的，嘴里还叫着一些我听不太明白的话，说什么'我是你的皇后呀，你的皇宫有一半都是我的孩子，哈哈哈！你不是在悬赏捉拿我吗？今天我自己送到你跟前来啦！来呀，来呀，有本事你来抓我呀！'不知道为什么，城侯见到黄领子特别气恼，也顾不得我了，丢下我就去追赶黄领子。没一会儿的功夫，他俩就都跑得没影了，于是我就躲进草丛，原路返回了。"

蓝胡子紧紧搂着娟布："我的好娟布，让你担惊受怕了！都怪我没用！"

娟布温柔地说："别这么说，我永远都不会怪你的。从我嫁给你的那一天起，我就没想过要离开你。哪怕我跟着城侯往他的皇宫去，我心里也满满地全都装的是你。"

一直仪态庄严的蓝胡子听了这话，动情地流下了眼泪和鼻涕。

阿历克斯捂着胸口："嘎！嘎！太感动了！你俩赶紧多吃些好吃的吧！还有蓝脖子和嘟嘟，你们也多吃点！你们四个盟友，肝胆相照！情深意重！把我感动得直流口水！都多吃点儿！啊，吃得越好，肚子越饱！肚子越饱，感情越牢！感情越牢，活得越老！咕咚——"他把满嘴快流出来的口水咽了回去。

5

小灰翅的话令长爪震惊不已。他不敢相信，也不愿意相信。

"你们以前不是跟我说，小黄帽上次辨认过了，确认干坏事的不是怒焰吗？这次他怎么又说是怒焰了呢？这小家伙说的话靠得住吗？"长爪有些神经质地一个劲儿发问。

小灰翅急得团团转："我相信小黄帽这次没有看错！竟然做出那样的事情，怒焰队长的心眼太黑了！上次要害公主，现在肯定也见不得阿威探长和他一样是个火焰王子！"

长爪脸色煞白："阿威这会儿也正在侧斑蜥蜴国办案！他们同时出现在侧斑蜥蜴国，这不会是巧合吧？"

小灰翅一听更急了："啊？！世界上哪有那么多巧合！小黄帽说怒焰的爪子里还藏了凶器！事情紧急！阿威危险！"

长爪心头大乱，双爪颤抖。这时，他忽然发现在他身边玩耍的小阿玉双眼圆睁，表情怪异。

"阿玉！阿玉！你怎么了？"长爪惊问。

阿玉盯着爸爸，嘴巴微微翕张，想说什么，却好像喉咙里有个强大的东西把她的声音生生堵回去了。她的小脸憋得通红，呼吸急促，浑身颤抖不已。

"好孩子，你不舒服吗？"长爪大急，轻轻把小阿玉搂在怀里，探查她的全身，想搞清楚阿玉到底是怎么了。

阿玉的呼吸越来越急促，看起来难受极了。

长爪不知所措，急得连连叹息："唉，唉！要是你妈妈还在，那该多好啊！可怜的孩子啊！"说着说着，长爪落下泪来，泪水"吧嗒吧嗒"滴到了阿玉的小脸上。

阿玉的大眼睛瞪得更大了，好像眼珠都要从眼眶里蹦出来了。"妈……妈……"她喃喃出声。长爪吃惊地看着她。自从白云去世后，几个月来小阿玉静静悄悄的，一句话都没说过，连哭都没哭过一声。

此刻，阿玉的声音开始变得越来越大，语气也越来越激烈："妈妈……妈妈——妈妈！"

小灰翅被阿玉歇斯底里的样子吓呆了。

阿玉用尽全身的力气大喊："妈妈死了！他杀死了妈妈！"

长爪一阵晕眩，他颤声轻语："谁杀死了妈妈？"这个问题说出口的同时，长爪其实已经知道了答案，他只是在等待确定一个事实。

阿玉眼中迸发出熊熊怒火，如同母亲临死之前的模样："怒焰！怒焰！怒焰！他杀死了妈妈！他杀死了妈妈！妈妈呀！妈妈呀！妈妈呀——”阿玉放声大哭，在心里压抑了几个月的悲伤像火山一样喷发出来，泪水如同决堤的山洪，滔滔滚落。

长爪紧紧搂住剧烈颤抖的小女儿。小阿玉伏在爸爸的肩膀上，放声大哭：“我还以为……呜呜呜……飞过来的是你……妈妈也以为……是你来救我们了……哇哇哇……妈妈呀……”

女儿的话像刀子一样割在长爪的心上，他仰天悲鸣，涕泗横流，悔痛交加。

6

粗大的响尾蛇发出“哒哒哒”的警告声。大部分动物听到这种响声，都会远远地躲开，毕竟响尾蛇是世界上最毒的蛇类之一，他的毒液可以轻而易举地杀死强悍的人类。

但走鹃小姐却站住了。她凝神细听，沉着地在原地转着圈踱了几步，很快锁定美味多汁的蛇肉点心所在方位。她微微弯下两条强壮的粗腿，伸长脖子，长喙微张，一步一步缓缓向目标靠近。

响尾蛇感觉到危险的来临。他不安地吐出分叉的舌头，舌头不停伸缩、摆动，捕捉着空气里可疑的气味。接着，响尾蛇微微昂着头，蠕动卷曲的身体，盲目地试探着向前慢慢挪动，尾部的响尾疯狂而刺耳地摇摆着。

先下手为强！响尾蛇遽然出击，张开利齿，向来犯的敌人狠狠咬去。

走鹃小姐的速度却明显更胜一筹。她轻快地往后一跃，躲过响尾蛇的突然袭击，然后闪电般把坚硬、修长的蓝色利喙毫不留情地刺向响尾蛇的头部。

走鹃小姐一击而中，响尾蛇大张着嘴，高昂着脑袋，抬在空中的身体前部摇摇晃晃。走鹃小姐毫不迟疑，一步跨上前去，果断地再次伸出利喙，插进张开的蛇嘴，狠狠咬住响尾蛇的上颚。

响尾蛇知道在劫难逃，不顾一切地扭动，却无济于事。走鹃小姐死死叼住蛇颚不放，先是把蛇头高高举起，然后灵巧地扭动脖子，把蛇头用力向坚硬的沙石地面摔去，响尾蛇立即头破血流。走鹃小姐毫不心软，利喙依然紧紧咬住蛇颚，再一次高举起蛇头，扭动脖子，把蛇头砰然摔向地面。如此摔了四次之后，她终于吐出响尾蛇的上颚。响尾蛇软塌塌地掉落在地上，一动不动，已经死透了。

刚飞到走鹃寨就目睹了这样一场惊心动魄的猎杀场面，阿历克斯的小心脏有点受不了："嘎！血腥暴力！阿历克斯不宜！"

走鹃小姐抬起头，看见阿威、阿雪和阿历克斯正呆呆地望着自己，一个个都满脸震惊之色。走鹃小姐露出羞涩的微笑。她左右摇摆着羽毛蓬松的大尾巴，把头上乱蓬蓬的黑色凤冠耸起来又落下去，友好地跟阿威他们打着招呼。

前年夏天阿威在骆驼阿力家举办的夏夜聚会上第一次见到这位走鹃小姐时，她还是个稚气未脱的小新娘，整晚都害羞地躲在新婚丈夫捕蛇君的身后不肯出来，谁跟她打招呼她都低着头红着脸不说话。一晃两年过去，当年的小新娘已经成为生活经验丰富的走鹃妈妈，并在走鹃世界赢得了"温柔杀手"的美名，而她还是和当年一样害羞。

阿威见温柔杀手羞答答地行着大礼，连忙上前笑着问她："请问捕蛇君在家吗？"

温柔杀手把头往右边的灌木丛里一甩："在。"说完，她闭了一下眼睛，抖落一些眼角的盐末，利索地叼起死蛇，快步跑到一座小沙丘后面去了。

捕蛇君曾经是阿威的好朋友骆驼阿力的老邻居，和阿威也算是老相识了。他很高兴看到阿威探长登门造访。

听阿威说明来意后，捕蛇君皱着眉头，侧头想了想，然后摇摇头："侧斑蜥蜴失踪？昨天？嗯，不是我吃掉的！说实话，我已经好几天没吃小蜥蜴了，不管是啥斑的！我这几天身体不太舒服，都没有出去打猎。你知道，我妻子可能干了，她打来的猎物足够我吃饱喝足了。"

阿威："那你昨天有没有见过一只橙喉的侧斑蜥蜴追着一只黄喉的侧斑蜥蜴经过这里呢？"

捕蛇君："没有啊！对了，我昨天出门晒了一会儿太阳，倒是看见一只蓝喉的侧斑蜥蜴在附近溜达，没见过橙喉和黄喉的啊！"

阿威有些失望。

捕蛇君："啊，对了，他们会不会被我家温柔杀手吃掉了？嗯，很有可能！她最喜欢把小蜥蜴当零食了。"

捕蛇君说完，也不等阿威询问，就扯开嗓门大叫起来："咕咕咕咕——咕咕咕咕——咕咕咕咕——咕！"

温柔杀手应声跑了进来。

捕蛇君："温柔君，你昨天见过一只橙喉蜥蜴追着一只黄喉蜥蜴从我们门前经过吗？"

温柔杀手："见了啊！"

捕蛇君："你是不是把他们都吃掉了啊？你这个馋嘴姑娘，哈哈哈！"

温柔杀手："没有啊！他们跑得飞快，而且等我看到他们的时候，他们都已经跑远了。所以我顺嘴吃了一只跟在后面探头探脑的蓝喉小家伙。"

阿威心里一动，连忙问："你没看错吗？你真的吃掉了一只蓝喉？你确定不是橙喉或者黄喉？"

温柔杀手肯定地说："当然确定，他脖子上的蓝色斑纹太明亮了，挺漂亮呢！就是身上到处都是伤，尾巴也断了。"

阿威沉吟一下："唔，那两只互相追赶的蜥蜴往哪个方向跑远了？"

温柔杀手："伯劳庄的方向啊！我当时还开自己的玩笑呢，得，把两袋零食白白送给伯劳庄的呆头伯劳鸟屠夫先生了！"

7

刚飞到伯劳庄的那一大片荆棘林，阿历克斯就又被吓了一大跳。林梢的小刺上，到处挂着各种各样小动物的尸体，青蛙、大蜘蛛、蚂蚱、蜥蜴、小鼠、小蛇……有的尸体是完整的，有的则被撕得半半拉拉，看起来很惊悚。

阿历克斯脸都吓白了："嘎！怪不得温柔杀手说这里的庄主名字叫屠夫！这么残忍，名不虚传！"

阿雪笑着说："别害怕！伯劳鸟没有你想象得那么凶残。他们的脚和爪子力气太小，没法抓着猎物进食，于是他们就想出了这个好办法，把猎物钉在尖刺上，用带小钩的喙一点一点地撕着吃。你看那只死青蛙，本来毒性很强，这么挂着风干几天，毒性几乎就全没了，伯劳鸟就可以放心食用了。"

阿威也点点头："大部分鸟儿都有嗉囊，可以储存食物。但是伯劳鸟没有，因此他们需要不断进食。他们把吃不完的猎物挂树上，就跟阿海把吃不完的食物存冰箱一样！"

阿历克斯壮着胆子飞得更近一些。在树杈间，他看到一个圆圆的小巢，几只小雏鸟叽叽喳喳叫着，抢着啄吃小巢旁边挂着的一条蜥蜴。"嘎！这还真是个好办法！鸟宝宝永远都不会饿肚子！现吃现取！"

这时候，他们听到一阵婉转、清脆的鸣叫，隐约有人类的金属琴弦拨动时发出的铿然音质。

阿历克斯忍不住叫好："嘎！嘎！谁唱歌这么好听！"

一只漂亮的小雄鸟落到鸟巢上方的树尖上，继续悠然鸣叫着。只见他长着一个圆圆的脑袋，大腹便便。他的头部、背部和胸部的羽毛都是雅致的灰白色，翅膀尖和尾巴则是黑色的。当他站在树尖上唱歌时，他的翅膀并在身体两边，形成了一个美丽的黑色V字形，就像穿了一件小礼服。他还戴着一条很酷的黑眼罩、系着个白领结，黑色的喙微微张开，喙尖的小钩子清晰可见。

阿威上前打招呼："屠夫先生，你好！今年这是孵了几窝蛋啦？"

屠夫喜气洋洋："这是第三窝啦！这一窝孵出来8只！希望他们个个都能顺利出窝！嘀嘀哩哩！"

"嘎！嘎！呆头伯劳屠夫竟然长得这么俊！名实不副！"

"多谢夸奖！"屠夫优雅地鞠了一个躬，又优美地鸣唱了几声，这才悠然问道："无事不登三宝殿，阿威探长，你找我有事吗？"

阿威："我正在追查一条橙喉蜥蜴和一条黄喉蜥蜴的下落，昨天他们……"

屠夫打断阿威的话："哎——你等等——什么什么？橙喉蜥蜴？"

阿威忙说："是啊！橙喉蜥蜴，你见过吗？"

屠夫："昨天倒确实有条蜥蜴拼命说他是橙喉、橙喉、橙喉，我觉得他简直疯了！"

阿威："这个蜥蜴发生了什么事？"

屠夫："被我抓住了呗！昨天我就抓了这么一条蜥蜴！他特别奇怪，挣扎得太厉害，拼命叫喊说他是杜松子城的橙喉霸主，正在捉拿皇后，命令我立即放了他！真让我印象深刻！"

阿威："他现在哪里？"

"那不是！"屠夫指了指被鸟宝宝们争抢的那条蜥蜴尸体。

果然，那具蜥蜴尸体喉部的橙色斑纹还清晰可见。

阿威："你昨天有没有见到一条黄喉的蜥蜴？跟这条在一起的。"

屠夫摇摇头："没有！要是见到我肯定把他也抓住了！我只看到这条橙喉的在我眼皮子底下窜来窜去，我当然就不客气啦！我立即飞下去把他逮住了。"

阿历克斯："嘎！嘎！果然皇后比城侯厉害！会藏会躲活得久！皇后肯定是逃跑了！问题是他跑到哪儿去了呢？为什么就像蒸发了一样连一点影子都没有了呢？"

阿威心里一动，他不由看向阿雪，阿雪也正看着他。

阿雪："小俯卧撑说，皇后演技高超。"

阿威闻言，打个呼哨，一飞冲天，阿雪紧随其后。阿历克斯不明所以，也稀里糊涂地跟上去。屠夫在后面大喊："欢迎下次再来！"

8

怒焰径直飞到岩石堡，又扑了个空，别说阿威、阿雪和阿历克斯了，连个蓝喉小蜥蜴的影子都没看见。显然是这些小东西远远看见他来势汹汹，立即互相报警，早早躲起来了。连个问路的都找不到，怒焰气恼极了。

他在岩石堡上空盘旋了一圈又一圈，终于发现了一丝线索。那是阿历克斯飞走的时候，边飞边"扑哧"的一溜屎叽叽，对于大漠植物来说，那可是上好的养料。怒焰落下来，顾不得恶心，围着屎叽叽，又是观察又是闻味，一心想要分析出个结果。阿历克斯那还算新鲜的稀屎叽叽，不免被怒焰的脸盘沾去不少。

根据稀屎从空中砸下来的抛洒力度、角度和浓度，怒焰最终辨认出阿威一行离开时的方向。他一边为自己的聪明才智自鸣得意，一边疑心重重地想："怎么又折回杜松子国的方向了？"他犹犹豫豫地一路低飞，不时东张西望着。

到了走鹃寨上空，大太阳底下一只病怏怏的走鹃冲着他大喊大叫："阿威！阿威探长！"

他立即飞了下去。

"哦，不好意思，认错了！远远望过去，你们长得还挺像。"走鹃先生友好地笑着说。

怒焰瞪着捕蛇君："你认识阿威？今天见过他吗？我正有事要找他。"

捕蛇君："认识啊！我们是老朋友啦！他来我家拜访，已经离开好一会儿了。"

又扑了个空！怒焰心里窝火，脸色阴沉，不耐烦地追问捕蛇君阿威他们去哪儿了。

捕蛇君客客气气地告诉怒焰，阿威探长他们正在寻找两只失踪的侧斑蜥蜴，这会儿应该是去伯劳庄了。

怒焰一大早飞来飞去，却总是比阿威他们晚一步，他心里恼火极了，就冲着捕蛇君发泄了一通，对捕蛇君骂骂咧咧的，嫌走鹃先生太罗嗦，浪费了他的宝贵时间。

捕蛇君也生气了："哎，我好心好意给你指路，你还骂我。世界上竟然有你这样恩将仇报的坏鸟！要不是看着阿威探长的面子，我理都不理你！他们家族怎么出了你这么个不知好歹的败类！"

怒焰大怒，杀心顿起，二话不说，出爪击向捕蛇君。捕蛇者毕竟有病在身，反应不免有些迟钝，眼看怒焰亮闪闪的金属爪子就要招呼到捕蛇君脑袋上了。

一直在旁边默不作声的温柔杀手粗腿一蹬，双翅一展，纵身跃起，利喙狠狠地刺进怒焰出击的金属爪子上方的皮肉里。

怒焰吃痛，大叫一声，本能地缩回爪子。他气极了，双翅用力，使出一记致命的狠招，如巨石压顶，向温柔杀手迅猛地扇过去。温柔杀手不慌不忙，身形流畅地轻轻一个翻转，怒焰扇了个空。在躲避的同时，温柔杀手的第二击已经凌厉送出，她的利喙狠狠咬住了怒焰的脖子。怒焰一下子失去平衡，在空中胡乱扑腾着翅膀，心中恐慌至极。他知道，此时此刻，温柔杀手可以轻而易举地杀死他，而他将毫无还手之力。

温柔杀手略略向上飞了一飞，喙一松。怒焰屁股着地，"扑通"摔落到沙石地面上，痛得他倒吸一口凉气。

温柔杀手冷冷地说："这次看在阿威探长的份上，给你一个小小的教训。下次你再胆敢对我夫君无理，可别怪我不客气！"

怒焰好半天才从地上站起来，对温柔杀手又怕又恨。他心想："今天我有要事在身，以后再找你算账！总有一天让你死在我的爪下！哼！"他振翅飞起，头也不回地向伯劳庄飞去。

阿威他们刚飞走没一会儿，怒焰就急匆匆赶到了伯劳庄。他又一次扑了个空，简直要气炸了。

怒焰的心底怒火腾腾，越烧越旺。他急不可耐地想一爪击死阿威，把那个可恶的心头刺从这个世界上永远拔除！可是似乎全世界都在跟他作对，飞了一个上午，连阿威的羽毛都没见着一根。

当那只号称屠夫的小破鸟竟然都说不清阿威的去向时，怒焰彻底疯了。他一把抓起屠夫，用半秒钟的时间把屠夫掐死了。

怒焰漫无目标地在狂野大沙漠上空乱飞，心神凌乱，不时发出一声变态的狂叫。他甚至开始大声地诅咒自己，痛骂自己无用，为啥没有在去年那次大海啸的混乱中使出更大的力气？怎么没有一劳永逸地直接把阿威撞死到大海里！

与此同时，在侧斑蜥蜴国的另一边，心急火燎的长爪、惊涛和小灰翅一行正在向小黄帽问路。

小黄帽："妈呀！阿威探长今天怎么这么吃香啊，所有猫头鹰好像都在打听他的动向啊！哈哈！开个玩笑！南边，南边，岩石堡！"

9

当蓝胡子夫妇和蓝脖子夫妇看到阿威他们又飞了回来时，都做出很关心的样子。

蓝胡子的样子显得尤为迫不及待："找到那个恶霸和黄领子的下落了吗？"

阿威："找到了。"

蓝胡子不由露出疑惑的神色，接着用好奇的语气问："他们去哪儿了？"

阿威："橙喉被呆头伯劳鸟屠夫吃掉了。"

蓝胡子："噢！是吗？他那么张扬，整天耀武扬威地跑来跑去，毫不注意隐藏自己，被伯劳鸟吃掉也不奇怪。"

阿威微笑着对蓝胡子说："是啊，要说'隐藏自己'的本领，最擅长的还要数你啊！"

蓝胡子愣了愣，做出一副不解的样子，然后笑了笑说："'最擅长'我可不敢当，但是躲藏的本领确实得好好练习！我们没有人家个头大，该躲的时候一定得躲好。"

蓝脖子也笑了："是啊！我们当然得善于躲藏啦，天敌太多了嘛！刚才飞来一只猫头鹰，和探长您长得特别像，我们到最后一刻才意识到那不是你，都差点来不及躲起来。"

嘟嘟心有余悸："是啊！幸亏蓝胡子老兄反应快！及时给大家发了警报！"

娟布着急地问阿威："那黄领子呢？我一直很担心他，他是为了救我才被城侯那个恶霸穷追猛打的。我欠他一条命。"

蓝胡子含情脉脉地看着娟布："你这么善良，这么可爱，很多蜥蜴都愿意付出生命来救你的。"

娟布苦苦地笑了一下，望着阿威，心怀忐忑，等待阿威的回答。

阿威："黄领子逃走了。他现在还好好地活着。"

娟布长舒一口气："谢天谢地！"

阿历克斯叫起来："我怎么不知道黄领子还活着？虽然我刚才说他肯定逃走了，但那只是我的猜测！嘎！嘎！阿威啊阿威，今天总算让我逮到你的逻辑漏洞啦！你没有发现他被吃掉或杀掉，并不等于他还活着！"

阿威微微一笑："你先别着急，我有证据。"阿雪也抿着嘴笑了。阿历克斯见阿威和阿雪一副胸有成竹的样子，不禁有点发憷。而蓝胡子张张嘴，想说什么，最终却什么也没说。

阿威问娟布："昨天你回到家的时候，蓝胡子在家吗？"

娟布："不在啊，他是过了一会儿才回来的。"娟布说着，深情地看了蓝胡子一眼，"他说他不放心我，一直尾随着我和城侯。直到见我逃脱了，才跟在我后面原路返回。"

阿威继续问娟布："那么，你回来没多久他就回来了吗？"

娟布："没有。过了好久他才回来。"说完，她有些不安地看了看蓝胡子，"亲爱的蓝胡子，我没有抱怨你的意思，可是我孤孤单单在家等了你那么久，我担心死你了。"

蓝胡子抱住娟布："亲爱的娟布，你不用为我担心！

我要确保城侯那个恶霸真的走远了，不会再回来骚扰我们。不然，我还是拼死也要拦住他，不许他把你推进火坑。"

娟布又流出眼泪："你对我真好。"

阿威问蓝脖子："昨天你的盟友蓝胡子身负重伤，他尾随城侯去救娟布，你就没有设法阻拦他吗？毕竟，他就算没受伤也不是城侯的对手啊！"

蓝脖子羞愧地低下头去："我拦不住他。我说要不然我就跟他一起去，但是我老婆很害怕，非要我在家里陪她。"蓝脖子看了看蓝胡子，"蓝胡子也坚持说不用我陪，所以我就留下来了。蓝胡子，你太勇敢了！小弟敬佩之至！"

阿历克斯听了这些话，觉得蓝脖子对蓝胡子只会花言巧语，不够哥们儿，就不满地"嘎"了一声。蓝脖子有些尴尬地笑了笑。

阿威问蓝胡子："昨天你伤势严重，让蓝脖子和娟布都看得心痛，娟布甚至因此不惜从藏身之处现身，让城侯把自己抓走。可是，我看你现在好好的，没有一点伤口啊！"

蓝胡子挺了挺身体，严肃地说："我们侧斑蜥蜴有很强的自我修复能力。我疗伤的能力尤其高强。"娟布听了这话，皱着眉头，好像想起了什么事情。

阿威继续问蓝胡子："昨天你是不是连尾巴都断掉

了？"

蓝胡子喉头的蓝色斑纹鼓了鼓，自信地说："是啊！我的修复能力强！新尾巴很快就又长出来了！"这时，娟布从蓝胡子的怀里钻出来，静静倾听阿威和蓝胡子的对话。

阿威指指阿雪，对大家说："请生态学家来告诉我们吧，一条断了之后又新长出来的尾巴和一条原生的尾巴有什么不同？"

阿雪说："蜥蜴再生的尾巴没有分节的尾椎骨，只是一根连续的骨棱，花纹和构造也和原来的尾巴不一样。蓝胡子，我已经仔细观察过啦，你的尾巴是原生的，从来没有断过。"

娟布大叫一声："这怎么可能！"她仔细打量起蓝胡子来，沉着、庄重的蓝胡子第一次露出惊慌失措的神情。忽然，娟布倒吸一口凉气，厉声叫道："啊！你不是蓝胡子！你喉部的蓝色斑纹根本不是天生的！只是模仿蓝胡子的！你到底是谁？你把我的蓝胡子怎么样了？"

蓝胡子张着嘴，半天憋出来一句："我……我……我没把他怎么样……"

娟布死死盯住蓝胡子，她像见了鬼一样，直跳起来："天哪！你是黄领子！"

假扮成蓝胡子的黄领子试图握住娟布的爪子，却被娟布狠狠甩开。娟布满脸泪水："你为什么要假扮成蓝胡子？你到底把我的蓝胡子怎么样了？"

黄领子也流下泪来，小声说："我亲眼看见，蓝胡子被走鹃小姐吃掉了。"

娟布大喝一声："你胡说！"

阿威说："黄领子说得没错，蓝胡子在去追赶你和城侯的路上，不幸被走鹃吃掉了。"

娟布失声痛哭。黄领子心痛地看着她，想去安慰她，却又不敢上前，只好小声解释道："我说过我会用一辈子的生命来保护你，我一定说到做到！对不起，我骗了你。"

这时候，蓝脖子气势汹汹地对黄领子吼起来："我就觉得你不对劲！今早有条蛇溜达过来，你明明看到了，却自顾自先跑了！等我发现蛇的时候，他都已经游到我身边儿了！我只好断尾逃生！差点丢掉小命！其实，你当时只要通知我一声，就可以保住我的尾巴！完全不需要你牺牲自己！"

黄领子诚恳地说："太抱歉了，蓝脖子老兄，我真的不是故意先跑掉的！今早我是真没看见那条蛇游过来了！我之所以跑掉，是因为我刚好看见一只肥美的豆娘！我想到嘟嘟跟我说过她最爱吃豆娘，我就想去捉了那只豆娘来丰富咱们今天的野餐宴！可最终豆娘还是跑掉了，我没捉到。"

蓝脖子冷笑着："我才不相信你的鬼话呢！听说你就

是有名的神偷皇后，谁知道你潜伏到我们身边安了什么坏心！肯定不怀好意！"

黄领子着急地说："我发誓我是真心实意想要保护你们的！昨天看见蓝胡子死了，我马上就想到娟布该有多伤心！我下定决心变身成蓝胡子，就是真心实意想要来接替他的角色的！我从小就很喜欢娟布，我俩是一起长大的好伙伴！一辈子的好朋友！我愿意用我的余生来保护她，给她幸福的生活！我也愿意用我的余生认真履行你和蓝胡子的约定！"

蓝脖子"嗤"了一声，嘲笑道："就算你要履行我和蓝胡子的约定，你也没那个本事啊！蛇都跑到我家里来了，你都没有发出警告，真没用！"

娟布再也忍不住了，冲蓝脖子说："你自己是干什么吃的？为什么每次都需要他们给你发出警示？你警示过他们一次吗？难道你的尾巴比他们的命还重要吗？今天所有的野餐都是黄领子捉来的，你做了什么？你只会躲在蓝胡子和黄领子的后面抱怨！"

蓝脖子冷笑一声："那我们就分道扬镳吧！看这个小可怜虫能保护你到几时！祝福你们长命百岁！"

"嘎！你自私自利！蓝胡子怎么摊上了你这么个搭档，真倒霉！你不配拥有蓝胡子和黄领子这样的朋友！嘎！"阿历克斯气得满脸通红。

蓝脖子装着没听见阿历克斯的话，带着嘟嘟扬长而去。

　　黄领子惴惴不安地看着娟布："娟布，你别难过了。尾巴断了可以再长出来，但生命丢了却不能复生，你一定要看开些。请你好好地活下去，只要你不赶我走，我就会结束无牵无挂的流浪生活，遵守我的诺言，一辈子守在岩石堡，保护你。"说着，黄领子轻轻把悲痛欲绝的娟布拥入怀里。

　　娟布趴在黄领子的肩头，号啕大哭，为蓝胡子，为自己，也为黄领子。黄领子温柔地拍着她的肩膀，安慰着她，就像他们小时候一样。

　　目睹此情此景，阿历克斯那多愁善感的眼泪呀，默默地流成了一条小河。

10

　　怒焰狂飞乱叫一阵子之后，稍微平静了一些，想起来屠夫临死之前说，他虽然不知道阿威他们到哪儿去了，但看见他们又飞回南边去了。

　　怒焰只好再次往南边飞。荒凉的狂野大沙漠一望无际地绵延着，默默不语地承受着怒焰的恶毒诅咒。

　　怒焰刻意绕了个大圈，好避开走鹃寨，他可不想再碰见走鹃小姐了。

　　眼看快飞回到岩石堡了，还是没见到阿威的影子。怒焰开始怀疑自己这样下意识地一路又飞回来，是不是失策了。也许阿威又跑到别的什么村子里去了？他有点后悔刚

305

才一爪掐死那只呆头伯劳鸟有些太心急了，要是先细细问问他阿威都说了些什么就好了，也许能从案情里得到一些阿威去向的蛛丝马迹呢。但是现在后悔也没用了，怒焰又痛骂起自己来，恨恨地扯掉了胸膛上的几片羽毛。

就在这时，在岩石堡外的荒滩上，他意外地迎面碰到匆匆忙忙从北边疾飞而来的长爪、惊涛和小灰翅。

怒焰一眼看出三只猫头鹰对自己态度大变，一个个怒目圆睁的。他不知道出了什么事，只好硬着头皮习惯性地和往常一样演起戏来。

怒焰谦恭地迎上前去，露出憨厚的笑容，亲昵地打招呼："仁慈的国王，亲爱的二伯，您怎么到这么荒蛮的地方来了！有事告诉我一声嘛，让我来帮您处理呀！"

长爪冷哼一声："再让你帮我处理事情，我就会连自己是怎么死的都不知道！"

怒焰笑不出来了，僵着脸，瞪着眼，瞅着长爪。

长爪的声音冰冷而凄凉："我知道，是你放走了山狮宝宝的救命水。我知道，是你假扮成我的样子，杀死了我的白云。"

怒焰知道事情败露了。他一点也没有惊慌，反而感到一丝解脱。终于不用再演戏了！终于不用再讨好这个老东西了！他冷笑一声："好啊！这下子你就不会不知道自己是怎么死的了！"

长爪悲痛至极："我那么信任你！我把你当成自己的

孩子！我对你委以重任！我甚至想让阿雪嫁给你！"

"别提了，你这没用的老东西！"怒焰爆发了，"你信任我有什么用？阿雪嫁给我了吗？你一个堂堂的国王说话管用过吗？小小的侍卫队队长就算是你给我的重任吗？我的能力有多强你难道不清楚吗？就算你把国王的位置让给我，我都嫌小！把我当成你的孩子？亏你说得出口！你把王位让给我了吗？你明明老得不中用了，干嘛还不自觉从王位上滚开？我坐上这个王位可以做出多么伟大的功业！你这个毫无建树的老废物！要是你早早从王位上滚蛋，我还用得着费尽心思做那些无聊的事吗？都——怨——你！我恨你！我要你去死！现在！"

怒焰说着，猛然出爪，寒光一闪，一颗蓝珠正中长爪心脏。长爪大叫一声，跌落在地。怒焰心跳如狂，有一瞬间他甚至都不敢确信自己真的得手了。他来不及细想，立即奋力拍打颤抖不已的双翅，仓皇逃去。

怒焰的杀意酝酿了整整一个上午，现在全都骤然释放在长爪身上，这一记突袭，精确、有力而致命，让严阵以待的惊涛和小灰翅完全没有反应的余地。惊涛和小灰翅也万万想不到怒焰竟然会如此狠毒，瞬间变脸，对自己的亲伯父痛下杀手。

惊涛和小灰翅急急飞到长爪身旁。长爪脸色煞白，鲜血静静地从胸部的伤口直往外冒："快……去叫阿威和阿雪！快！"

小灰翅呜呜地哭着，振翅向岩石堡狂飞而去。

当阿威和阿雪赶到长爪身边时，长爪只剩最后一口气了："你们不要说话，听我说。我对不起你们，对不起白云和孩子们，对不起白玉王后，对不起列祖列宗……答应我，照顾好我的孩子们，照顾好火焰岛猫头鹰王国！答应我！"

阿雪泣不成声："我答应你，亲爱的叔父！"长爪又看向阿威，阿威也泪流满脸，已经说不出话来，只是深深地望着长爪，用力点了点头。

长爪露出一丝哀伤的微笑，咽下最后一口气。一滴眼泪从他圆睁的怒目中静静滚落，滑下脸庞。

11

笑面虎嘴角弯弯，却完全没有一丝笑意。他盯着怒焰，缓缓地问："你是说，你杀了长爪？"

怒焰双眼通红，浑身颤抖，激动异常，几缕干巴巴的鹦鹉屎在他脸上抖动着。他话音尖利地喊道："对对对！千真万确！怎么样？干得漂亮吧！我只一下子，就把他杀死了！蓝铃妹妹的蓝珠，简直太好使了！当然啦！我这么多年的飞石功也不是白练的！哈！"

蓝铃悦耳的嗓音里没来由地透着一股寒意："用完了就赶紧还给我吧！"

怒焰："我……我忘记取回来了。"见蓝铃收起笑容，皱起眉头，怒焰连忙解释道："当时情况紧急，他们人手太多，我实在来不及取回来了！别担心，以后我给你买一箱！这么顺手的暗器，我也要给我自己备一些！"

蓝铃张了张嘴，却又把话咽回去了。她垂下头去，面无表情。

笑面虎僵硬着脸，直勾勾地盯着怒焰："嗯！漂亮！漂亮！漂亮啊！"

长尾则忘了继续吞吃肥鼠，嘴角流着鼠血，呆呆地看着怒焰，似乎心有所悟："长爪……长爪……国王……"

怒焰亢奋地尖叫道："现在我是国王了！把这个老家伙除掉，我就是国王了！我是国王啦！我！你们跟着我好好干！咱们终于可以放开手脚，大展宏图啦！哈哈哈哈哈哈！"

笑面虎向蓝铃使了个眼色。蓝铃爪一扬，又是一道寒光，一颗蓝珠不偏不倚稳稳地钉在怒焰的胸口。

伴随着胸口的剧痛，怒焰听到蓝铃甜蜜、娇柔的声音从遥远的地方传来："哈哈，我自己的恐怖蓝珠，当然还是我玩得最溜！可惜被这蠢货弄丢了一珠！"

怒焰的死去，比呆头屠夫多花了大约两秒钟的时间。他怎么也没有想到，智勇双全的怒焰王子到头来竟会以这么窝囊的方式暴毙。

怒焰死得太快，没有听到笑面虎信心十足地对女儿说："丢不了，以后十珠都是你的。这本来就是咱们的祖先一爪一爪打磨出来的，迟早要全部物归原主。"

尾声

1

如同一道闪电击穿漆黑的夜空，长尾忽然看清楚了一切。

他觉得自己好像做了一个长长的噩梦。现在噩梦醒了，可是现实却比噩梦更残酷。儿子的尸体横陈于眼前，杀子的仇敌正嘲弄地看着他。

"一命偿一命。"笑面虎笑眯眯地对长尾说，声音阴森无比，"你想起来了是吗？你杀了我的儿子。现在，我用你的儿子抵命了。你记起来了吗？在松树河口，当他在阿雪公主的注视下向你我飞过来的那一刻，他就已经进入了我的死亡陷阱。是你亲爪杀了你的儿子，哈哈哈！"

蓝铃玩弄着一枚小小的蓝珠，笑盈盈地看着长尾，那双美丽的蓝眸，看起来是如此熟悉，然而射出的目光却又是那么不同，如此歹毒，如此邪恶。长尾总算认出了蓝铃手上的这颗蓝珠，却不认得蓝珠上斜斜穿出来的一枚长刺。那长刺寒光闪烁，上面还沾着一丝细微的血迹。那是心肝宝贝的血，就是这个小玩意害死了心爱的儿子。长尾泪如雨下。

梦醒的长尾感到极度的痛苦吞噬了他全身所有的细胞。儿子死了，儿子死了！一切全完了！恨啊！恨啊！报仇！报仇啊！要死一起死！哪怕毁灭这整个世界！

看着蓝铃眼里的杀气、手中的寒光，长尾嘶哑地大喊一声"血债血还"，便慌忙夺门而去。

长尾听到笑面虎冷酷的声音不紧不慢地从身后传来："别着急，慢慢逃！好好品味宝贝儿子的死亡吧！好好享受思念宝贝儿子的痛苦吧！哈哈哈！哈哈哈！"

2

从长爪胸口取出来的小蓝珠在月光下发出蓝幽幽的莹光。一根坚硬的长针从蓝珠内部怪异地斜斜刺出，细如发丝，冷若寒冰，令人望而心惊。注视着这闪烁的蓝光，阿威忽然想起了什么。他立即起身，翻出老姑婆交给他的珊瑚羽毛笔。

扣在羽毛插孔上的小宝石，幽幽地散发出柔美的蓝光，与蓝珠暗器上的光芒交相辉映。

阿雪惊叫："这是两颗一模一样的蓝宝石！"

长眉听了，缓缓踱步过来，一见之下也惊呼起来："姐妹十珠！这是咱们火焰家族的传世之宝！据说寒风先祖在心爱的弟弟狂风执意出走前，为了提醒他勿忘故乡故土，曾特意把姐妹十珠中的元珠赠给他，希望故乡能像元珠吸引姐妹珠一样永远牵引着他的游子心。后来神秘飞贼从宫中盗走六珠，长爪给白玉王后陪葬一珠，王宫现在仅剩两珠了！如此圣洁的稀世珍宝，竟然被歹徒改造成了夺命凶器！造孽啊！"

3

得知城侯已死，小俯卧撑很伤心。杜松子城里黄喉小蜥蜴成灾，更有很多年轻的蓝喉明目张胆地来到城侯的皇宫里选老婆，小俯卧撑根本管不过来。眼看杜松子城的局势完全失控，小俯卧撑心急如焚。

令他稍感快慰的是，这一切厄运的始点——卵石堡的堡主蓝脖子，前天被一条流浪的小青蛇给吃掉了。蓝脖子的遗孀嘟嘟迅速接受了一名英俊蓝喉青年的求婚，卵石堡现在成了蜜月堡。

"哼！当初要是乖乖把嘟嘟进贡给父王，你也不至于和蓝胡子闹翻脸！有蓝胡子保护，你也不至于这么快就丢掉小命！"小俯卧撑恨恨地想。

"阿雪博士说得不对！什么蓝喉比黄喉厉害！现在黄喉攻占了整个国家，蓝喉还不是死的死，亡的亡！等着瞧！看我们橙喉东山再起！"小俯卧撑壮志满怀。

4

岩石堡的娟布最近相继有两窝蛋孵化出来，一共出生了12条健康的蜥蜴宝宝，其中有3条蓝喉雄性，4条黄喉雄性。聪明的娟布为了确保后代拥有最佳的生存配置，通过改变每颗蛋的荷尔蒙水平，为孩子们的外表激发出各自不同的颜色和图案。比如黄喉雄性宝宝们，因为常常需要偷偷躲在草丛里，因此娟布为他们量身定做了一排排短短的竖条纹，使得他们能够很好地隐身在草丛里。

对这些孩子，黄领子全都视如已出，勤勤恳恳地和娟布一起照顾他们。到明年春天，这些小蜥蜴就可以开始繁殖了。

后来，在这一年冬天快要来临的时候，娟布和黄领子都得以寿终正寝。他们养育了许多后代，夫妻俩一辈子一共吃了19998只虫子，称得上是幸福、美满的一生。

5

火焰岛的猫头鹰们策划了一个盛大的典礼，庆祝阿雪公主正式成为火焰岛的女王。神秘大包乐队在这次庆典上奉献了他们的最后一场演出，正式宣布解散，粉丝们相拥而泣，场面非常温馨、感人。从此以后，长大了的乐队成员们将各奔东西，开始新的生活。

阿威和阿雪收养了长爪叔父留下的四个没出窝的小孤儿，他们自己很快又新添了三个小宝宝，家里现在热闹极了。七个没出窝的宝宝整天叽叽喳喳，简直把屋顶都要吵翻了。

小阿玉还是不怎么爱说话。她还是会经常想妈妈、想爸爸，会经常从梦里哭着醒来，但在阿威大哥和阿雪大姐的呵护下，她渐渐接受了父母双亡的事实，融入了新的大家庭，美丽的笑容又重新回到她的脸庞。她暗暗下决心，要好好学习本领，将来也和阿威大哥一样成为一名侦探，把所有隐藏的坏蛋全都揪出来。

至于大宝二宝和三宝，他们已经出窝，很快将组建一个颇受欢迎的新乐队——"三个好兄弟"乐队。后来，疯狂吉他大宝、千变贝斯二宝和震天鼓三宝，都成为猫头鹰世界有名的艺术家，史称"火焰三杰"。

尤其值得一提的是三宝。他成年后继承先祖狂风的衣钵，被火焰岛起名官言真话者改名号为"呐喊的三宝"，成为一代诗圣。

6

眼睁睁看着阿雪被拥立为新一代女王，蓝铃恨得咬牙切齿。

而野心勃勃的笑面虎，对此却毫不在意，把阴森的目光投向遥远的大北雪山。他的终极阴谋即将正式拉开序幕。

"寻找白玉王后的时候到了，呵呵呵呵。我们已经等了五千年，等得够久了。"笑面虎低声对蓝铃说着，似笑非笑，嘴角弯弯。

人物表

威雪亲友团：

长毛灰影快如闪电的阿威：猫头鹰联合国侦探所探长。

冰中烈焰阿雪：猫头鹰联合国生态研究所一级研究员，火焰岛猫头鹰王国的公主、王位第一继承者。在长爪死后临危受命，成为火焰岛的猫头鹰女王。

"火焰三杰"：阿威和阿雪的三个艺术家儿子，疯狂吉他大宝、千变贝斯二宝和震天鼓三宝。其中的三宝在成年后继承先祖狂风的衣钵，改名号为呐喊的三宝，成为一代诗圣。

蓝绿鹦鹉阿历克斯：语言天才，阿威和阿雪的挚友，人类护林队队长阿海的宠物，祖籍火焰岛，出生在星宿大沼泽地。

大嗓门猴面：阿威的助手和好友，猫头鹰联合国侦探所特级探员。

机灵鬼肉球：阿威的助手和好友，猫头鹰联合国侦探所特级探员。

阿威家的老姑婆：猫头鹰世界最年长的聪明老奶奶，一肚子的故事，喜欢回忆过去。

火焰家族：

庄严的雪山：火焰岛猫头鹰王族最有声望、最贤明的国王之一，史称"最后一个国王"。

凛冽的寒风：雪山国王的长子，王位继承者，阿雪的先祖。

呼啸的狂风：雪山国王的次子，自我放逐的流浪者，猫头鹰王国历史上最伟大的史诗作家，阿威的先祖。

暴烈的铁翅：寒风的后代，阿雪的爷爷，火焰岛猫头鹰王国前国王。

智慧的长眉：阿雪的父亲，铁翅的长子。曾经是铁翅的王位继承者，但又被铁翅永久放逐。现为雪枭村村长、猫头鹰联合国图书馆馆长，是猫头鹰世界深受尊敬的学者。

仁慈的长爪：火焰岛猫头鹰王国国王，铁翅的次子。

慈爱的白玉：长爪青梅竹马的好友、第一任王后，数年前死于非命。她的死因背后隐藏着一个极大的秘密和阴谋。

仁爱的白云：火焰岛猫头鹰国王医院最好的医生，已故王后白玉生前最要好的朋友，也是长爪最信赖的好友。后来与长爪结婚并生育了四个孩子：哥哥阿山、阿坚以及妹妹阿云、阿玉。阿玉后来成为绿野女童子军团创始鹰。

狡猾的长尾：火焰岛猫头鹰王国的贵族，铁翅的三子。

残忍的怒焰：长尾的独子，火焰岛猫头鹰王国国王侍卫队队长。与笑面虎结盟，在失去利用价值后被笑面虎和蓝铃除掉。

人物表

火焰家族所辖：

忠诚的惊涛：前国王侍卫队队长，现任猫头鹰兵团总司令，长爪国王特别助理。

沉沉不语的流川：前国王侍卫队副队长。与长尾密谋加害阿雪，事败后被长尾灭口。生前曾是惊涛最好的朋友、一起长大的异姓兄弟。

笑面虎：流川的父亲，火焰岛猫头鹰王国前首席御前大臣。数年前神秘失踪，后携女儿蓝铃重出江湖。

九尾仙狐：猫头鹰世界有名的漂亮雌鸟，笑面虎的小妾，数年前随笑面虎一起失踪。

圣洁的蓝铃：流川同父异母的小妹妹，笑面虎与九尾仙狐的女儿。容貌秀丽，心狠爪辣，是笑面虎阴谋夺取火焰岛王位的最得力助手。

勇敢无畏的小灰翅：来自雪枭村的猫头鹰勇士，国王侍卫队副队长。

任性的清风：火焰岛环境大臣兼首席御前大臣。

言真话者：在上一任起名官光荣退休后，由阿雪女王任命的新一任火焰岛猫头鹰王国起名官。

黑岩：火焰洞海獭家族的酋长，长爪从小相认的好友。

火焰岛自由家族：

老威廉爷爷：紫荆家族最年长的海龟，已经活了至少168

岁。

慢腾腾：紫荆家族的紫色小海龟，双胞胎姐妹的姐姐。

腾腾慢：紫荆家族的粉色小海龟，双胞胎姐妹的妹妹。

孤独的太阳老乔治：火焰岛最后一只太阳陆龟，临终之际舍命搭救了小海龟姐妹俩。

小海燕：火焰岛东海岸的黑螃蟹妹妹。

白鹭奶奶：松树河口雀长，头脑敏锐，性格爽朗，天性爱开玩笑。

俊哥：小白鹭哥哥，白鹭奶奶的孙子，热爱音乐，后来成为职业音乐家。

刺头：松树河口三棘鱼家族的雌鱼妹妹，生性善良，嫉恶如仇。

霸凌鱼头：松树河口三棘鱼家族的雌鱼黑帮头目，刺头的死对头。

大雄：松树河口三棘鱼家族的雄鱼哥哥，英俊雄壮，但生性懦弱。

妞妞：松树河口鳄鱼家族的小妹妹，洗刷了鳄鱼家族"假慈悲"的千古罪名。小海龟姐妹的崇拜者，阿历克斯的铁杆好友。

野小蟑：火焰岛蟑螂家族的一代枭雄，著名的冒险家、思想家和社会活动家。

野大螂：野小蟑多情而凶悍的老婆。

绿野森林居民：

银背老猴王：金丝猴群的猴王，猴村的居民代表。

石头：猴村的金丝猴弟弟。

猴小香：石头的小姐姐。

大木：石头的大哥。帮小东西找到妈妈后不久，和石头弟弟一起被银背老猴王赶出猴群，自立门户。

逃跑大师一打纹婶婶：小熊猫老妈妈，银背老猴王的邻居。

蜜糖夫人：松鼠林的大黑熊妈妈。

松鼠王子：松鼠林的居民代表。

小灰：松鼠林的小哨兵。

瑞雪：雪枭岭的大熊猫妈妈。

华宝宝：瑞雪体弱多难的小儿子，乳名小东西。因瑞雪无力抚养，他从小被绿野市动物园大熊猫养殖基地收养，长大后成为绿野市动物园最受欢迎的明星动物。

伶牙俐齿的瞳瞳：雪枭村的猫头鹰女孩，聪明机灵。

兔子大叔：兔子谷的居民代表。

阿朵：兔子妹妹，兔子大叔的孙女。

火狐狸精：狐狸妈妈，火狐狸洞的居民代表。

对对：浣熊隐士，绿野森林昼伏夜出的神秘思想家。据说曾经想出了被浣熊世界广泛采纳的修建浣熊公共厕所的好主意。不过那个主意也许是他的某个祖辈想出来的，谁知道呢。

鬼影：野猫武士，绿野森林神出鬼没的武林高手。

芳芳：臭鼬小姐，爱美，时尚。

孔雀仙子：美丽的雄孔雀，鸟鸣涧的居民代表。

舞舞：舞虻林场痴情的舞虻姑娘。

大壮壮：麝牛头领，来自绿野森林与星宿大沼泽地交界地带的一个古老家族，后率领整个家族逃向大北雪山。

薇薇：吸血蝙蝠妈妈，老家位于紫光大陆地南部被热带雨林覆盖的半岛蝙蝠角，被笑面虎和蓝铃绑架至绿野市。后被阿威、阿雪和阿历克斯搭救，与被绑架的其他幸存伙伴一起被人类送回原籍。

坚忍的铁爪：猫头鹰联合国总理。

幽谷大侠红喙：猫头鹰联合国绿林卫队队长，来自勇猛的北方斑点林鸮家族，濒危物种。

西北大草原居民：

威风凛凛的大红袍：曾经是人类将军的坐骑，在人类将军死后逃往西北大草原野马坡。他是野马坡的创建者、自由马的精神领袖，马儿们尊称他为大红袍将军。

白马汉斯：原为齐齐肉铺的宠物马、伪装的数学天才。后来和妻子阿风一起逃往自由天堂野马坡，成为大红袍将军的八骏侦查小组成员。

白马阿风：汉斯的妻子，勇敢、坚韧的小母马。八骏侦查小组成员。

东部大草原和狂野大沙漠居民：

斑斑：雄性长颈鹿，东部大草原野生动植物自然保护区的居民代表，阿威的好友。

玲玲：弯角大羚羊姐姐，来自紫光大陆地炎热而缺水的半沙漠地带，濒临灭绝，现生活在狂野大沙漠西部边境的弯角大羚羊圈养场，阿历克斯的好友。

珍娜：山狮妈妈，生活在弯角大羚羊圈养场附近。

小黄帽：羚黄鼠少年，小灰翅的好友。最初居住在弯角大羚羊圈养场附近，后为躲避山狮珍娜的擒拿，搬迁至狂野大沙漠腹地的侧斑蜥蜴国。

骆驼阿力：狂野大沙漠骆驼冈的居民代表，阿威的好友。

骆驼阿美：阿力的女儿，娴静又坚强的小女孩。后来成为绿野女童子军团的一员。

捕蛇君：走鹃先生，以善于捕蛇著称。曾为骆驼阿力的老邻居，婚后不久迁居侧斑蜥蜴国，成为走鹃寨压寨先生。

温柔杀手：走鹃小姐，捕蛇君的妻子，温柔、友善，打猎技艺高强。

屠夫：雄性呆头伯劳鸟，侧斑蜥蜴国伯劳庄的庄主。

城侯：侧斑蜥蜴国杜松子城的霸主，橙喉雄性侧斑蜥蜴，身材高大，威武雄壮，爱好战争，欺男霸女。

小俯卧撑：城侯的儿子，杜松子城继任霸主。

蓝胡子：侧斑蜥蜴国岩石堡的堡主，蓝喉雄性侧斑蜥蜴，中等身材，作战勇猛，忠于同伴，爱护家庭。

娟布：蓝胡子的贤妻。

蓝脖子：侧斑蜥蜴国卵石堡的堡主，蓝喉雄性蜥蜴，蓝胡子的盟友和邻居。

嘟嘟：蓝脖子的妻子，蓝脖子死后迅速改嫁。

皇后：侧斑蜥蜴国最狡猾的神偷，黄喉雄性侧斑蜥蜴，身量小巧，行动敏捷，头脑灵活，善于模仿。他没有领地，四处流浪，是娟布儿时的好伙伴、邻居，真名叫黄领子。

爪爪岛居民：

老寿星：亚当和艾玛的爸爸，佳佳宠物店资历最老的成员。

艾玛：老寿星的小女儿，阿历克斯的爱妻，来去自由的宠物鸟儿。主人是一个船长，常年生活在海上，出海回来时通常把船停靠在绿野大码头。

亚当：艾玛的哥哥，佳佳宠物店新一代头号明星宠物。

黑善善：后山森林的老乌鸦，精于骗术。

黑俏：后山森林小灰雀家族的俊俏姑娘。

小黑：后山森林红猫家族的雄性野猫，骄傲、顽皮，生性洒脱。

人类：

阿海：绿野森林护林队队长，阿历克斯的救命恩人、贴心主人，后兼任火焰岛自然保护区及绿化大队负责人，绿野市动物协会特聘专家，会说带人类口音的动物通用语、猫头鹰语。

阿阳：阿海的儿子，9岁，充满好奇心，喜欢小动物，热爱大自然，与火焰岛的人类男孩小耳朵一见如故，并跟着小耳朵学会了动物通用语。

小耳朵：火焰岛岛民之子，11岁的男孩，能听懂大自然的各种动物语言，擅长动物通用语。热爱猫头鹰，尤其精通猫头鹰语。

小叶子：小耳朵的妹妹，8岁，高智商，喜欢画画，热爱花草树木，跟小耳朵学会了动物通用语。后来成为绿野女童子军团的一员。

阿帆和阿贝：小耳朵的爸爸和妈妈，火焰岛居民，火焰岛种树队队员。

二柿子：火焰岛居民，外号"不要命"。

阿蛮：二柿子的老婆，外号"不讲理"。

阿亮：狂野大沙漠弯角大羚羊圈养场管理员。

齐齐：白马汉斯的最后一个主人，绿野市骡马市大街汉斯专卖店（原齐齐肉铺）的店主。

王半仙儿：骡马市大街上最有名的算命先生，齐齐的邻居、密友。

公冶沙：绿野市动物园园史馆首任馆长。其先祖公冶平能通鸟语，与阿威的先祖呼啸的狂风是知心好友。

公冶仁：绿野市动物协会会长，被齐齐收买。公冶沙的孙子。

希希：绿野市现任市长，后来……（请看《猫头鹰探长》第三部《火焰岛的重生》）

方舟子科普原文参考

（见：http://www.owlbooks.us）

9 781965 771044